U0567181

无边的

风月

王　彬　著

商务印书馆
The Commercial Press

图书在版编目(CIP)数据

无边的风月/王彬著. —北京:商务印书馆,2015
ISBN 978-7-100-11129-4

I.①无… II.①王… III.①随笔—作品集—
中国—当代 IV.①I267.1

中国版本图书馆 CIP 数据核字(2015)第 049748 号

无边的风月

王彬 著

商 务 印 书 馆 出 版
(北京王府井大街36号 邮政编码 100710)
商 务 印 书 馆 发 行
北 京 冠 中 印 刷 厂 印 刷
ISBN 978-7-100-11129-4

2015 年 8 月第 1 版　　　　开本 880×1230 1/32
2015 年 8 月北京第 1 次印刷　印张 8⅓ 插页 4
定价:35.00 元

青纱帐幔

开方破狱

爬金桥

熏笼

序

说到莎士比亚，西方人有一句口头禅，叫作说不尽的莎士比亚。套用这句话，曹雪芹笔下的《红楼梦》，也是如此。立场不同，阶层不同，对《红楼梦》的阐释也不同。有人说是朝代更迭时期的民族斗争，有人说是清宫内讧反映于贾姓家族，还有人说是阶级斗争，或者贾宝玉就是曹雪芹在虚拟世界里的元神，如此等等，犹如小孩子手里的万花筒，随着手的转动而呈现不同的瑰丽景象。

我没有这个能力，只能就《红楼梦》的某些细部文化，略谈我的一些拙见。比如，宝玉与黛玉第一次见面之时，宝玉为什么要穿那样的炫服，梳那样的辫子；宝钗的闺房为什么是雪洞一般，悬挂青色的帐幔；金钏儿为什么在端午期间跳井，而端午刚过，宝玉便被贾政暴打一顿，端午与人物的命运保持一种什么关系；什么是长史、跟丁、泥腿子，鲍二作为贾府的奴才，为什么不在花名册上；李纨、凤姐的月例是多少，丫鬟的月例是多少，贾府的岁俸、地租是多少；秦可卿的丧仪虽然焜炜浩大，却没有放在宁国府的主要院落里，且出现了搭金桥、开方破狱那样的粗鄙佛事，等等。许多年过去了，随着历史尘埃的积重，《红楼梦》中原本清晰的语境，远离今天久矣，而使读者懵懂。如何拂去这些尘埃，还原历史语境，是一件并不容易的事情，这不仅因为时间久远，而且涉及了许多门类的知识，袭用现在的网络用语，这既是一种穿越，也是一种跨界，而且有些属于边角材料，所谓羚羊挂角，无迹可寻，做起来便格外艰难。当然，说千道万，还是我的知识有限，需要继续努力，倘有疏讹，尚祈顾曲。

我是做文学研究的，自上世纪八十年代以来，文化进入文学领域，从事文学的人基本转至文化领域，进行与国家、社会、群体相关的文化研究了。而文学与文化，尤其是与经典小说中细部的文化关系，则鲜有研究。这真的是一件叫人十分无奈之事，在商品经济时代，有多少人愿意做这样投入多而产出少的事呢？但总要有人去做，在细读之中发现文化，并进行某种意义的诠释，使今之读者在复原的语境中，得到某种感悟，进而领略蕴藏于其中的奥妙与意义，难道不是一件应该努力去做的事情吗？

英国人喜欢说这样一句话：One hand washed the other，大意是，两只手相互搓洗，才可以清洗干净。在一个与读者互动的时代，当然也是如此。即因此，本书采取了随笔形式；同时根据《红楼梦》的回目顺序进行编辑，以便读者检索且在阅读之时可以大体对应。

　　《北史》在《隋宗室诸王传》中，引述了慎子的这样一段话："一兔走街，百人逐之；积兔于市，过者不顾。"不是不想要那些市场中的兔子，是因为那些兔子已经有了归属，而在大街上奔跑的兔子，由于没有归属，即便是一只，人们也要蜂拥追赶，希图占为己有。然而细想想，捉不到又怎样？当然不会怎样。想通了，跟着兔子一阵疯跑，出一身透汗，不也是一件好事吗？搞研究也类似于此，只要在疯跑之中得到某种释放，也就可以了，因为至少我们在释放中获得了某种愉悦，还有什么不高兴呢？

　　是为序。

王　彬

2013.8.16

目 录

1

2

4

5

推想四块玉

在北京，有一个地方叫四块玉。

四块玉位于天坛东墙外面，旧时多窑坑、苇塘、荒地，贫苦无依之人经常到这里挖黄土贩卖。清末以后划分为东四块玉与西四块玉，再往后细化为东四块玉北街、东四块玉南街、西四块玉胡同与双玉中街。有一种说法，明永乐年间修建天坛，将四块巨大而美丽的汉白玉，遗弃于此——今之自行车比赛场的西北角。然而，无论是以四块玉为名的街道还是胡同，都是没有经过规划的小巷，蜿蜒蔓曲，湫隘简陋，没有内城道路那样的泱泱格局与辉煌气象。

四块玉原来的面积要阔大许多，从天坛东北角向南伸展，越过现在的体育馆路，至天坛东路一带。1965 年，天坛东北角的四块玉改称敬业西里。现在只有天坛东路一带叫四块玉了。在历史上，四块玉的东部有一处军营，叫蓝旗营，是清代正蓝旗士兵的驻地，而蓝旗营的南部也有一处营地，叫新营房，很可能是从蓝旗营衍生出来的。新营房与东四块玉南街大体重叠，说明这里在乾隆时期也是营房。

再北，四块玉的北部是广渠门内大街，在历史上分别是大石桥、揽杆市、东草市与蒜市口。揽杆也写作缆竿，缆是缆绳，缆竿或者是与缆绳有关的器物。为什么会出现"缆"与"桥"这些与河水有关的名称呢？因为这一带旧多河道，二十世纪五十年代，大石桥东侧还有明沟，与护城河相通。如同揽杆市，蒜市口在明人张爵的《京师五城坊巷胡同集》①也已经出现。蒜市口的东侧是草市，称东草市，无论是蒜市还是草市，都得名于其所经营的商品。蒜市口与崇文门外大街相交之处，曾经是烧酒的汇集地，夏仁虎云："凡京东、西烧锅所出之酒皆集于是"②，领有官方颁发的"商贴"，因此所售之酒称官酒。光绪时，蒜市口西段修建了一座木制的望火楼，大约有二十米高，用来瞭望火情，1940年拆掉了。望火楼附近是蒜市口16号院，是曹雪芹曾经居住的地方。

曹雪芹的曾祖曹玺、祖父曹寅和父亲曹頫都曾经做过江宁织造。康熙六次南巡，四次由曹寅负责接驾而备受宠信。但是，在康熙去世以后，曹家的命运发生了转折。雍正四年（1726）十一月，曹頫因为缎匹质量"粗糙轻薄"而受到处分。次年（1727）六月，雍正所穿的石青缎褂落色，曹頫再次受到处分。十二月，曹頫督运缎匹进京时，在山东长清县等处勒索费用、骚扰驿站，被山东巡抚塞楞额举奏，从而招致了雍正的愤怒，下旨将曹頫交由内务府和吏部严审，并查封曹頫家产。六年（1728）二月，新上任的江宁织造隋赫德将曹頫在江南的家产人口查明接收，曹頫在京城的家产人口，也由内务府全部查封。六月，骚扰山东驿站案审结，判曹頫赔银四百四十三两二钱，由内务府负责催讨，并将曹頫枷号示众。七年（1729）初夏，曹雪芹随同家人从南京回到北京。这一年，曹雪芹大约在十四到十五岁之间。

1982 年十月，中国第一历史档案馆在所藏清代内务府档案中，发现了一件雍正七年（1729）七月二十九日的《刑部为知照曹頫获罪抄没缘由业经转行事致内务府移会》，其中记载：

> 曹頫之京城家产人口及江省家产人口，具奉旨赏给隋赫德。后因隋赫德见曹寅之妻孀妇无力，不能度日，将赏伊之家产人口内，京城崇文门外蒜市口地方，房十七间半、家仆三对，给与曹寅之妻孀妇度命。

通过与乾隆《京城全图》③比对研究，蒜市口街 16 号院与《刑部致内务府移会》记载十分近似。1965 年北京进行地名整顿，将大石桥、揽杆市、东草市与蒜市口并入广渠门内大街，蒜市口 16 号改为广渠门内大街 207 号了。2000 年，广渠门内大街拓宽，207 号由于处于红线内而被拆除。还有一个理由是，拆除 207 号时，院内的房屋是十八间而不是十七间半，岂料拆掉以后发现其地基正好是十七间半。曹雪芹在这里居住了多久，史无明文，但是仍然留下一些传说而提供了可以让后人冥思的空间。《红楼梦》中的很多场景都可以在蒜市口一带找到原型，比如蒜市口附近的兴隆街，铁槛寺的原型隆安寺，曹雪芹盘桓过的夕照寺，也称卧佛寺，齐白石曾往那里探访，并留有吟哦的诗句："风枝露叶向疏栏，梦断红楼夜半残。举火称奇居冷巷，寺门萧然短檠寒。"由此推想，蒜市口南边的四块玉是否也是曹雪芹创作《红楼梦》的蓝本呢？这当然是难以排解而相当纠结的。

　　读过《红楼梦》的读者知道,《红楼梦》原称《石头记》,起因是一块石头:"原来女娲氏炼石补天之时,于大荒山无稽崖炼成高经十二丈、方经二十四丈顽石三万六千五百零一块。娲皇氏只用了三万六千五百块,只单单剩了一块未用,便弃在此山清埂峰下。"而这块石头看见众石"俱得补天",只有自己没有被选用,十分伤心,"日夜悲号惭愧"。一日,正当嗟悼之际,来了一个僧人与一个道士,坐在石头边上,说说笑笑,先是说些云山雾海、神仙幻化之事,后便说道红尘之中的富贵荣华,"此石听了,不觉打动凡心",请求他们把他也带到花柳繁华之地而享受几天。僧、道于是把他幻化为一块鲜明莹洁的美玉到人间游历了一番。又不知过了多少光阴,有个空空道人访道求仙,来到清埂峰下,看见一块石头,上面刻了许多文字,仔细一读原来就是那块石头"蒙茫茫大士、渺渺真人携入红尘,历尽离合悲欢、炎凉世态的一段故事。"④这就不能不叫人发生联想,联想曹雪芹,住在蒜市口,作为旗下之人,去探访附近蓝旗营与新营房的故旧新知,或许是可能的,而到了新营房自然会看到那四块静卧在黄土地上巨大的汉白玉。如果是这样,遥睇绿树蓊郁的天坛,想到那里的圜丘,皇帝祭天的地方,那里的石头都是瑰玮晶莹的石材,都是象征着天数,而只有这四块摒弃于此——它们也是有资格"补天"的,或者对曹雪芹会有所触动?曾几何时,他的家族,距天最近,如今呢?想到目下悲辛的家境,真是一言难以道尽,而被遗弃的汉白玉是否由此演化为《红楼梦》开篇中石头的底本?当然可能有,也可能没有,有与没有,都有道理也都没有道理,但在二者之间进行推度与觇想总是可以,而且应该的吧。

注　释

① 《京师五城坊巷胡同集》，第 16 页。〔明〕张爵。北京，北京古籍出版社，1983 年 5 月。

② 《旧京琐记》，第 101 页。夏仁虎著。北京，北京古籍出版社，1986 年 7 月。

③ 《加摹乾隆京城全图》，北京市古代建筑研究所　北京市文物局资料信息中心编。北京，北京燕山出版社，1996 年 2 月。

④ 《红楼梦》，第 1—3 页。曹雪芹著，蔡义江校注。杭州，浙江文艺出版社，1994 年 2 月。本书关于《红楼梦》的引文均出自这个本子，为简篇幅，以后引文，不再出注。

葫芦庙炸供

　　甄士隐是《红楼梦》中的开篇人物。

　　说到甄士隐，不能不说葫芦庙，不能不说葫芦庙里的和尚，三月十五日炸供，不小心走水，"致使油锅火逸"，烧着窗纸，不一会儿，整条小巷便烧得如同火焰山一般，整整烧了一夜，也不知烧了多少人家，甄士隐家在葫芦庙隔壁，早已烧作瓦砾场了。

　　由于这场大火将屋舍与家当烧为一空，甄士隐只好搬到乡下的田庄居住。但是，年景不好，民不安生，士隐又将田庄变卖了，投奔岳丈封肃。然而封肃并不是良善之人，见女婿落难，非但不帮助，反而将甄士隐变卖田庄的银子半哄半赚，"些须与他些薄田朽屋"，"勉强支持了一二年"，士隐"贫病交攻，竟渐渐露出那下世的光景来"。一日，甄士隐拄了拐，挣挫到街前散心，忽见那边来一个跛足道人，唱着《好了歌》，甄士隐听了，问那个道人："你满口说些什么？只听见些'好''了''好''了'。"那道人回答："你若果听见'好''了'二字，还算你明白。可知世上万般，好便是了，了便是好。若不了，便不好；若要好，须是了。"甄士隐原本是有宿慧的，听到这样的话，心中立时彻悟，笑着对道士说："且住！待我将你这《好了歌》注解出来何如？"听了士隐的解释，跛足道人不禁拍掌笑道："解得切！解得切！"士隐便说一声："走罢！"将道人肩上的褡裢，抢过来背上，随他出家去了。

由于葫芦庙和尚炸供失火，造成了甄士隐命运大幅度的转变，这就有必要对炸供做出些许说明。

什么是炸供？简单讲，炸是油炸，供是献给神、佛或者先人歆享的供品，二者合称炸供。炸供的主要原料有：面粉、生油、砂糖、饴糖、蜂蜜、桂花、红色素，等等。将白砂糖、饴糖、蜂蜜、桂花，制成浆料。把油、温水与面粉搅拌为面团。之后摘剂、擀片、切条（长三厘米，宽、厚各一厘米左右），下油锅炸熟。捞出沥油后挂浆。因为炸供是上了蜜的糕点，因此又称蜜供。蜜供分红、白两种，一种有红色的细线，称红供；一种没有，称白供。红供用来供养神、佛，白供用来祭祀祖先。《清稗类钞》曰："所谓蜜供者，专以祀神"，"砌作浮图式，中空玲珑，高二三尺"，五具为一堂，"元日神前必用之"。浮图也写作浮屠，即佛教中的宝塔。把蜜供一根一根码起来，中间是空的，故曰"中空玲珑"。蜜供码出来的宝塔，有方形与圆形两种，高度一般以三尺为准。当然也有小的，祭祀灶王爷的蜜供则仅高六寸。蜜供以堂为单位，一堂三个，或者五个。供尖之上有时还插上福、寿、禄、喜、财等字笺。这是用来祭祀的蜜供，如果不是整齐码放，而是将蜜供随意码放成坨，则谓之碎供，不能用来祭祀，只能做日常的点心。北京的糕点铺，至今还有出售，是北京人喜欢的点心之一。

旧京民俗，蜜供是过年时祭祀神、佛、祖先的必备之物，为此，贫寒之家采取打供的形式，每月交零钱给制作蜜供的商家，从而聚沙成塔，到年底凑成购买蜜供的钱数。在北京，制作蜜供的，有糕点铺，也有寺院道观。原来的崇文区东晓市有一处药王庙，俗称南药王庙，便以制作蜜供而受人称道。葫芦庙的和尚自己炸供，或者是为了节约开支，或者是"供"做得好，因此要自己"炸"。既然炸供，为什么不是在除夕之前，而是在农历的三月十五日？这可能与佛诞有关，四月初八是佛祖的诞辰，这一天是应该摆供的，葫芦庙的和尚炸供，很可能是为了佛祖的诞辰而做准备吧！佛祖原本是普度众生的，却哪里料到了自己的诞日而殃及苍生，彻底改变了甄士隐的命运呢？

甄士隐是《红楼梦》中的开篇人物，贾宝玉与林黛玉等"一干风流孽鬼"，正是通过他的夏日之梦而降临人间：

一日，炎夏永昼，士隐于书房闲坐，至手倦抛书，伏几少憩，不觉朦胧睡去。梦至一处，不辨是何地方，忽见那厢来了一僧一道，且行且谈。只听道人问道："你携了这蠢物，意欲何往？"那僧笑道："你放心，如今现有一段风流公案正该了结。这一干风流冤家，尚未投胎问世，趁此机会，就将此蠢物夹带于中，使他去经历经历。"

"蠢物"即大荒山下青埂峰前的顽石，因为羡慕人间的温柔富贵，请求僧道把他带到人间，"将此蠢物夹带于中"，即指此事。"风流冤家"指宝玉与黛玉。原来，西方灵河的三生石畔长有一株绛珠仙草，赤瑕神宫里面有一位神瑛侍者，每天用甘露浇灌它。于是这株仙草也通了灵性，然而只修成女体，是为绛珠仙子。神瑛侍者是宝玉的前身，绛珠仙子即黛玉的前身。神瑛侍者近日"凡心偶炽"意欲下凡"造历幻缘"，已在警幻仙子案前挂了号，警幻于是对绛珠仙子道："灌溉之情未偿，趁此倒可了结的。"绛珠仙子说："他是甘露之惠，我并无此水可还。他既下世为人，我也去下世为人，但把我一生所有的眼泪还他，也偿还得过他了。"士隐大约听得明白，待详细问时，突然一声霹雳打来，如同山崩地裂，把士隐吓醒了，定睛一看，只见："烈日炎炎，芭蕉冉冉，所梦之事，便忘了大半。"

《红楼梦》从女娲补天开端，顽石是被女娲遗弃的石头，被僧道从寂寞荒凉的大荒山下，携至富贵繁华的人世之间。僧道不是普通的凡人而是得道高人，通过他们，完成了从神话到现实的穿越。这是第一次穿越。第二次，依然是通过僧道把宝玉与黛玉，从太虚幻境带到尘俗之世。这次穿越，或者说，这次展现是通过梦境表现出来的。同样是穿越，在古人，在《红楼梦》是讲究条件的，能够进行穿越的，要么是异于常人的高人，比如这里的僧道；要么是通过做梦，比如甄士隐的梦境，总之是有条件的，相对现在网络小说中的穿越，可以没有任何条件，似乎更为可信一些。普通人怎么可以穿越，且取信读者呢？同样道理，运用于甄士隐，也是如此，他命运的改变，从士绅，到寒儒，从红尘百丈，到清寂如水的空门，也是有条件的，条件之一便是葫芦庙，便是葫芦庙的和尚，便是葫芦庙和尚炸供，引起了丙丁大火，这都真实可信，而在这真实可信中甄士隐也完成了穿越，完成了《红楼梦》的叙述转折，从神话到人间，从苏州到京城，到京城的宁、荣二府，到宝玉与黛玉，从而搬演了一出"悲金悼玉"的千古绝唱。

这或者可以为网络写手提供若许可资借镜的手法吧。

注　释

①《清稗类钞》，第十三册，《饮食类·京师食品》，第 6246 页。徐珂编撰。北京，中华书局，2010 年 1 月。

10

贾府之门

说到贾府之门，必然要从黛玉说起。

话说"黛玉自那日弃舟登岸时，便有荣国府打发了轿子并拉行李的车辆久候了"。早就听说外祖母家与别家不同，黛玉因此步步留心，时时在意，进城以后，从纱窗向外瞧了一瞧，其街市之繁华、人烟之阜盛，自与别处不同：

> 又行了半日，忽见街北蹲着两个大石狮子，三间兽头大门，门前列坐着十来个华冠丽服之人。正门却不开，只有东西两角门有人出入。正门之上，有一匾，匾上大书"敕造宁国府"五个大字。黛玉想到，这是外祖母之长房了。想着，又往西行，不多远，照样也是三间大门，方是荣国府了。却不进正门，只进了西边角门。

门是建筑的入口，在我国封建社会，也是主人身份的标志，社会地位不同，门的形制也不一样。乾隆二十九年（1764）钦定的《大清会典》规定："凡亲王府制，正门五间，启门三。"[①]亲王府的

11

大门虽然是五间，但是只能开启中间的三间大门，两侧的尽间为槛墙菱窗。低一个档次的郡王府，也是五间府门，其下的贝勒府则只可以采用三间府门，而且只能是三启一了。再下的贝子府、镇国公、辅国公的府门虽然也都是三间。然而，在屋脊上却不能够用吻兽，只能够用望兽。[②]以此对照黛玉眼中的"三间兽头大门"，说明宁国府的大门相当于清朝的贝子或者镇国公与辅国公府门的规制。"照样也是三间大门"的荣国府当然也是如此。

那么，什么是兽头呢？或者说兽头与大门是一种什么关系？兽头，即望兽，是中国古建屋脊两侧的构件。望兽与吻兽不同，二者虽然均为龙形，但是前者的头向外，故称之为"望"，后者的头向内，张开大口咬住正脊，故称之为"吻"。吻兽的形状以龙首为主，龙首由犄角、耳朵、眉、眼、口、舌、牙、卷毛、草胡子构成。龙尾卷曲于龙首的顶部，龙尾之下是仔龙。龙首的后部是龙腿、龙爪、爪毛。龙首的后上端是剑把，其后还有一只小巧的背兽。龙，毕竟是游弋于江涛云海的神物，因此要雕刻一只剑把，取将其固定之意。[③]望兽也大抵如此，只是没有剑把，犄角改为铁质，高耸于龙首之上。由于结构的缘故，吻兽只能施于正脊，望兽除正脊外，还可以施之于垂脊的下端。简之，在等级上低于吻兽。因此，王府大门可以用吻兽，贝子和公的府门只能采用望兽。在《红楼梦》中，宁国公与荣国公，虽然不是宗室封爵，但是在爵位的等级上，与宗室中的公爵相类似，故而可以采取这种等级的构件。

同样是大门，王府之门可以称宫门，王府以下只能称府门，没有爵位的品官，即便是大学士，也不能称府，只能称宅，或第，其门只能称宅门，在名称上也要显示出不同等级。如果环境允许，在清代，王府的宫门之前还要构筑一处方形大院，在东、西墙上各开辟一座阿司门，设置石狮、灯柱、拴马桩与辖禾木——古曰行马。因为石狮的缘故，这处方形大院称狮子院。由于环境限制，不能设置狮子院的王府，往往在宫门的对面修筑一座巨大的影壁。贾府不是王府，因此不可能建狮子院，但可以在府门两侧放置石狮，而这样的石狮，只有贵族府第才可以，非贵族，不可以设置。

贵族的府门日常是不开启的，只在重大日子、重要人物来访的时候才打开，平常只走侧门，这样的侧门分布在大门两旁，东侧的叫东角门，西侧的叫西角门。黛玉进入荣国府时，"只进了西边角门"，便是这个原因。同样因为这个原因，在黛玉的视域里，才可以出现"十来个华冠丽服之人"列坐于兽头大门之前的描写。在这样的门前，黛玉想的是："这是外祖母之长房了"，再向西不远，便是荣国府的大门，同样是"三间兽头大门"。黛玉的"见"与"想"都只是单纯判断，没有更多心理活动，没有刘姥姥那样的压抑与心酸。第六回，刘姥姥带着外孙子板儿，来到"荣府大门狮子前，只见簇簇的轿马，刘姥姥便不敢过去，且掸了掸衣服，又教了板儿几句，而后蹭到角门前"。同样的门，在黛玉的眼中，突出的是形制，是"三间"与"兽头"；在刘姥姥则是"大门"与"狮子"，突出的是狮子，作为大门附属物，狮子要放在大门之前。来到"荣府大门狮子前"，说明刘姥姥还没有接近荣国府的大门，便感到压力而"不敢过去"，只能蹭到角门向那里的人物问话。这是一些什么样的人物呢？"只见几个挺胸叠肚、指手画脚的人坐在大凳上，说东谈西呢。"对这些人物，刘姥姥很是谦卑，向他们贺道：

"太爷们纳福！"众人打量了她一会，便问是哪里来的。刘姥姥赔笑道："我找太太的陪房周大爷的。烦哪位太爷替我请他老出来。"那些人听了，都不瞅睬，半日方说道："你远远的在那墙角下等着，一会子他们家有人就出来的。"内中有一年老的说道："不要误她的事呢，何苦耍她。"因向刘姥姥道："那周大爷已往南边去了。他在后一带住着，他娘子却在家。你要找时，从这边绕到后街，上后门上去问就是了。"

同样是奴仆，在黛玉的眼中，不过是华冠丽服、衣着鲜亮而已，而在刘姥姥的眼中却是"挺胸叠肚、指手画脚"，一派豪奴气焰。这些奴仆已然融进贾府，成为贾府之门的组成部分，只有在这样的门楣下面，才会出现这样的人物。面对这样的大门，刘姥姥不敢接近，只能从后门进入荣府，拜见凤姐，祈求施舍。但是，同样的大门，在元春面前，却呈现了另一种姿态。第十八回，元春省亲，贾府上下早早出门迎接。贾赦率领合族子侄在西街口外，贾母带领合族女眷在荣国府的大门外面迎候。足足等了半日，静悄悄的，忽见一对红衣太监骑马缓缓而来，半日又是一对，"少时便来了十来对，方闻得隐隐细乐之声。"随后是一对对龙旌凤翣，雉羽夔头，"又有销金提炉焚着御香。然后一把曲柄七凤黄金伞过来，便是冠袍带履。"再后"又有值事太监捧着香珠、绣帕、漱盂、拂尘等类"，一对一对走过去。"后面方是八个太监抬着一顶金顶金黄绣凤版舆，缓缓行来。"贾母等人慌忙在路边跪下，"早飞跑过几个太监来，扶起贾母、邢夫人、王夫人来。"在皇室面前，贾府的主子不过是奴才而已，虽然她们在血缘上是元春的祖母、母亲与舅妈。而在这个时刻，元春的凤舆早已经"抬进大门，入仪门往东去,"进入大观园了。在同样的门前,同样是"三间兽头大门",不同的人物却受到了不同的遭际:在黛玉,是大门不开,只能从角门进入;在刘姥姥,角门也不可进入,只能走后门;在元春,大门不仅开启,而且是"抬进门去",贾府的大门在形制上没有丝毫变化,但是其所涵括的礼仪制度,却充分地弥散出来,对刘姥姥是那样威严难近,在元春却是视若无物,而此时,读者所关注的已不再是贾府之门,而是元春省亲之时煊赫的皇家气派了。

注　释

① 乾隆《钦定大清会典》,卷七十二《工部·府第》,第670页。长春,吉林出版有限责任公司,2005年5月。

② 同上,第671页,"贝子府制基高二尺,正门一重,堂屋四重,各广五间(脊用望兽),余与贝勒府同。○镇国公、辅国公制与贝子同。"

③ 参见《中国古建筑瓦石营法》,第五章,第229页。刘大可编著。北京,中国建筑工业出版社,1993年6月。

清朝的封爵制度与荣国府的主要建筑

《红楼梦》是我国古代经典小说。在小说中，不仅展示了众多人物形象，而且涉及了礼仪、建筑、服饰、饮食等诸多文化领域，从而为今人研究当时的社会现象提供了丰富的历史信息。虽然这些信息被遮掩在故事的皱襞里，然而只要我们认真探究，还是可以揣摩出某些端倪的。

第三回，林黛玉因为母亲亡故，被她的父亲委托贾雨村护送到荣国府。来到荣国府以后，黛玉先是拜见贾母，之后奉贾母之命去见两个母舅。先去见大母舅，也就是贾赦。贾赦不见，使人回话："连日身上不好，见了姑娘彼此倒伤心，暂且不忍相见。"之后，去见二母舅，也就是贾政，也没有见到。王夫人对黛玉说："你舅舅今日斋戒去了"，自然见不到了。王夫人居住的地方是贾府中的主体院落。黛玉由众嬷嬷带着：

穿过一个东西的穿堂，向南大厅之后，仪门内大院落，上面五间大正房，两边厢房鹿顶耳房钻山，四通八达，轩昂壮丽，比贾母处不同。黛玉便知这方是正经内室，一条大甬路，直接出大门的。

"仪门"是大门之后的二门，只有在举行重大活动，或者迎接重要人物时才开启。这是一种礼仪性质的门，故冠以"仪"字。"正房"，即院落中的主要建筑，因为面积宽阔，故曰"大"。厢房位于正房的东西两侧，处于东侧的称东厢房，处于西侧的称西厢房。正房可以有耳房，厢房也可以有耳房。厢房的耳房是平顶，其形类于盛放帝王玉玺的盒子，这种盒子是平顶的，称盝顶，因此把平顶的房子也称为盝顶，谐音"鹿顶"。厢房与正房之间有走廊相通，为了与走廊连接起来，无论是厢房还是正房都在山墙上开辟门洞，这样的门洞称"钻山"。"厢房鹿顶耳房钻山"不过八个字，却讲述了四种建筑形式，藏蕴着深厚的北京的居住文化。生于晚清的震钧熟谙京师掌故，在其所著的《天咫偶闻》中，对北京内城与外城的院落进行对比时写道：

> 内城房式异于外城。外城式近南方，庭宇湫隘。内城则院落宽阔，屋宇高宏。门或三间，或一间，巍峨华焕。二门以内，必有听事。听事后又有三门。始至上房。听事上房之巨者，至如殿宇。大房东西必有套房，名曰耳房。左右有东西厢，必三间，亦有耳房，名曰盝顶。或有从二房以内，即廻廊相接，直至上房，其式全仿府邸为之。[①]

把震钧的描述对照黛玉的所见，二者是十分相近的。正房两侧的耳房因为处于正房与厢房之间，遮蔽幽隐，因此往往作为主人的居处。《红楼梦》中王夫人"时常居座宴息",亦不在正房,只在正房"东边的三间耳房内",便是这个道理。而"五间大正房"看似随意,其实也并不随意。根据书中交代,黛玉的曾外祖,因军功封荣国公,荣国公的哥哥也因军功封为宁国公,为此皇帝赐建了他们两所府第,这就是荣、宁二府的来历。在清代,分封有两种情况,一种是宗室分封,一种是异姓分封。宗室分封有十二个等级,即:和硕亲王、多罗郡王、多罗贝勒、固山贝子、奉恩镇国公、奉恩辅国公、不入八分镇国公、不入八分辅国公、镇国将军、辅国将军、奉国将军、奉恩将军。异姓分封为九级,即:公、侯、伯、子、男和轻车都尉、骑都尉、云骑尉、恩骑尉。公,列为第一等级,又细分一至三等,一等最为尊显。

荣国公与宁国公属于异姓分封,处于公的最高等级。《红楼梦》第十四回,在为秦可卿送灵"压地银山一般"的队伍中,表示秦氏身份的铭旌上有这样的文字:"一等宁国公冢孙妇"。冢,在古汉语中有大的意思,冢房,即大房,也就是正房。冢孙,即正房的长孙。《红楼梦》第二回冷子兴在向贾雨村介绍宁国府时说:宁国公死后,他的儿子"贾代化袭了官"。贾代化有两个儿子,"长名贾敷,至八九岁上便死了,只剩了次子贾敬袭了官,如今一味好道,只爱烧丹炼汞,余者一概不在心上。幸而早年留下一子,名唤贾珍……这位珍爷倒也生了一个儿子,今年才十六岁,名叫贾蓉。"据此推算,贾蓉当然是宁国公的冢孙,他的妻子自然是宁国公的冢孙妇了。

在清代,爵位等级不同,府第的规制也不一样。王府有王府的规制,贝勒府有贝勒府的规制,而贝子,包括公的府第的规制是:

"正门一重，堂屋四重，各广五间"。②意思是说，贝子，包括公的府第可以建造四层堂屋，堂屋也就是正房，最多只能五间。王府中的主要建筑可以有七间，可以称殿，称寝。贝子以下府第的主要建筑则只能称房、称屋，不能够称殿、称寝。对照黛玉所见荣国府内的主要建筑"五间大正房"，无论是间数，还是名称，与清代公府的堂屋完全吻合。而在建筑的形制上，王府屋脊两端可以采用吻兽，公府则只能够使用低一等级的望兽。吻兽与望兽，都是龙，所谓龙生九种的一种。二者的区别是吻兽的口相向而对，口含屋脊，望兽则相反，口相背而设。造型的差异反映了府主的不同身份。在我国的封建时代，建筑不仅有居住功能，而且是制度的物化，这种物化不仅体现于建筑的主体形态，诸如墙壁、梁枋、屋顶的形状、质地与颜色，而且体现于某一个构件的方寸之中，不容丝毫错误，错了就是僭越，是要按律治罪的。

　　无论是王还是公，他们的府第，在清代都是官产，由内务府管辖，府第的主人辞世了，后人如果不再袭爵，或者承袭的爵位与居所等级相差甚远，便要迁移出去，也就是撤府，内务府重新为其安排与其身份相当的住宅。如果犯了罪，成为缧绁之臣，则不仅要被抄家，而且要被轰出府第，原因是，这是朝廷的产业，罪臣没有资格居住。《红楼梦》第一百零五回讲述贾府被查抄，在司员登记查抄物件时有这样的文字："一切动用家伙攒钉登记，以及荣国敕第，俱一一开列。"荣国府是皇帝敕建的，自然要依法收回，宁国府当然也是这样。查抄的结局是，贾政居住的荣国府由于主上开恩，许其继续居住，贾珍所居住的宁国府则被抄检入官，他的妻子尤氏与儿子贾蓉只能寄住荣府了。《红楼梦》中对宁荣二府的处理便是清朝封爵府第制度在小说中生动而真实的反映。这就说明，许多时代背景模糊的文学作品，比如《红楼梦》虽然刻意避开"朝代纪年"，以避免可以预见的政治旋涡，但当作家遇到特殊的礼仪制度时仍然难以藏匿真实而不漏泄时代的渍痕，从而为我们提供了可以在历史与艺术之间行走与探析的可能。

注　释

①　《天咫偶闻》，卷十，第 212 页。〔清〕震均著。北京，北京古籍出版社，1982 年 9 月。

②　乾隆《钦定大清会典》，卷七十二《工部·府第》，第 671 页。长春，吉林出版有限责任公司，2005 年 5 月。按照中国传统的说法，两座房子之间的院落为一进，"堂屋四重"，应为三进院落，而正门到第一重堂屋也为一进，则合计为四进。现实中的王公府第，往往低于规定，比如恭亲王府的正门只有三间，这样做的目的是采取低调的办法而避免逾制。

第三回，贾府的三位姑娘出场。

在这一回，林黛玉拜见贾母之后，贾母向她介绍邢夫人，这是你大舅妈；王夫人，这是你二舅妈；李纨，这是你"先珠大哥的媳妇珠大嫂子"。之后又说："请姑娘们来，今日远客才来，可以不必上学去了。"不一会，只见三个奶嬷嬷与五六个丫鬟簇拥着三个姊妹走进来。黛玉抬头看时：第一位："肌肤微丰，合中身材，腮凝新荔，鼻腻鹅脂"，是一个观之可亲而温柔沉默的姑娘。第二位："削肩细腰，长挑身材，鸭蛋脸面，俊眼修眉，顾盼神飞"，是一个不同于常人的姑娘，用书中的表述是"文采精华，见之忘俗"。第三位则是："身量未足，形容尚小"。这三位姑娘，即：迎春、探春与惜春。三位姑娘年龄不一，貌相各异，出身也不一样。迎春是贾赦的身边人所生，探春是赵姨娘所出，惜春是贾珍的妹妹。

对这三位姑娘，家人兴儿曾经这样评述，说迎春的诨名是"二木头"，戳一针，"也不知哎呦一声"；探春的诨名是"玫瑰花"，"又红又香，无人不爱的，只是有刺扎手"；惜春"是珍大爷的亲妹子，因自幼无母，老太太命太太抱过来，养这么大，也是一位不管事的。"当然，除去这三位姑娘，贾府还有一位姑娘，王夫人的女儿元春，这里不去讨论，只说迎、探、惜，她们在贾府中，与贾府的媳妇，比如凤姐儿等人相比，谁的地位更为尊重？

《红楼梦》第五十五回，凤姐过完元宵以后，便小产了，"在家一月不能理事"。失去了凤姐，王夫人便觉失去了臂膀，于是请儿媳李纨协助，处理一些琐碎之事。但李纨是个"尚德不尚才的人"，未免骄纵下人，便又把探春请出来，二人共同理事。这一天，因为赵姨娘的哥哥赵国基的丧葬银两，而导致探春愤怒，恰在这时，平儿走过来，探春便向她发脾气。平儿转而斥责下人不尊重探春。众人道："我们并不敢欺负小姐，如今小姐是娇客，若认真惹恼了，死无葬身之地。"平儿对众人说："她是个姑娘家，不肯发威动怒，这是她尊重，你们敢藐视欺负她，果然招她动了大气，不过说她一个粗糙就完了，你们就现吃不了的亏！她撒个娇，太太也得让她一二分，二奶奶也不敢怎样。"娇客，原指女婿，这里指探春。平儿说探春撒个娇，太太也得让她"一二分，二奶奶也不敢怎样"。为什么会是这样？

探春不过是个姑娘，而且是庶出，却受到如此尊重，除本人的精明厉害外，主要在于满族习俗。金启孮在《北京的满族》中说："满族姑娘在家庭中地位很高，特别是在各营房中（北京内务府和包衣佐领家的姑娘要差些；皇族各府中反而更差）。父、母、兄、嫂都对她们表示十分尊重。比如早晨哥哥遇见妹妹，也要很客气地说：'妹妹您早起来啦！早喝茶啦！'这是因为八旗中姑娘有被选成'秀女'的可能。从'秀女'中又可能选成'妃'或'皇后'。到了清末，'秀女'多从八旗世家中选，'使女'才从八旗中选。但仍没有改变八旗人家姑娘的地位。"①"选秀"是一个因素，再一个因素，从人类学的角度考察，满族在习俗中仍然保留很多母系社会遗风，比如家族中的事务，尤其是财务，往往由母亲，甚至由姑娘主持，探春在凤姐生病期间帮助王夫人处理荣府琐事，正是满族遗风在小说中的体现。

众所周知，《红楼梦》的作者曹雪芹是满洲正白旗人，其生活习俗浸润笔端而于行文涉墨中有所流露，是必然且可以理解的。相对贾府的姑娘，贾府中的媳妇——比如凤姐儿，又处于怎样的地位，与姑娘们相比，谁的地位更为尊重？在第四十三回，贾母要众人凑钱给凤姐过生日，得到王夫人的认可后贾母很高兴，遣人去请薛姨妈、邢夫人，不一会人到齐了纷纷落座，其中：

> 薛姨妈和贾母对坐，邢夫人、王夫人只坐在房门前两张椅子上，宝钗姊妹等五六个人坐在炕上，宝玉坐在贾母怀前，地下满满的站了一地。贾母忙命拿几个小杌子来，给赖大母亲等几个高年有体面的嬷嬷坐了。贾府风俗：年高服侍过父母的家人，比年轻的主子还有体面，所以尤氏、凤姐儿等只管地下站着，那赖大的母亲等三四个老嬷嬷告个罪，都坐在小杌子上了。

"宝钗姊妹等五六个人坐在炕上"，应该包括迎、探、惜。这些姑娘坐在炕上，而贾府当家的少奶奶，尤氏与凤姐儿却"只管地下站着"。这是为什么？书中解释了一半道理，说是"贾府风俗，年高服侍过父母的家人，比年轻的主子还有体面"，既然如此，都是年轻的主子，姑娘为什么不站在地下？这又涉及满族的习俗。在满族，宗族观念十分强烈，媳妇是外姓人，因此地位低下，尤其是在新婚之初，很难融入婆家，甚至受到排挤，在姑娘，也就是姑奶奶面前，她们处于劣势，媳妇怕姑娘，甚至比怕公婆还厉害。上面引述平儿对下人说，对于探春，"二奶奶也不敢怎样"，便是这个习俗的折射。

在这个习俗下，贾府的媳妇们，凤姐、李纨、尤氏，包括邢夫人与王夫人，吃饭时环伺贾母的情景，便可以理解了。第三回，林黛玉来到荣国府，在王夫人那里说话，这时来了一个丫鬟说："老太太那里传晚饭了！"王夫人于是带着黛玉来到贾母处，吃饭的时候：

> 李氏捧饭，熙凤安箸，王夫人进羹。贾母正面榻上独坐，两旁四张空椅，熙凤忙拉了黛玉在左边第一张椅子坐了。黛玉十分推让。贾母笑道："你舅母和嫂子们不在这里吃饭。你是客，原应如此坐的。"黛玉方告了座，坐了。贾母命王夫人坐了。迎春姊妹三个告了座，方上来。迎春便坐右手第一，探春左第二，惜春右第二。旁边丫鬟执着拂尘、漱盂、巾帕。李、凤二人布让。

贾母吃过饭，对王夫人说，"你们去吧，让我们自在说话儿"，王夫人才带着李纨与凤姐儿离开。在贾母面前，王夫人与邢夫人是儿媳妇，李纨与凤姐是孙媳妇，在贾母吃饭时，姑娘们坐着，王夫人却带着李纨与凤姐在一旁伺候"捧饭""安箸""进羹"。而在贾母邀集众人商量给凤姐凑份子过生日时的，其座位的安排也很有分寸。"薛姨妈和贾母对坐，邢夫人、王夫人只坐在房门前两张椅子上。"薛姨妈是王夫人的妹妹，丈夫不过是皇商，无论是年龄还是社会地位都比王夫人低，但是她却与贾母对坐，王夫人与邢夫人则坐在房门前的椅子上。原因也是如此。薛姨妈是客人，要受到尊重，而王夫人与邢夫人是儿媳，不可以和贾母对坐。

当然，随着时间的推移，尤其是生育以后，媳妇的地位开始发生变化。王夫人是这样，凤姐儿也是这样，她们在家族中的地位逐步上升，且成为家族之中的决策者，甚至把家族的财产蚀空而转移到自己名下，譬如红楼里面的媳妇凤姐，只是机关算尽，在大厦倾圮之时，那历年积累的梯己一朝而尽，又焉能不痛！

注　释

① 《金启孮谈北京的满族》，第 33 页。金启孮著。北京，中华书局，2009 年 9 月。

丝织、毛皮与
青缎子背心

服饰表征身份。

现实生活是这样，虚构的生活——小说，是这样，古典文学名著《红楼梦》当然也是这样。人物不同，身份不同，同样是在朱红的楼阁里做梦，由于地位殊异，服饰也是不一样的。主子穿什么衣服，佩什么饰物？丫鬟的衣着打扮又是怎样？这是一个富有趣味的话题。《红楼梦》恰好颇多这样的描写，从而为我们的探究提供了比照的可能。第三回，黛玉来到荣府，拜见贾母之后，突然听见有人笑声说道："我来迟了，不曾迎接远客！"在贾母面前，什么人敢如此放肆？黛玉很是惊诧，心下想着，只见一群媳妇、丫鬟围拥一人从后门进来：

这个人打扮与众姊妹不同，彩绣辉煌，恍若神妃仙子：头上戴着金丝八宝攒珠髻，绾着朝阳五凤挂珠钗；项上戴着赤金盘螭璎珞圈；裙边系着豆绿宫绦、双衡比目玫瑰佩；身上穿着缕金百蝶穿花大红洋缎窄裉袄，外罩五彩刻丝石青银鼠褂；下着翡翠撒花洋绉裙。

同样是凤姐,在第六回,刘姥姥的谛视之中,又是这样打扮:

> 那凤姐儿家常戴着紫貂昭君套,围着攒珠勒子,穿着红桃撒花袄,石青刻丝灰鼠披风,大红洋绉银鼠皮裙,粉光脂艳,端端正正坐在那里,手内拿着小铜火筋儿拨火炉内的灰。

第一处,凤姐的服饰是:

一、“缕金百蝶穿花大红洋缎窄裉袄”。“裉”,指衣服的前幅与后幅的缝合之处,分窄裉和直裉。“窄裉袄”,即紧身袄。“缕金”,指金色的织物。凤姐的上衣当为紧身,在大红色洋缎的底子上,用金色的织物绣出蝴蝶与花朵的图案;二、“五彩刻丝石青银鼠褂”。“刻丝”,指用彩线平织。“石青”,即天青,是一种黑中透红的颜色。“银鼠”,是一种极其珍贵的兽皮,可御轻寒,因为是在室内,故而没有必要穿厚重的皮衣。“褂”,分有袖与无袖。这里当是无袖,类于坎肩,但要长,可以长过膝盖。凤姐穿的褂子,里是银鼠皮,面是黑红色带有五彩的图案;三、“翡翠撒花洋绉裙”,“翡翠”,指翡翠绿。“撒花”,即碎花。“洋绉”,一种略带皱纹、轻而薄的丝绸。

第二处,凤姐的服饰是:

一、“昭君套”,一种无顶的皮帽,戏剧中昭君出塞时戴此,故名;二、“红桃撒花”,桃红色的碎花;三、“灰鼠披风”,“披风”,斗篷。“灰鼠”,松鼠的一种,它的皮毛很珍贵;四、“银鼠皮裙”,以银鼠皮为里的裙子。“大红洋绉银鼠皮裙”,“大红洋绉”,大红色有皱纹的丝绸。“裙”,长裙,从腰至踝,是旧时妇女常穿的服装。厚度上，有单裙、夹裙、棉裙之分。质地上，有布、绸、兽皮之别。旧时贫寒人家的妇女是"荆钗布裙"，以荆木为钗，以粗布为裙。凤姐是贵妇，她所穿之裙，不在此例，而是珍贵的丝织与毛皮了。

巧得很，在第三回，在凤姐登场之后，出现了丫鬟的冬季服装，也是通过黛玉，在看望贾政的时候，一个丫鬟引领她到王夫人的房间，这个丫鬟穿什么样的衣服呢?

只见穿红绫袄、青缎掐牙背心的一个丫鬟走来。

"袄"，是有里子的上衣。"背心"，是无领无袖的上衣。"掐牙"，就是滚边，在背心上掐牙，作为简单装饰。

进一步，如果将其他丫鬟的服装放在一起进行比较，我们便可以发现贾府丫鬟在衣着上面的共性。第二十四回，宝玉坐在床上:

回头见鸳鸯穿着水红绫子袄儿，青缎子背心，束着白绉绸汗巾儿。

第二十六回，后廊上住的五嫂的儿子贾芸来到怡红院，看见一个丫鬟:

细挑身材，容长脸面，穿着银红袄儿，青缎背心，白绫细折裙。——不是别个，却是袭人。

鸳鸯与袭人都是丫鬟，只是隶属于不同的主子而已。她们着衣的共同之处是：一、都穿一件红色的上衣，只是红的程度不同。鸳鸯是水红，袭人是银红，王夫人的丫鬟则是泛泛的红色。二、都穿一件青缎子背心。归纳起来，红上衣与青缎子背心，应是贾府丫鬟统一的衣着。上衣的红色虽然深浅不同，背心的青色则是一致的，因此仅凭一件青缎子背心，①便可以判断贾府中人物的身份：是主子还是奴仆，而无须细识是银鼠还是灰鼠。而那些皮衣，在《红楼梦》中毫无例外地属于上层，底层人物只有在命运发生变化的时候才有可能穿在身上。例如袭人，在第五十一回，母亲病重，袭人的哥哥花自芳来到贾府，请求王夫人"恩典，接袭人家去"，下人回禀，王夫人说道："人家母女一场，岂有不许她去的！"于是把凤姐叫来，让凤姐酌情办理。凤姐答应了，吩咐周瑞家的多带几个仆人跟袭人回家，又说："那袭人原是个省事的，你告诉她说我的话，叫她穿几件颜色好衣裳，大大的包一包衣裳拿着，包袱也要好好的，手炉也要拿好的。临走时，叫她先来，我瞧瞧。"过了半日，果见袭人穿戴了来：

> 凤姐儿看袭人头上戴着几枝金钗珠钏，倒华丽；又看身上穿着桃红百花刻丝银鼠袄子，葱绿盘金彩绣绵裙，外面穿着青缎灰鼠褂。

俨然贵妇装束，然而并不那么协调，为什么呢？

> 凤姐笑道："这三件衣裳都是太太的，赏了你倒是好的；但只这褂子太素了些，如今穿着也冷，你该穿一件大毛的。"

王夫人的衣服穿在袭人身上，当然不会那么般配。而且这褂子穿着也冷，凤姐便将一件"天马皮褂子"赠送给袭人。"天马皮"，是一种狐狸腹部的皮毛，这种狐狸生活在沙碛之中，相对灰鼠皮，更为厚重抗寒。这样，袭人的冬衣既有彩绣又有皮毛，而不同于其他丫鬟只有青缎子背心了。所以如此，是因为宝玉与她初试云雨之后，超出了普通的主仆关系；而在第三十四回，袭人提醒王夫人要警惕宝玉与宝钗、黛玉有可能出现不才之事的话后，被视为心腹。她的地位已然发生变化，虽然名为丫鬟，实则处于侍妾地位，因此，在服饰上才发生了质的变化。

注　释

①　第四十回，贾母介绍"软烟罗"有四种颜色，其中一种是青色的，贾母说："若有时，都拿出来，送这刘亲家两匹，再做一个帐子我挂，下剩的配上里子，做些夹背心给丫头们穿，白收着霉坏了。"明确说出贾府的丫鬟是穿青色背心的。

　　宝玉的辫子是一个引人注目的话题。宝玉为什么要梳辫子，而且要像维吾尔族姑娘打理出那么多小辫，这里面投映出什么道理呢？而在把辫子说清之前，我们不妨先看看宝玉的服装，也就是题目中提到的炫服。把宝玉的服装分析清爽了，宝玉的辫子也就迎刃而解。

　　宝玉的服装始见于第三回。在那一回，黛玉离开扬州来到荣国府，拜见了贾母之后，只听得院外一阵脚步响，丫鬟进来笑道："宝玉来了！"黛玉早就听母亲说过宝玉，心内想到这个宝玉不知是怎样惫懒人物，不见也罢，正在疑惑之间，已经进来一个年轻公子，这就是宝玉。只见那宝玉：

　　头上戴着束发嵌宝紫金冠，齐眉勒着二龙抢珠金抹额；穿一件二色金百蝶穿花大红箭袖，束着五彩丝攒花结长穗宫绦；外罩石青起花八团倭缎排穗褂，登着青缎粉底小朝靴。

　　紫金是一种合金，含有金、铜、铁、镍等多种元素。宝玉的

31

紫金冠嵌有珠宝，故曰嵌宝紫金冠。抹额，也称额带、发箍、眉勒
等，宝玉所戴的抹额是金色的，而且绣有二龙抢珠的纹饰。抹额原
为避寒之物，明清以后多用于女性。二色金，是指用不同成色的黄
金打成金箔，再制成金线。在一件衣服的不同部位采用二色金，从
而在花纹上显示出微妙的色差。箭袖，是一种特殊服装，其形态是
从袖根到袖口逐渐收紧。宝玉所穿的箭袖是大红色的，用两种颜
色的金线绣出蝴蝶在花丛翻飞，故曰百蝶穿花。绦，是用丝线编织
成的花边或扁平的带子。宫绦，指宫中制造或者仿照宫中样式所制
的丝带。宝玉佩戴的宫绦有五彩丝攒花结和长长的穗子。排穗，指
衣服下缘缀有成排下垂的穗子，也称排须。倭缎又称东洋缎，原系
日本织造，后来福建的漳、泉等地仿造日本织法制成的缎子也叫倭
缎。倭缎在当时只被贵族使用而与平民无缘。石青，是黑中透红的
颜色。在清代的礼仪场合，男性的制服是一袍一褂，女性也是如
此。褂的颜色，无论男女都是石青色。袍的颜色，男性有蓝、酱、
驼、灰四种颜色，女性则是大红的颜色。八团，指八个团花图案。
由于八团凸出衣面，故曰起花。根据清末崇彝《道咸以来朝野杂
记》所载，男性的袍"以二则团花为敬"。"二则团花为大光，四则
团花为小光。"女性的褂子，"亦天青色"，八团的位置是："前后胸
各一，左右角各一，前后襟各二。"两相对比，宝玉箭袖的颜色与
褂子的图案与女性相符，不符合男性。[①]这是为什么呢？我们在后
面解释。

　　简之，宝玉的装束是：紫金冠、金抹额、大红箭袖，黑中透红
的褂子和黑色白底的方头小靴子。衣着高贵，色彩华丽，而又不失
沉稳。对于束发冠、抹额与箭袖，宝玉似乎情有独钟，第十五回，

北静王水溶召见他的时候，因为是参加秦可卿的丧仪，故而宝玉的服装不同于常日，只见："宝玉戴着束发银冠，勒着双龙出海抹额，穿着白蟒箭袖，围着攒珠银带。"冠是银冠，箭袖是白蟒，腰带是银带，只有抹额没有交代颜色，也应该是白色的吧。第十九回，宝玉来到袭人家，"穿着大红金蟒狐腋箭袖。外罩石青貂裘排穗褂。"还是箭袖，只是颜色与图案不一样了。前两次，一次是二色金百蝶穿花大红箭袖，一次是白蟒箭袖，而这一次是大红金蟒狐腋箭袖。截止到第十九回，《红楼梦》三次出现了宝玉的服装，三次出现了箭袖，这里面有什么道理呢？这就有必要对箭袖做些简单说明。箭袖起源于北方民族，由于地处高寒，袖缘大多宽厚而容易上翻，从而简洁便利，利于骑射和劳作。而宝玉所穿箭袖的颜色，一次是白色，两次是大红；两次出现了蟒的图案。蟒是传说中类似于龙的动物，一说似龙而无角，一说似龙而少一爪。民间的说法是，龙五爪，蟒四爪，以爪的多寡作为判断是否为龙的标准。在明代，蟒袍并不在官服之列，只是内监、宰辅蒙恩特赏的赐服。[②]入清以后，限制放宽，上至皇子下至未入流的官员都可以穿了，只是在颜色与蟒的数量上有所区别而已。无论是明或者清，两朝的官员们都将蟒袍作为参加礼仪活动的吉服。这一现象在《红楼梦》中也有曲折的反映。第十九回，宝玉去袭人家之前，参加了宁府在年底举办的看戏与观灯活动，这是一种礼仪活动，因此要穿大红金蟒箭袖与石青貂裘褂。清朝早期因为主张"不废骑射"，故而箭袖也被当时的男性所喜爱。在《红楼梦》中将以蟒为图案的箭袖设计为宝玉的吉服，是有时代背景而可以理解的。

　　紫金冠则不是这样。紫金冠是束发冠的一种，一如舞台上的皇子或者年轻将领，比如吕布所戴之冠的样式，明末内监刘若愚在《酌中志》中云："其制如戏子所戴者，用金累丝造，上嵌睛绿珠石。每一座值数百金，或千余金、二千金者。四爪蟒龙在上蟠绕，下加额子一件，亦如戏子所戴，左右插长雉羽焉。"③虽然是戏装，却为熹宗，也就是天启皇帝所喜。刘若愚说这个皇帝喜欢戴这样的冠，"凡遇出外游幸，先帝圣驾尚此冠。"这种打扮也为清代的乾隆皇帝所喜欢，来自意大利的宫廷画师郎世宁画过一幅《乾隆雪景行乐图》。在这幅画中乾隆和皇子们都戴着红绒簪缨的束发冠。相对于熹宗，他们的束发冠少了两支雉羽，也就是野鸡翎，多了一朵绛红的簪缨。而这样的束发方式也被作者移植到宝玉的头上。一天，宝钗生病了，宝玉前去探望，过了一会儿，黛玉也来看望，薛姨妈很高兴。临别之时飘起了大雪，小丫鬟捧过斗笠：

> 宝玉便把头略低一低，命她戴上。那丫头便把大红猩毡斗笠一抖，才往宝玉头上一合，宝玉便说："罢，罢！好蠢东西，你也轻些儿！难道没见过别人戴过的？让我自己戴罢！"黛玉站在炕沿上道："啰嗦什么，过来，我瞧瞧罢！"宝玉忙就近前来。黛玉用手整理，轻轻拢住束发冠，将笠沿拽在抹额之上，将那一颗核桃大的绛绒簪缨扶起，颤巍巍露于笠外。整理已毕，端相了端相，说道："好了，披上斗蓬罢！"

戴这样的冠是要束发的，而清人是梳辫子的，怎么可以戴这样的冠呢？这就要说到宝玉的辫子。还是在第三回，黛玉在见过宝玉以后，贾母让宝玉去见王夫人，过了一会儿，宝玉再次回来时已然换了装束：

头上周围一转的短发都结成小辫，红丝结束，共攒至顶中胎发，总编一根大辫，黑亮如漆，从头至梢，一串四颗大珠，用金八宝坠角；身上穿着银红撒花半旧大袄，仍旧戴着项圈、宝玉、寄名锁、护身符等物；下面半露松花绿撒花绫裤腿，锦边弹墨袜，厚底大红鞋。

换上了银红大袄、松花绿裤子、黑白相间的袜子。因为是家居，不需要多走路，故而鞋也换成了厚底大红鞋。紫金冠不戴了，相应的束发也改为辫子，只是这辫子不同于平常的辫子，而是将头部四周的短发扎结成小辫，攒至头顶，与头顶的胎发总编成一根大辫子。这样的辫子不是常见的辫子，常见辫子的编法是，先将头发分出左中右三束，然后将左边一束和中间一束交叉，之后再将右边一束和中间一束交叉，如此反复直至辫梢。清朝成人男性的辫子便是这样编成的。其发式是"半剃半留"，于额角引一直线，线前面的头发全部剃光，线后面的头发结为辫子垂于脑后。宝玉的辫子显然不是这样的，自然与清代的辫子无关，但不可否认他所有的头发最终还是拢在一起垂于脑后，类似成人的辫子，或者说介于儿童与成人之间的辫子。为什么要这样，这就涉及宝玉的年龄了。根据《红楼梦》的内部编年，黛玉与宝玉初次见面时，黛玉六岁，宝玉七岁，都是六七岁的孩子。而在这样的年龄，按照我国的古代习俗，男孩子的头发应该是自上而下地披垂下来，称垂髫。八九岁至十二三岁的男孩子，则多将头发分为左右两部分，在头顶扎结成束，状若羊角，称总角。十五岁，便要行束发礼，拆散总角，把头发扎做一束，盘于头顶。二十岁的时候便要举行加冠礼了，称弱冠，这时的男子才可以戴上各种样式的冠。以此衡之，七岁的宝玉显然是不应该戴冠的。如果是这样，按照这样的年龄撰写，黛玉与宝玉初次见面时应该处于童年阶段，这样的年龄难以摩擦出情感火花。但是作者不愿意为此虚掷笔墨，而是采取了出场就是青年公子与小姐形象，既然是这样，怎样解决这个矛盾——青年形象与儿童年龄之间的矛盾呢？紫金冠便这样出现了。戴这样的冠，既刻画了宝玉的成人形象，也回避了宝玉的真实年龄，因为紫金冠类于戏装，人生如戏，何必较真？作者在形象与年龄之间觅到了平衡点，从而为自己留下了创作余地，也为读者布下了猜想的空间。同样道理，为了维持宝玉青年公子的形象，又要不违礼节，作者才选择了那样特殊的辫子。④上面说过，书中对宝玉在第一次出场时的大红箭袖与八团起花的褂子进行了女性处理，这里就可以解释了。紫金冠虽然是戏装，但毕竟属于男性；宝玉的箭袖是男性的，但毕竟还是儿童，因此在衣着的颜色与图案上进行了女性处理。这样，宝玉的服装便游弋于真与不真之间，戏剧与生活之间，男性与女性之间，真可以说是时代的炫服。然而，无论怎样苦心孤诣，精心设计，作者依然心存挂碍，故而在描写辫子的同时，也出现了寄名锁与护身符这些属于儿童的吉祥器物，⑤从而说明作者始终纠结于宝玉的年龄，在年轻的公子形象与儿童的年龄之间踟蹰不已。而书内人物，对于宝玉的年龄，是清楚的，所以贾母才会吩咐下人，让宝玉和她住在套间的暖阁，让黛玉住在同一房间的碧纱橱内，他们不过是六七岁的孩子，哪里有分开居住的必要呢？

注　释

①　《道咸以来朝野杂记》，崇彝著。北京，北京古籍出版社，1982年1月。第32—33页："蟒袍质地或蓝色，或酱色，制作或组绣，或缂丝，无大别也。……寻常之袍分蓝、酱、即紫色，后来色加红，谓之枣儿红。驼、浅黄色，又有一种名泥金色，在杏黄、明黄之间。灰 有竹灰、墨灰、银灰之别。四色。蓝色最适于用，灰色则素服也，朝会、庆寿概不能著。花样则名目繁多，以二则团花为敬。二则为大光，四则为小光。有二团龙光者，有拱璧形者，有八吉祥者，有瑞草螭虎者，有卍字牡丹者，有圆寿字者，有长寿字二龙抱之为团者，有江山万代者，有团鹤、松鹤种种样式。其本质有宁绸者，有库缎者。至散花纹名目尤多，不胜数矣。外褂皆二则团花，无散花者。"

关于"妇女制服，最隆重者为组绣丽水袍褂。袍则大红，褂则红青。即天青。……其次礼服，则氅衣、衬衣皆挽袖者，即缘以花边，将大袖卷上。氅衣分大红色、藕合色、月白色。皆有绣花，或净面，分穿者之年岁、行辈定之。以上皆双全夫人所著者。若孀妇氅衣或蓝色，则酱色衬衣，则视外氅衣之颜色配合之。女褂有八团者，亦天青色，下无丽水，以组绣团光八个嵌诸玄端上下左右。前后胸各一，左右肩各一，前后襟各二。内不穿袍，皆以衬衣当之，其色或绿，或黄，或桃红，或月白，无用大红者。年长者则不用绣八团，改穿补褂矣。"

②　《明史》，卷六十七《舆服三》，第1647页："弘治元年，都御史边镛言'国朝品官无蟒衣之制。夫蟒无角、无足，今内官多乞蟒衣，殊类龙形，非制也。'乃下诏禁之。……然内官骄恣已久，积习相沿，不能止也。"〔清〕张廷玉等撰。北京，中华书局，1974年4月。

③　《酌中志》，卷十九，第172页。刘若愚著。北京，北京古籍出版社，1994年5月。

④　男子二十岁才可以戴冠，而宝玉的年龄只有七岁，二者相差十三岁。因此只能以类于戏中的紫金冠为饰。男人之冠是和束发联系在一起的，然而在清朝，男人必须梳辫子，故而在摘掉紫金冠以后，只能采取辫子的形式。但是，宝玉的辫子又不能是成人的辫子，于是便出现

了特殊的辫子。这跟黛玉进府时,宝玉七岁左右的年纪也比较相符。

　　⑤《红楼梦》第三回在描写过辫子后这样写道:"仍旧带着项圈、宝玉、寄名锁、护身符等物。"为了保佑小儿平安生长,有钱人家捐钱给寺庙或道观,寄名为弟子,并且将锁状的饰品悬于小儿颈间,以求佛或神的保佑,利用他们的法力将小儿的生命锁住,故称寄名锁,也称长命锁。将僧道或者法师所画的符箓佩戴在小儿身上,辟邪消灾,称护身符。

碧纱橱内外

从扬州到京城——红学家考证是北京，有 1280 公里。帆船的速度是每分钟 60 米，一小时 3.6 公里。如果一天航行 12 小时，则可以行驶 43.2 公里，多一些，45 公里总是可以的。以这样的速度计算，黛玉抵达北京应该用了 27 天零 13 小时。按照《红楼梦》中的描写，下船以后便有"荣国府打发了轿子并拉行李的车辆久候了"，黛玉坐上轿子，"又行了半日"，到了市区，进入荣国府，与她的外祖母见面。水路与陆路的时间总计应是 28 天。

见面以后，总要安排住宿，住在荣国府什么地方呢？贾母说：

> 今将宝玉挪出来，同我在套间暖阁儿里面，把你林姑娘暂安置碧纱厨里。等过了残冬，春天再与他们收拾房屋，另做一番安置罢。

何谓碧纱厨？碧纱厨一般写作碧纱橱。有两种解释。

一种解释，指帷帐。用木料做骨架，顶部与四周蒙上绿纱。因为是绿纱，所以叫碧纱橱。碧纱橱可以折叠，在炎炎夏日，把它打开，在里面坐卧可以躲避蚊蝇。按照这种解释，碧纱橱不过是轻便的可以折叠的帷帐而已。

另一种解释，碧纱橱是中国古代建筑内檐装修的一种样式，安装于室内进深的柱子之间。如果建筑物前部有金柱，则安装在金柱与后檐柱之间，如果没有金柱则安装在前檐柱与后檐柱之间。碧纱橱分两部分，一部分是外框，由抱框、短抱框、上槛、中槛、下槛组成。另一部分是隔扇。碧纱橱与外檐隔扇近似，如果外檐隔扇有横批，碧纱橱也应有横批。横批之上有时候悬挂匾额，或者在上面书写、粘贴字画。根据房间的大小，碧纱橱可以有六扇、八扇、十扇与十二扇，谓之一堂。总之，都是偶数，不能出现奇数。碧纱橱的主体是隔扇，隔扇与横批是活动的，它们与外框之间都有暗梢固定，需要变动的时候，拔出暗梢，便可以将隔扇与横批拆卸下来而重新组合。碧纱橱中间的两扇可以开启，外侧附以帘架，在必要的时候挂上帘子，用来遮挡视线与保温通风。隔扇的主体是花心。花心一般做成灯笼框棂条形状，而且做成两层，一层是固定的，一层是活动的，中间夹以绢纱，所谓两面加纱做法，绢纱往往是绿色的，碧纱橱之称即由此而来。绢纱可是单色，也可以在灯笼心的位置，描绘草虫花卉、历史人物、神仙故事，题写诗词歌赋，书写格言警句之类，从而把建筑装饰与诗词书画融为一体。由于碧纱橱是内檐装修，不是外檐装修，只用于分割空间与装饰而不必考虑防卫作用，故而用工用料十分讲究，具有很强的观赏价值。[①]

贾母所说的碧纱橱应该是这样的碧纱橱，而不是简易的活动帷帐。为什么呢？按照书中交代，黛玉进入荣府以后，至一垂花门前落轿，众小厮退出，众婆子围上来打起轿帘，扶黛玉下轿，黛玉扶着婆子的手，进了垂花门，穿过一间小小的内厅，厅后就是正房大院，"正面五间上房，皆是雕梁画栋。"黛玉"方进入房时，只见两个人挽着一位鬓发如银的老母迎上来，黛玉便知是她外祖母"。根据中国传统的建筑格局，五间正房，居中的一间称明间，也称堂屋，靠近明间的称次间，再远处的称梢间。东边的称东次间、东梢间；西边的称西次间、西梢间。中国古代以左为上，今天安排主席台位置的时候，也是根据左为上的原则。明间是主人会客与家眷活动的公共空间，明间以外的房间用来起居。根据左为上的原则，主人住在东边的房子里，主人以外，下一辈住在西边的房子里。据此，贾母自然要住在东面的房间里，而宝玉应该住在西边的房子里。分析贾母"今把宝玉挪出来，同我在套间暖阁里面"的话，贾母的套间里是有暖阁的。套间也就是梢间，相对于明间、次间处于里面，因此称套间。②暖阁则是房间里面的小房间，如果是北房，则设在北檐墙下面，其长度与房间的宽度一致，为了防寒，构有隔扇、横批与帐幔，里面是炕。如果是火炕，冬天是温暖的，故曰暖阁。贾母让宝玉和她住在暖阁里面，但是宝玉不愿意，对贾母说："好祖宗，我就在碧纱厨外的床上很妥当，何必又出来，闹得老祖宗不得安静。"黛玉进入荣国府时正值残冬，因此贾母要宝玉住进暖阁里面，但宝玉大概怕受拘束，以"闹得老祖宗不得安静"的理由拒绝了。分析"今把宝玉挪出来"，"把你林姑娘暂安置在碧纱厨里"，说明宝玉原来是住在碧纱厨里的。

那么，碧纱厨应该是在哪一个位置呢？上面说明，碧纱厨是分割房间的隔扇，在这里应该处于西次间与西梢间之间。碧纱厨以外是西次间，以内是西梢间。碧纱厨里即是西梢间。如果不是这样，则宝玉所说"我就在碧纱厨外的大床上很妥当，何必又出来"，就难以说清了。这就是说，宝玉原本是住西梢间的，黛玉来了，贾母让他去东边的暖阁，但是宝玉不愿意，只是从碧纱橱里搬出来，仍然住在西边，从西梢间搬到西次间，搬到碧纱橱外面而已。自此黛玉住在西梢间，也就是碧纱橱里面，她带来的王嬷嬷与小丫头鹦哥陪侍，宝玉则住在碧纱橱外面的西次间，由李嬷嬷与袭人，陪侍在大床上。

　　但是，就在这一天，宝玉与黛玉初次相见时，宝玉问黛玉："可有玉没有？"黛玉忖度"因为他有玉，故问我有也无"，因此回答："我没有那个，想来那玉亦是一件罕物，岂能人人有的！"宝玉一听把玉摔在地上，满面泪痕哭道："家里姐姐妹妹都没有，单我有，我就没趣。如今来了这么一个神仙似的妹妹也没有，可知这不是个好东西！"贾母连忙哄他，说黛玉原来是有玉的，"因你姑妈去世时，舍不得你妹妹，无法可处，遂将她的玉带了去了。"宝玉这才罢了。袭人是个细心人，当晚在宝玉睡觉以后，悄悄来到碧纱橱里，安慰黛玉，劝黛玉不要伤心，与宝玉处的时间长了，更奇怪的事情还会发生呢！很快，冬季过去了，春风吹来了温暖的绿色，贾母给宝玉和黛玉另外安排了住处，黛玉一处，宝玉一处。一天，晴雯把宝玉书写的绛芸轩贴在门斗上，房间高峻，晴雯怕别人贴坏了，亲自"爬高上梯"贴上去。这时，黛玉从自己的住处走来，仰面观看那绛芸轩三个字，夸奖道："个个都好。怎么写得这么好了？明天也替我写一个匾。"宝玉很高兴，嘻嘻笑道："又哄我呢。"绛芸轩的故事开始了，而碧纱橱里面的与外面的故事则到此结束。

注　释

①　参见《北京四合院建筑》，第五节《内檐装修》，第110页。马炳坚编著。天津，天津大学出版社，1999年6月。

②　载涛在《清末贵族生活》中说道："上房堂屋必为两明间。有后窗，窗前设木炕一，中安炕桌一。炕桌后为炕案，上摆陈设；两边各有靠枕，坐褥。炕下各有脚踏，中间安放灰槽子，或木或磁，盛以筛细之炉灰。后递改为痰桶，其作用同也。"又说："在两明间之中间，必有一槽硬木花罩，细雕各种花鸟，有边框下垂至地，名为落地罩。"再说："进弎间（俗呼为里间）……次间（俗呼为套间）"。见《晚清宫廷生活见闻》，第334页。中国人民政治协商会议全国委员会文史资料研究委员会编。北京，文史资料出版社，1982年9月。按：分析载涛的叙述，上房五间，堂屋应是明间加旁边的次间（东或西次间），也就是载涛所说的两明间。靠近明间的称里间，靠近里间的称套间。按照常规，贾母应住东侧，因此她的套间自然在东梢间。

「屋里人」与「陪房丫头」

宝玉与秦可卿的关系是一个谜。

之所以说是谜，在于宝玉听说秦氏死了以后的表现："连忙翻身爬起来，只觉心中似戳了一刀"，哇的一声"喷出一口血来"，随即下床，换上衣服，去宁国府吊唁，贾母怎么也拦不住，宝玉的反应为什么如此悲痛、强烈？

这就不由令人回想第五回，贾母带宝玉去宁国府赏梅，"一时宝玉倦怠，欲睡中觉。"秦可卿让宝玉到她的房间，只闻得一股细细甜香，宝玉"愈觉眼饧骨软"，"刚合上眼，便惚惚睡去，犹似秦氏在前，遂悠悠荡荡，随秦氏至一所在"，见到警幻仙子，谓其为"天下古今第一淫人"，"是以特引前来，醉以灵酒，沁以仙茗，警以妙曲，再将吾妹一人，乳名兼美，字可卿者，许配于汝。"说毕，"秘授以云雨之事"，"宝玉恍恍惚惚，依警幻所嘱之言，未免有阳台、巫峡之会。"正在缱绻之际，突然蹿出一只夜叉般的怪物，吓得宝玉汗如雨下，失声叫道"可卿救我！"听到宝玉的呼喊，秦可卿很是纳闷："我的小名这里没有人知道，他如何从梦里叫出来？"这当然令人奇怪，宝玉和秦氏的关系仅仅是梦境之中的旖旎风光么？

再说众人，见宝玉迷迷糊糊，若有所失，急忙"端上桂圆汤来"，宝玉呷了两口，遂起身整衣。"袭人伸手与他系裤带时，不觉伸手至大腿处，只觉冰凉一片黏湿，唬得忙退出手来，问这是怎么了。"宝玉的脸忽地通红，把袭人的手一捻。袭人是个聪明女孩，年龄比宝玉又大两岁，近来也渐通人事，见宝玉如此光景，"心中便觉察了一半，不觉也羞得红了脸面"。回到荣府，袭人趁旁人不在的时候，另取一件内裤给宝玉换上，问宝玉"梦见什么故事了？是哪里流出来的那些脏东西？"宝玉道："一言难尽"，遂把梦中之事说与袭人，并强拉袭人"同领警幻所受云雨之事。袭人素知贾母已将自己与了宝玉，今便如此，亦不为越礼"。从此以后，宝玉视袭人更与别个不同，袭人待宝玉则更加尽职尽责。为什么会是这样，袭人为什么愿意和宝玉发生两性关系？"袭人素知贾母已将自己与了宝玉，今便如此，亦不为越礼"，又是什么理论支撑？这就涉及中国古代封建社会的"屋里人"制度。屋里人也称房里人，金启孮在《谈北京的满族》一书中忆述："府邸世家的王公，在年纪十五六岁时就要放'房里人'""嫡室迎娶来时，丈夫家中已有'房里人'；又加上自己家中父、兄辈也有'房里人'，所以视为当然"，而不以为异。《红楼梦》中的袭人便是屋里人的摹本，而且得到王夫人的认可，只是瞒着贾政罢了。一天，王夫人准备把丫鬟彩霞放出去，让其"父母择人"，彩霞与贾环有旧，恐怕日后发生变故，便让妹子小霞来找赵姨娘。赵姨娘与彩霞素日"契合"，"巴不与了贾环，方有个臂膀"，"不承望王夫人又放了出去"，很不甘心，便对贾政说及此事。贾政听了，说："且忙什么，等他们再念一二年

「屋里人」与「陪房丫头」

45

书，再放人不迟。我已经看中了两个丫头，一个与宝玉，一个与环儿。只是年纪还小，又怕他们误了书，所以再等一二年。"贾政也是要给宝玉和贾环安排屋里人，只是与赵姨娘主张的时间、对象不同而已。

与屋里人相对应是"陪房丫头"。陪房丫头是新娘子从娘家带过来的丫鬟。《红楼梦》中的平儿便属于陪房丫头。如果陪房丫头被主人收了房，也便成为屋里人，时称通房大丫头，二者是一个辩证关系。《红楼梦》第六十五回，仆人兴儿与尤二姐在谈到凤姐时，主仆二人之间有这样一段对话，我把它抄录下来，便可以简洁地说明二者的关系。

兴儿道："不是小的吃了酒，放肆胡说，奶奶便有礼让，她看见奶奶比她标志，又比她得人心，她怎肯甘休善罢？人家是醋坛子，她是醋缸醋瓮。凡丫头们，二爷多看一眼，她有本事当着爷打个烂羊头。虽然平姑娘在屋里，①大约一二年之间，两个有一次到一处，她还要口里掂十个过子呢，气得平姑娘性子发了，哭闹一阵，说：'又不是我自己寻来的，你又浪着劝我，我原不依，你说我反了。这会子又这样！'她一般的也罢了，倒央告平姑娘。"

尤二姐笑道："可是扯谎？这样一个夜叉，怎么反怕屋里的人呢？"

兴儿道："这就是俗语说的'天下逃不过一个理字去'了。这平儿是她自幼的丫头，陪了过来，一共四个，嫁人的嫁人，死的死了，只剩了这个心腹。她原为收了屋里，一则显她的贤良名儿，二则又叫拴爷的心，好不外头走邪路。又还有一段因果：我们家的规矩，凡爷们大了，未娶亲之先，都先放两个人服侍的。二爷原有两个，谁知她来了没半年，都寻出不是来，都打发出去了。别人虽不好说，自己脸上过不去，所以强逼着平姑娘做了房里人。那平姑娘又是个正经人，从不把这件事放在心上，也不会挑妻窝夫的，倒一味衷心赤胆服侍她，所以才容下了。"

还有一个因素，用金启孮的话是将自己的陪房丫鬟收为"屋里人"，实际上是一种增加自己力量的战术，"因为陪房丫鬟多半是出嫁姑娘的心腹。"鼓励丈夫把自己从娘家带来的丫鬟收为屋里人，在当时是一种普遍现象，但都做得很隐蔽，以博得贤惠名声。像凤姐那样，做得太露骨了，自然要受到非议，即便是在仆人的舆论中，比如在《红楼梦》里兴儿的嘴里，也要遭到贬议。而对待屋里人，乘花轿来的新娘子很少把丈夫原来的屋里人排挤出去，凤姐那样的做法，不到半年便统统赶走，是极其罕见的，因此兴儿说她不是醋坛子，而是醋缸醋瓮。其时的社会是不待见这样做法的。

但是话又说回来，无论是男主人原来放的屋里人，还是后来被女主人安排的屋里人，她们的前景会是怎样呢？金启孮的描述是：

屋里人 (称姑娘) → 姨奶奶 → 姨太太 → 侧老太太 → 侧夫人 → 侧福晋[②]

这是王府中的屋里人，如果不是王府，而是公府，比如《红楼梦》中的荣宁二府，则只到侧夫人为止，因为那里没有福晋，自然也就不会有侧福晋。然而，这样的上升途径又何其难也！首先是有没有儿子，这是一个决定性的条件；其次是与主人的关系，是否得到主人的宠爱。对屋里人而言，在这条上升的路途中充满了艰辛与难于确定因素，十人之中有九人不能成功，即便是成功了，囿于嫡庶观念，她们的子女与家人依然要受到种种排斥与限制，这当然不是人物性格而是残酷的社会与时代缩微。研读《红楼梦》，分析其中的人物形象与人物性格，自然无可厚非，但是如果仅仅巡弋于表层肌理，显然还是不够，而应当延伸至历史的深层与幽曲之处。用薄明的烛火探秘"希夷微旨"，从而照亮繁杂阔广的社会画卷，《红楼梦》对当代文学的启示，或者说很重要的一个因素，便在于此而难以回避。

注　释

①《红楼梦》第四十四回，贾琏与鲍二家的偷情，被凤姐发现，贾母训斥贾琏："那凤丫头和平儿还不是个美人胎子？你还不足，成日家偷鸡摸狗，脏的臭的都拉了你屋里去。为这起淫妇打老婆，又打屋里的人，你还亏是大家公子出身，活打嘴了！"贾母所说"屋里的人"即指平儿。

②《金启孮谈北京的满族》，第 229 页。金启孮著。北京，中华书局，2009 年 9 月。

跟
丁
、
奴
隶
与
丫
鬟

　　《红楼梦》第十三回题目是："秦可卿死封龙禁尉，王熙凤协理
宁国府"，初稿题目的前半则不是这样，而是："秦可卿淫丧天香
楼"，讲述秦可卿与贾珍私通败露之后，在天香楼自缢而亡。定稿
不仅更改了题目而且将这段情节芟夷，用脂砚斋的说法是："删去
遗簪、更衣诸文，是以此文只十页，删去天香楼一节，少去四五
页也。"虽然如此，在此回之前，仍然保留了一些可以推导的线索。
比如，第七回，凤姐带着宝玉去看望秦可卿，在秦氏房间，宝玉
见到秦钟，身材俊俏，举止风流，宝玉一见若有所失，乃自思道：
"天下竟有这等人物！如今看来，我竟成了泥猪癞狗了。"二人遂成
相契。晚饭过后，尤氏派人送秦钟回家，谁知派了焦大。焦大喝醉
了酒，先骂大总管赖二，说他办事不公，欺软怕硬，有了好差事就
派别人，而这样"黑更半夜送人的事，就派我"，真是没有良心的
王八羔子！正骂得兴头上，贾蓉送凤姐出去，众人喝他不听，贾蓉
忍不住骂了几句，焦大反而火气更大，追着贾蓉大叫起来。凤姐看
不下去了，对贾蓉说，还不赶紧打发了这没有王法的东西，"留在

这里岂不是祸害？倘或亲友知道了。岂不笑话咱们这样的人家，连个王法规矩都没有？"众小厮便上来把焦大"掀翻捆倒，拖往马圈里去"。焦大索性大骂，"连贾珍都说出来"，乱嚷乱叫道："我要往祠堂里哭太爷去，哪里承望到如今生下这些畜生来！每日家偷狗戏鸡，爬灰的爬灰，养小叔子养小叔子，我什么不知道？"公公与儿媳妇私通叫爬灰，也作扒灰。灰，即媳的谐音。

焦大敢于这样骂，是因为他曾经和宁国公"出过三四回兵"，用尤氏的话说：

> 从死人堆里把太爷背了出来，得了命；自己挨着饿，却偷了东西来给主子吃；两日没得水，得了半碗水，给主子喝，他自己喝马溺。

而焦大的话是：

> 不是焦大一个人，你们做官儿，享荣华，受富贵？你祖宗九死一生挣下这个家业，到如今不报我的恩，反和我充起主子来了。

焦大与宁国公——也就是尤氏所说的太爷，是一种主仆关系，但是由于曾经救过宁国公的性命，故而"有祖宗时都另眼相看"，哪里想到贾蓉今晚却把他捆绑起来、塞进满嘴马粪呢！焦大这样的角色，在当时叫"跟丁"，追随主人征战而九死一生，虽然救了主人的性命，却依旧不能改变家奴身份，主人虽是高看一眼，却仍然与其他家奴一样，只是从事的行业不同而已。

当然，同样是家奴，与主人的关系也有亲疏之别，其地位也有高下之分。反映在《红楼梦》中也是如此。第六十三回中宝玉把小丫鬟芳官装扮成男孩子模样，芳官十分称心，对宝玉说以后外出，你就说我是与茗烟一样的小厮罢了。宝玉担心外人看出来，芳官笑道："咱家现有几家土番，你就说我是个小土番儿。"宝玉认为不错，对芳官说："我亦常见官员人等，多有跟从外国献俘之种，图其不畏风霜，鞍马便捷。"这样的人物在贾府，也"皆有先人当年所获之囚，赐为奴隶，只不过令其饲养马匹，皆不堪大用"。贾府里有多少这样的奴隶，没有细说，但是，虽然只是简略一笔，却提供了残暴的时代背景。这就关涉到清初的历史了。

满洲贵族在入关前后连年征战，为了对参战官兵"酬庸报功"，便把大批战俘没为奴隶。王先谦在《东华录》中记述：天聪四年（1630）四月三十日，阿巴泰、济尔哈朗、萨哈廉军还次阳石木河。"上（皇太极）问，是役（指永平之役）俘获视前二次如何？对曰，人口较前为多。上曰，财帛虽多不足喜，惟多得人奴可喜也。"不仅将被俘获的战俘强迫为奴隶，而且将战地的百姓也强迫为奴隶。时人陈殿桂在《与袁堂诗集》中悲愤地写道："西风古道黄埃起，对对形状逐鞭弭。好男好女是谁家，何处驱来若羊豕。乡音呕哑不成言，龆龀悲啼孩稚喜。车儿载入营中去，从此爷娘千万里。"①仿佛牧羊赶猪一般，把一对一对的百姓驱赶到军营里去，小孩子哭啼，大些的孩子却以为好玩而高兴，这是一幅多么惨痛的画图。

这些奴隶，有些被留下来作为家奴，有些则被贩卖换取银两。明末清初的历史学家谈迁在《北游录》纪闻下《人市》中记载道："顺承门内大街骡马市、牛市、羊市。又有人市。旗下妇女欲售者丛焉。牙人或引至其家递阅。噫，诚天之乌狗斯人也！"②顺承门是北京宣武门旧称，附近有骡马市，今之骡马市大街即由此得名。有个叫冯仁寓的人写过一首骡马市谣，其中有这样几句："骡马市中日两市，晨市者活晡市死。活市骡马供鞭笞，死市骡马鼓刀耳。"早市销售的骡马是用来劳作的，也就是"供鞭笞"，而被牵进晚市的，则将落入汤锅，"愁看一跌果人腹，屠沽之手而何酷！"③这固然是残酷的，更加残酷的是，骡马市周围的人市。芳官这些丫鬟是否是从这里的人市购买而来的呢？不是。《红楼梦》在介绍她们时写道："此时，王夫人那边热闹非常。原来贾蔷已从姑苏采买了十二个女孩子——并聘礼教习——以及行头等物来了。那时，薛姨妈另迁于东北上一所幽静房舍居住，将梨香院早已腾挪出来，另行修理了，就令教习在此教演女戏。"她们来自苏州，犹如货物一样被批量买来，被训练为戏子，以供贾府的主子享乐。这个小戏班子后来解散了，芳官给了宝玉，藕官、蕊官、葵官、豆官也都分给了众姐妹。一天，赵姨娘因为茉莉粉的缘故，将芳官打了两个耳刮子，藕官等人知道了，立即跑来与赵姨娘撕扯。豆官先一头"几乎不曾将赵姨娘撞了一跌。那三个也便拥上来，放声大哭，手撕头撞，把个赵姨娘裹住。"其中，"蕊官、藕官两个一边一个，抱住左右手；葵官、豆官前后顶住。四人只说：'你只打死我们四个就罢！'"芳官则直挺挺躺在地上，哭得死过去。而在检抄大观园之后，便有芳官等三个干娘对王夫人说，自从"前日蒙太太的恩典赏了出去"，芳官就疯了似的，勾引上藕官、蕊官，"只要剪了头发做尼姑去"。王夫人听了大怒道："佛门也是轻易人进去的？每人打一顿给她们，看还闹不闹了！"当下正是八月十五日，水月庵的智通与地藏庵的圆信来送供尖，知道了这件事情，便对王夫人说："虽说佛门轻易难入，也要知道佛法平等，"府上到底是向善人家，所以感应得这些小姑娘皆如此，"太太倒不要阻了善念"。王夫人觉得她们说得有理，便把芳官等人放了出去。"从此，芳官跟了水月庵的智通，蕊官、藕官二人跟了地藏庵的圆信，各自出家去了。"在芳官这三个小丫鬟看来，贾府当然不是她们的乐土，但是婆婆世界，她们又到哪里寻得乐土？佛说众生平等，普度犬鸡，然而如果她们知道了那两个尼姑的内心活动："巴不得又拐两个女孩子去作活使唤"，还会相信"般若波罗蜜多"吗？

注 释

① 转引自《清代的奴婢制度》，第23—26页。韦庆远 吴奇远 鲁素著。北京，中国人民大学出版社，1984年12月。

② 《北游录》，第386页。〔清〕谈迁著。北京，中华书局，1981年5月。

③ 《燕京访古录》，第59页。张江裁著。北平，中华印书局，中华民国二十三年一月。

嬷嬷与陪房

在《红楼梦》中，有两种人物不可以忽略。一是嬷嬷，一是陪房。陪房是纯粹的汉语，嬷嬷则源于满语的乳母（meme），是meme的音译。在清代，举凡府邸世家，孩子一下世便要请嬷嬷，用外人的乳汁哺育自己的孩子。由嬷嬷还衍生出另外两个称谓。一个是嬷嬷的丈夫，一个是嬷嬷的儿子。前者称嬷嬷阿玛（meme ama），后者称嬷嬷哥哥，《红楼梦》里叫奶哥哥。至于嬷嬷的文学形象，在《红楼梦》中，至少有四个人给读者留下了深刻印象。一个是宝玉的乳母李嬷嬷，一个是贾琏的乳母赵嬷嬷，还有就是赖大的母亲赖嬷嬷与迎春的乳母王嬷嬷。关于赖嬷嬷与王嬷嬷，我们另文说明，此处只叙述李嬷嬷与赵嬷嬷。

李嬷嬷是在第八回里出场的。在那一回，宝钗微恙，宝玉前去探望，不久黛玉也来了，薛姨妈摆了几样细巧果子招待他们。宝玉夸奖"前日在那府里珍大嫂子的好鹅掌、好鸭信"，薛姨妈听了，"忙也把自己糟的取了些来与他尝。"宝玉笑道："这个须得就酒才好。"薛姨妈便命人取了上等好酒来。李嬷嬷见宝玉要喝酒，急忙上前拦阻，宝玉笑着央求李嬷嬷说："好妈妈，我只吃一钟。"李嬷嬷不同意，担心贾母怪罪下来，"何苦我白陪在里面！"最后还是薛姨妈表示由她担责，才准许宝玉喝酒。在宝玉面前，李嬷嬷是有威严的，宝玉为了喝酒，要向她求情，而且要称其为"好妈妈"，宝玉这样的称呼与举动说明什么呢？

　　这是李嬷嬷与宝玉。再看赵嬷嬷与贾琏。第十六回，元春被"晋封为凤藻宫尚书，加封贤德妃"，贾府上下喜气洋洋，恰在这时，贾琏陪同黛玉从扬州回来，凤姐向他道贺，称其为国舅老爷。吃饭之间，贾琏的乳母赵嬷嬷走来，贾琏与凤姐连忙让她吃酒，又张罗赵嬷嬷上炕，然而赵嬷嬷执意不肯，于是平儿等人便在"炕沿下设下一杌子，又有一小脚踏，赵嬷嬷在脚踏上坐了。贾琏向桌上拣两盘肴馔与她放在杌上自吃。"凤姐嗔贾琏给赵嬷嬷的不宜老年人食用，便说道："妈妈很嚼不动那个，倒没的矼了她的牙。"又对平儿说，"那一碗火腿炖肘子很烂，正好给妈妈吃，你怎么不拿了去赶着叫他们热来？"又道："妈妈，你尝一尝你儿子带来的惠泉酒。"对赵嬷嬷为其两个儿子的托请，凤姐也极力应承下来，对赵嬷嬷说："妈妈你放心，两个奶哥哥都交给我。你从小儿奶的，你还有什么不知道他那脾气的？拿着皮肉倒往那不相干的外人身上贴。可是现放着奶哥哥，哪一个不比人强？你疼顾照看他们，谁敢说个'不'字儿？没的白便宜了外人。——我这话也说错了，我们看着是'外人'，你却看着是'内人'一样呢。"说的满屋里人都笑了，赵嬷嬷也笑个不住。在凤姐的口中，呼赵嬷嬷为"妈妈"，呼赵嬷嬷的儿子为"奶哥哥"，进而把贾琏称作是赵嬷嬷的"儿子"——"尝一尝你儿子带来的惠泉酒。"完全是家里人的口吻，这又说明什么呢？

无论是凤姐还是宝玉，他们对待乳母的态度，正是其时满族风气的反映。金启孮认为"满俗主仆关系，原来没有汉俗那么严格"。[1]曹寅之母孙氏是康熙的乳母，康熙南巡召见孙氏时，曾经对曹寅说过这样一句话："此吾家之老人也。"不仅把曹寅视为家里人，而且视其母为长辈。

然而，事物并不是那样单纯，而是还有另外一面。溥杰在《回忆醇亲王府的生活》中写道，这些嬷嬷，"在哺乳时期待遇较优，断乳后的地位，工资与'精奇'（即看妈）差不多。……她们中的最高工资为二三两银子，民国以后改为银元。"如果遇到小主人的整生日，嬷嬷可以增加一些工资。"府中有喜庆大事的时候，她们也有普遍加工资的可能，但是最多的也不超过十元钱。此外，她们还可以领到仅能饱腹的伙食费和一年多少尺布来做衣服。"哺乳时期，乳母经常有肉和鸡蛋吃，但那也是一件难言的苦事。因为"在菜荤里既不准放盐或者酱油，吃的时候更不准蘸用调味的东西"，乍吃时还觉得不错，经过几顿之后，不但不能下咽，甚至看到肥肉就要呕吐，"可是在老主人的监督之下又不能不勉强去吃，因为这是有关小主人的'哺乳大事'，不把强吃当作必尽的义务去作是不行的。"最残酷的是不能够见到自己的亲生儿女，溥仪的乳母王连寿，"在十九岁时就入府当了乳母，溥仪三岁进宫，她也跟随进去。溥仪吃她的奶一直到了九岁。在这九年中，她不但从未见过她的孩子一面，而且当她的孩子得病死去时，宫中为了不致影响皇帝的吃奶，曾严令不准把这个消息泄露给乳母，否则定要'严惩不贷'。"[2]

这是嬷嬷的大致情况。因为主人是吃嬷嬷的奶长大的，故而嬷嬷又称奶嬷嬷，不同于一般仆人，而与陪房近似。陪房是随女主人陪嫁过来的仆妇，一般年长于出嫁的姑娘，而且必须是已婚的，但绝不可以是孀妇（以为不吉）。她们的职责不仅伺候主人而且在入洞房之前，要教给新婚夫妇人事知识，所以多被倚重而成为心腹。《红楼梦》中邢夫人的陪房王善保家的，王夫人陪房周瑞家的，前者是邢夫人的心腹，后者是王夫人的心腹，便是这个道理。周瑞家的与王善保家的关系如何，《红楼梦》没有交代，只是说，这一天，邢夫人让王善保家的给王夫人送来一个绣有春意的香囊，王夫人看了极为忧心，从而把自己的陪房找来：

一时，周瑞家的与吴兴家的、郑华家的、来旺家的、来喜家的现在五家陪房进来，余者皆在南方各有执事。王夫人正嫌人少不能勘察，忽见邢夫人的陪房王善保家的走来，方才正是她送香囊来的。王夫人向来看视邢夫人之得力心腹人等，原无二意，今见她来打听此事，十分关切，便向她说："你去回了太太，你也进园来照顾照管，不比别人又强些？"这王善保家的正因素日进园去，那些丫鬟们不大趋奉她，她心里大不自在，要寻她们的故事又寻不着，恰好生出这事来，以为得了把柄，又听王夫人委托她，正撞在心坎上。

因为有了这个想法，王善保家的便挑唆王夫人抄检大观园，"这些小事只交与奴才"，"等到晚上园门关了的时节，内外不通风，我们竟给她们个猛不防，带着人到各处丫头们房里搜。"肯定能搜出来的，"想来谁有这个，断不单只有这个，自然还有别的东西。那时，翻出别的来，自然这个也是她的了。"她哪里想得到在司棋的箱子里，搜出了潘又安的信呢？这真是搬起石头砸自己的脚！千不该，万不该，给王夫人出这样的狠主意。王善保家的一心只要拿别人的错，不想反拿住了自己的外孙女。气得无话可说，只是打自己的脸，嘲笑自己是老不死的娼妇，说嘴打嘴，现世现报，"怎么造下孽了！"这样的陪房当然要打自己的嘴巴，只是不知现实之中有无这样的陪房，如果有，主人又该如何处置呢？

注　释

①《金启孮谈北京的满族》，第 225 页。金启孮著。北京，中华书局，2009 年 9 月。

②《晚清宫廷生活见闻》，第 240—241 页，溥杰：《回忆醇亲王府的生活》。中国人民政治协商会议全国委员会文史资料研究委员会编。北京，文史资料出版社，1982 年 9 月。

清朝的分封制度有宗室分封和异姓分封两类。

宗室是指清太祖努尔哈赤的父亲清显祖以下的子孙。宗室分封，即是对这些子孙进行分封，有十二等爵位，即：

和硕亲王、多罗郡王、多罗贝勒、固山贝子、奉恩镇国公、奉恩辅国公、不入八分镇国公、不入八分辅国公、镇国将军、辅国将军、奉国将军与奉恩将军。

异姓是指宗室以外的人物。从太祖天命五年（1620）开始，至乾隆十六年（1751）确立了九级二十七等的世爵制度，即：

公，分一至三等；侯，一等侯兼一云骑尉，一至三等；伯，一等伯兼一云骑尉，一至三等；子，一等子兼一云骑尉，一至三等；男，一等男兼一云骑尉，一至三等；轻车都尉，一等轻车都尉兼一云骑尉，一至三等；骑都尉，分骑都尉兼一云骑尉和骑都尉二等；云骑尉与恩骑尉。

公、侯、伯为超品，子为正一品，男为正二品，轻车都尉为正三品，骑都尉为正四品，云骑尉为正五品，恩骑尉为正七品。

公、侯、伯、子、男称世爵，轻车都尉以下称世职。

在清朝，异姓爵位的承袭分世袭罔替与代降一等两种。所谓世袭罔替是由朝廷授予诰命，属于特典；代降一等，是每下一代承袭的爵位或世职都要降低一个等级，比如，某人因立有军功而被封为公，他的儿子则只能承袭伯的爵位，以此递降，降至恩骑尉止，此时的恩骑尉便成为世职了。宗室也是这样，例如，某一个皇子封了亲王，下一代就降袭郡王，再下一代降袭贝勒，再下是贝子，直至镇国公后不再降袭，而成了世袭的公爵。而某一个皇子如果封了郡王，其后裔则降到辅国公止，此时的辅国公也成为世袭。皇子是这样，其他王公的儿子也是这样，也是代降一等，直至奉恩将军止。奉恩将军从此成为世职，为嫡子所继承。

《红楼梦》中的宁国公与荣国公是朝廷分封的一等公，如果他们是皇帝的宗室，他们的承袭自然要纳入宗室的分封制度。《红楼梦》第三回，黛玉的父亲林如海向贾雨村介绍荣国府，"大内兄现袭一等将军"，二内兄"现任工部员外郎"，大内兄是贾赦，二内兄是贾政。贾赦与贾政都是荣国公的孙辈，贾赦是兄长，因此继承了爵位，但是这个爵位只相当镇国将军，也就是说多降了两等，不知何故。

宁国公后人爵位的承袭，说得更是清晰。秦可卿故世以后，贾珍为了把丧仪办得风光，给贾蓉捐了一个龙禁卫的前程，叫书房里的人给他写了一个履历，交给大明宫的掌宫内相戴权：

江南江宁府江宁县监生贾蓉，年二十岁。曾祖，原任京营节度使世袭一等神威将军贾代化；祖，乙卯科进士贾敬；父，世袭三品爵威烈将军贾珍。

高祖是宁国公，曾祖，即宁国公的儿子，已然降袭为一等将军了。这样的爵位与贾赦相等。而贾赦是贾代化的侄子，差了一个辈分，继承的爵位却是一样的，不知这里面有什么缘故。

秦可卿故世以后，贾府的世交纷纷前来送殡，其中有六家的祖上与宁荣二公在当时被称为八公，这六家是：

镇国公牛清之孙现袭一等伯牛继宗、理国公柳彪之孙现袭一等子柳芳、齐国公陈翼之孙世袭三品威镇将军陈瑞文、治国公马魁之孙世袭三品威远将军马尚、修国公侯晓明之孙世袭一等子侯孝康、缮国公诰命亡故，故其孙石光珠守孝不曾来得。

分析起来，如果贾府是宗室，这六家自然不是宗室而属于异姓，是异姓分封。同样是孙辈，但是继承的爵位却不同，符合代降一等的只有：镇国公牛清之孙现袭一等伯牛继宗，牛清的儿子应该继承侯爵，其孙继承伯爵是对的。而其他，理国公柳彪之孙现袭一等子，修国公侯晓明之孙世袭一等子，多降了一等；齐国公陈翼之孙世袭三品威镇将军、治国公马魁之孙世袭三品威远将军，更是差了两等，而"缮国公诰命亡故，故其孙石光珠不曾来得"，因此不能进行分析。总结以上五家，只有镇国公牛清后人承袭爵位的等级是对的，其余都是错的。当然，我们还可以进一步设想，宁荣二公如果不是宗室，也是异姓分封，则他们后人承袭的爵位，比如贾赦与贾敬（将爵位让给了贾珍）应该是伯爵，而不是将军。在曹雪芹的笔端，贾府承袭的爵位，无论是作为宗室还是异姓，相对清朝的分封制度都是错误的。曹雪芹是满洲正白旗人，祖上是皇室包衣，而且家世富贵，不会不知道当时的分封制度，唯一可以解释的是为了回避其时残酷的文字狱，而特意回避具体朝代，连带相关的分封制度也做虚化处理了。

然而，无论是代降一等，还是代降若干等，分封制度还在。因此，无论是贾赦还是贾珍，也便都有爵位可袭，一位做了一等大将军，一位做了三品威烈将军。将这两个人物与这样的爵位连在一起，怎么想都是荒唐的，这当然是书外人所做的如是之思，而书内，那两个活宝，一个要把自己母亲的丫鬟纳为小妾，一个在自己父亲辞世以后，因为"不得游玩旷朗，又不得观优闻乐作遣"，无聊至极，便"以习射为由，请了各世家弟兄及富贵亲友来较射"。"在天香楼下箭道内立了个鹄子，皆约定每日早饭后来射鹄子。""鹄子"，即箭靶子。又说："白白的只管乱射，终无裨益，不但不能长进，而且坏了样式，必须立个罚约，赌个利物，大家才有勉力之心。"贾珍认为自己的年龄大了，不好意思出头，便命儿子贾蓉作局家。而那些来宁国府射箭的"皆系世袭公子，人人家道丰富，且都在少年，正是斗鸡走狗、问柳评花的一干游荡纨绔。"先是"每日轮流作晚饭之主，——每日来射，不便独扰贾蓉一人之意。于是天天宰猪割羊，屠鹅戮鸭，好似临潼斗宝一般，都要卖弄自己家的好厨役，好烹庖。"蒙哄得贾赦与贾政不明底细，赞赏这才是正理："文既误矣，武事当亦该习，况在武荫之属"，把宝玉、贾环、贾兰等人也派来学习射箭。他们哪里知道，贾珍之意本不在此，没过多少日子，便以"养臂力为由"，在晚间或抹抹骨牌，先是"赌酒东"，之后"渐次至钱"。三四月的光景"竟一日一日赌胜于射了"。

　　贾珍这个人物，在《红楼梦》中属于被贬斥的对象，早在第二回，作者便借书中人物冷子兴的话说："这珍爷哪里肯读书，只一味高乐不已，把宁国府竟翻了过来，也没人敢来管他。"冷子兴说这话时，贾珍尚未赌博，现在发展为赌博了，谁又敢来管呢？从宁国公，到三品威烈将军，从射箭到赌博，宁国公的后人一步一步滑入泥潭，最后是被皇帝抄家，抄家是对的——符合社会规律与小说逻辑，不被抄家才怪呢！《红楼梦》之所以被奉为经典的原因就在这里。如果泉下有知，宁国公不知该做何种想法，至少赏珍爷——他这个宝贝重孙子三百皮鞭总是应该的吧。

「泪人一般」与「出灵不像」

　　《红楼梦》中有两个女人的丧仪最为扰动读者的心旌。

　　一是秦可卿，一是尤二姐。前者是宁府贾蓉的妻子，贾珍的儿媳，是贾母重孙媳妇中第一得意之人。后者是贾珍妻子尤氏的继母尤老娘的女儿，后来嫁给了贾琏做妾。这两个女人死得都不同寻常，前者之死的反响是："合家皆知"，后者之死也是："合宅皆知"，没有什么不同。但是，对于秦可卿，还有另外的反响是："无不纳罕，都有些疑心。"为什么会是这样？在秦可卿死后，她的公公贾珍"哭得泪人一般"，众人问他如何料理秦氏的后事时他拍手道："如何料理，不过尽我所有罢了！"为了料理得风光，他恳请凤姐到府里帮忙，凤姐略有推辞，他便说道："婶婶不看侄儿、侄儿媳妇的份上，只看死了的份上罢！""说着又滚下泪来"。儿媳妇死了，公公为之伤心是人之常情，但是如果"哭得泪人一般"，便似乎暌隔常理了。不仅于此，围绕秦氏之死，还发生了许多怪异之事。贾珍先是"单请一百单八众禅僧在大厅上拜大悲忏，超度前亡后化诸魂，以免亡者之罪"。之后，又在天香楼上设坛，请了九十九位全真道士，"打四十九日解冤洗业醮"。秦氏有个叫瑞珠的丫鬟见主人死了便"触柱而亡"，贾珍"遂以孙女之礼殡殓"。另一个叫宝珠的小丫鬟见秦氏没后"身无所出，乃甘心愿为义女，誓任捧丧驾灵之任。"贾珍喜之不尽，当即传下话："从此皆呼宝珠为小姐"，而宝珠则按照"未嫁女之丧，在灵前哀哀欲绝"。对此，脂砚斋批道，这些都是没有删净的笔墨，第十三回的题目，前半之"秦可卿死封龙禁尉"，原是"秦可卿淫丧天香楼"的。在这一回，原本描述贾珍与秦可卿在天香楼私通，事情败露后秦氏自缢身亡。脂砚斋认为不妥："因命芹溪（曹雪芹别号）删去遗簪、更衣诸文。是以此回只十页，删去天香楼一节，少去四五页也。"畸笏叟也说："通回将可卿如何死故隐去，是余大发慈悲也。叹叹。"脂砚斋与畸笏叟的批点，均是文本外面的事情，而在文本之内，也依然留下了蛛丝马迹，对此作者并不回避，反而特特说出："无不纳罕，都有些疑心。"虽然如此，秦可卿的丧事依然办得奢华张扬，出灵的队伍"压地银山一般"，贾府的故旧世交，公子王孙，从北静王水溶至"锦乡伯公子韩奇、神武将军公子冯紫英"，纷纷前来送殡、路祭而使死者备享哀荣。

相对于秦可卿，尤二姐的丧事却十分凄清，只有尤氏、贾蓉等人来哭了一场。办丧事是要花钱的，贾琏向凤姐要钱，凤姐说："家里近来艰难……昨儿我把两个金项圈当了三百两银子，你还做梦呢！这里还有二三十两银子，你要就拿去。"贾琏没有办法只得打开尤二姐的箱柜，却半两银子也没有了。对尤二姐，凤姐恨得咬牙切齿，推说自己有病忌三房：不能够进产房、新房与停灵的凶房，又走到贾母那里，说了一堆闲话，激起贾母的愤怒说："停五七日抬了出去，或一烧，在乱葬岗上埋了完事。"在这样的压力下，贾琏不能在自己的院内办事，只得向王夫人"讨了梨香院"，王夫人依允，贾琏"忙命人去开了梨香院的门，收拾出正房来停灵"。梨香院在荣府的东北角，"乃当日荣公暮年养静之所"，为了方便出入辟有一座后门通街。把尤二姐的灵柩停放在这里，贾琏很不高兴，"嫌后门出灵不像，便对着梨香院的正墙上，通街现开了一座大门"。"不像"是北京的土著语，意思是不像话，不成样子。贾琏在新开的大门"两边搭棚，安坛场做佛事"。七天以后，该送灵了，送灵那日，"只不过族中人与王信夫妇、尤氏婆媳而已。"

尽管秦可卿与尤二姐的丧仪在场面上大不一样。但是分析起来，二者仍有相近之处。如同尤二姐，秦可卿的灵柩也没有放在正院，而是停放在宁府西北会芳园的登仙阁里。为了办事方便，贾珍命人将会芳园的临街大门打开：

> 旋在两边起了鼓乐厅，两班青衣按时奏乐，一对对执事摆得刀斩斧齐。更有两面朱红销金大字牌对竖在门外，上面大书：
>
> 防护
>
> 内廷紫金道
>
> 御前侍卫龙禁尉
>
> 对面高起着宣坛，僧道对坛榜文，榜上大书："世袭宁国公冢孙妇、防护内廷御前侍卫龙禁尉贾门秦氏恭人之丧。……"

虽然贾珍对秦氏之死哭得泪人一般，而且要倾其所有为可卿大办丧事，在丧仪的花费上，贾珍或许可以这样，而且也确实如此，但迫于礼制，贾珍仍然不敢把秦氏的灵柩停于正院，而是停放在宁国府西北角的会芳园登仙阁里。到了寄灵的铁槛寺，秦氏的灵柩被安排在"内殿偏室之中"，也没有放在居中位置。按照我国传统的丧仪制度，只有宅第的主人、主人的正室以及相当于主人身份的长辈才可以停放在正院内正房居中的位置上。[1]贾珍的父亲贾敬故后，就是"将灵柩停放在正房之内"，这是对亡者的最高礼遇，也就是正寝，寿终正寝便是这个意思。如果是偏室，则不可以，只能停放于其他房间。未成年的"小口"死后一律停放在院内西侧。暴死于家门之外的，即便是家长，也不能停于正房，而只能停放在院内东侧。这个原则用于身份高贵的死者，倘若是王爷及其家属，也是适用的，只是正房变为大殿——民间俗称的银安殿而已。在清代，王府中的西侧往往构筑一所小院，称吉祥所。府中的太监与宫女在这里养病，府主的姬妾与未成丁的小口也往往在这里举办丧事。《红楼梦》中的荣宁二府，因为只是公府，不能在府中设吉祥所，然而在举办丧事的时候，仍然要遵循礼制而不能胡停乱放。无论是秦可卿还是尤二姐，均只能停放于正房之外，便是这个道理。在秦可卿是会芳园，是会芳园的临街之门；在尤二姐是梨香院，当然在这里，贾琏可以选择正房，并且现开一座大门。明晓了这个道理，也就可以理解，无论是"泪人一般"还是"出灵不像"，其背后都有着强大的礼仪支撑，并不能简单地以人物性格（比如凤姐的阴狠）之类解读的。

注　释

① 《仪礼》，《士丧礼第十二》，第 323 页："士丧礼，死于嫡室。"嫡室，即正寝之室。彭林注译。长沙，岳麓出版社，2001 年 7 月。

「下隔扇」
「起孝棚」
「供茶烧纸」

　　讨论《红楼梦》中的丧仪，自然要从逝者谈起。第一贾母、第二贾敬、第三秦可卿。这三人都属于有威势的主子的范畴，而其他，比如尤二姐，虽然也是主子，但属于被排挤的对象，丧仪简单，而金钏儿、晴雯、司棋和鸳鸯，都是丫鬟，属于死而无仪，因此也就可以省略不谈。

　　先说贾母。贾母故世以后，立即："从荣府大门起至内宅门，扇扇大开，一色净白纸糊了，孝棚高起，大门前的牌楼立时竖起，上下人等登时成服。"而贾敬在玄真观故世以后，贾珍将他的灵柩移到宁府之前，贾蓉骑马飞至其家，"忙命前庭收拾桌椅，下隔扇，挂孝幔子，门前起鼓手棚、牌楼等事。"把门打开，糊上白纸，①可以理解，其余的"下隔扇"之类蕴含什么意思呢？

　　在中国人的传统观念里，人故以后进入另外一个世界，不可以接受日、月、星三光，因此或者将灵柩停于室内，或者将灵柩遮盖起来。在清代，北京的规矩是，在这个时候，丧家往往要请棚铺搭棚——白棚，即办白事用的棚子，以别于办喜事的红棚。贾母去

68

世以后"孝棚高起"便是这个意思。搭棚的目的，当然还有实用性，以便接待前来吊唁之人。白棚的材料主要是杉篙与席箔。季节不同，质地也不一样。冬季是暖棚，夏季是凉棚。在形状上，有起脊和平顶两种形式。起脊者可以是一殿一卷，将前后两院遮罩起来，即灵堂的院子处于殿的位置，前面的院落则处于卷下。如果丧居是三层院子，则是一殿两卷，如果是四层院子，便可以搭出一殿三卷的形式。这样的棚不仅遮风避雨，而且状如殿宇，宏伟壮观，非一般人家可用。荣府从大门到正堂，至少有两进院落，因此贾母的孝棚应该是一殿两卷，但此时的荣府已经势弱钱微，为了节约很可能是起脊无卷的形式吧！

当然，如同贾敬身后的丧仪那样，鼓手棚与牌楼还是要搭的。牌楼位于大门之外，采取过街牌楼的形式。也就是说，大门之外是过街棚，棚的两侧是牌楼。牌楼或为一门，或为三门。而鼓手棚一般设于大门外，秦可卿故后，"会芳园的临街大门洞开，旋在两边起了鼓乐厅"，便是此意。而这三样——白棚、鼓手棚与牌楼，在起灵之后，都要立即拆掉，贾政将贾母的灵柩请到铁槛寺时，家人"林之孝带领拆了棚，将门窗上好，打扫了院子"，便是这个习俗的反映。然而，"拆棚"，可理解，为什么还要"将门窗上好"，这二者是什么关系？联系贾珍为其父贾敬请灵"下隔扇，挂孝幔子"便好理解了。我国的传统民居，明间外部的隔扇均是一樘四扇。贾母所住的五间上房明间也应该是这样。平时两扇固定不开，只开启中间两扇。但是门洞仍然嫌大，不仅开启不便，也不利于防热保暖。为此在中间两扇隔扇门的外侧贴附一层帘架。帘架里面安装横披和余塞，中间装一扇单扇小门，称风门。帘架的主体是边梃，上

69

部是荷花拴斗，下部是荷叶墩，边梃便固定在这二者之间，因为可以在上面悬挂帘子，故有帘架之称。这些构件，包括隔扇、风门都是通过插销固定，拔掉插销，全部可以拆卸下来，谓之"打帘架"。

旧时的风俗是，亡人的灵柩如果放在室内，其前脸必须放在风门的位置上，为便于出入，就要把风门、帘架、横批、余塞以及外侧的隔扇拆掉，用《红楼梦》里面的表述就是"下隔扇"。而在灵柩请走之后，当然还要把这些构件重新装上，也就是将"门窗装好"。这便是下隔扇与装门窗的含义。当然，还不仅于此，亡者如果是旗籍，在灵柩的前面还要安放一张灵床，灵床有靠背，铺设红色寸蟒锦褥，通俗讲便是红锦大座椅，亡者遗像便立于其上，而这个位置恰好位于房屋的前檐里面，其外要搭有一座有三个门洞的灵龛，即《红楼梦》中的"挂孝幔子"。左右灵门悬挂白色帐幔，中央灵门安放供桌，设摆闷灯、五供和高脚碗。五供包括一尊香炉、两只花筒和一对蜡扦。闷灯位于五供之后，状如单层宝塔，灯门朝向灵柩。而在五供和闷灯之间是高脚供碗，上面摆放祭祀的食品。供桌之前，放一只矮桌，其上放锡制的"奠池"、"执壶"与"奠爵"，以备吊客"奠酒致意"。如果是皇帝奠赐或者尊长致奠，便将矮桌撤掉而改设高茶几以便立奠。汉人则不设矮桌而设高茶几，备好香炉、燃炭、檀香，以备吊客致奠之用。在矮桌或茶几之前设白色拜垫，上罩红毯，丧家以示谦逊，而由来宾自己揭去红毯，跪在素毯上。在贾母的丧仪上，那些晚辈吊客，大概也会自己掀起红色的毯子，而向贾母的灵柩叩拜吧。

在清代，妇女致奠都在灵龛之后，灵柩的后面，丧家的女眷则跪在右侧还礼。但是也有例外，比如《红楼梦》里面的凤姐在祭奠秦可卿时，却是另外一番景象：

> 凤姐缓缓步入会芳园中登仙阁灵前，一见了棺材，那眼泪恰似断线珍珠滚将下来。院中许多小厮垂手伺候烧纸。凤姐吩咐得一声："供茶烧纸。"只听得一棒锣鸣，诸乐齐奏，早有人端过一张大圈椅来，放在灵前，凤姐坐了，放声大哭。于是里外男女上下，见凤姐出声，都忙忙接声嚎哭。

在清代，灵前往往设有细乐，乐器有小锣、小堂鼓、横笛，吹奏《哭皇天》，谓之"清音"。"只听得一棒锣鸣，诸乐齐奏"便是这个意思。按照当时的规矩，当吊唁的来宾进入大门时，门外的鼓手棚便开始吹奏，通知回事人员做准备。具体做法是，男客三声鼓加吹大号，女客两声鼓加吹唢呐。接着，大门的云板连敲四下，二门的锒也随之击打四下——四下为哀音。而吊唁的来客进入内门时，回事人员已经在前头飞跑，高声呼喊："某老爷到"、"某太太到"。来宾如果有祭品上供的，要先供一杯茶，之后致奠。由此推想凤姐吩咐"供茶烧纸"，是应该带来祭礼的。而在这之前，大明宫掌宫内相戴权，"先备了祭礼遣人抬来"，便是这个意思，礼物如果多，还要把礼单呈上，所谓祭、礼双行，而回事人此时必要高喊："呈礼上账您呐！"

知晓了以上种种，倘若凤姐从会芳园的临街大门进入，假设是这样，来到登仙阁秦氏灵前，那么这一路，从鼓手棚——此处称鼓乐厅——的门吹，到各种乐器跟随凤姐的行踪自然也会渐次响起。但是，凤姐是从宁府正门进入的，因此没有门吹之事，但清音总是有的，由此玩味凤姐在这种语境之下的"放声大哭"，便可以发掘出许多时代与性格内涵。回想第十三回之中的凤姐"天天于卯正二刻，就过来点卯理事"，的确辛苦劳累，但凤姐却十分得意，因为"威重"而"令行"。对凤姐这样的人，或类似凤姐这样的人，巾帼可比须眉，这样的丧仪是不可以错过的，"早有人端过一张大圈椅来，放在灵前，凤姐坐了"，真是活灵活现地雕画出此时的凤姐，这样一位女性，怎么可以立在那里给秦可卿上香？当然不会，而对于"独在抱厦内起坐，不与众姊妯合群，便有堂客来往，也不迎会"，这样的描叙，也就更加可以理解，权力原来是可这样的，又怎么可以不是这样的呢！

注　释

① 《老北京的生活》，第114页："人死后全家举哀，一面贴白纸封对联、挡字画、翻照片镜框"。金受申著。北京，北京出版社，1989年12月。按：在清代，普通人家的大门是黑色的，因此在门板上往往镌刻红色门联，在节日时贴红对联，遇到丧事时要用白纸把门联、对联封上。而清朝王公府第的门是红颜色的，故而要糊上白纸把大门全部遮住。"净白纸糊了"，便是这个意思。

番、禅、尼、道

　　旧时的北京丧仪，离不开佛、道两教人士。这两教人士又可以细分出：番、禅、尼、道四类人物。前三类出于佛教，具体说，番是藏传佛教的僧人，禅是汉传佛教的僧人，尼是遁入空门的女僧人。在北京的历史上，人死之后，除非赤贫之家，都要请僧人诵经。高等级的是将禅、道、番、尼同时请来对台诵经。次一等的是禅、道、番。再次一等的是禅、道，或禅、番。最次等的只请禅，从来没有单请番、道、尼的。

　　如果请番、禅、道、尼，到丧家做佛事，至少要搭三座经台，俗称经托子。通俗地讲，是构筑一座高台，后面悬挂三世佛或者三清画像。经台摆放的位置是，禅在正面，道在左面，尼在右面，番没有经台而在地上。但是也有持相左意见的，认为在清代，藏传佛教被奉为国教，因此，番僧也有经台，如果是番、禅对台，则番在上首，禅在下首；如果是多棚经对台，则番在正面，两侧是禅与道。当然，如果只请禅、道两家，则道左，禅右，《红楼梦》中在会芳园大门的"对面高起着宣台，僧道对坛"，当然也会是这样的摆法。

在超度亡灵的仪式上，番虽然是藏传佛教，但仍然要比照禅、道而诵经、拜忏、燃灯和放焰口，从而可以和禅、道、尼对台。但是，也有细微区别，诵经的时候，如果经台在灵堂对面，番则坐在椅子上而面向灵堂，表示向亡人说法；禅则是背向灵堂，在佛像下面跪诵。虽然相对于番和道，在经台的安排上，禅被置于次要之位，但是禅仍然是主体道场，可以单独出丧仪。在丧仪上，禅所诵的经文主要有：《金刚经》《莲华经》《楞严经》《阿弥陀经》《地藏菩萨本愿经》《药师如来本愿经》，等等。而在请经的形式上，除丧家自请，还有亲朋送经的。由此我们可以玄想，镇国公牛清的孙子牛继宗、理国公柳彪的孙子柳芳、齐国公陈翼的孙子陈瑞文，等等，这些——当日与宁、荣二公合称为"八公"的后人，是不是也会给贾府送经？

而僧人与佛事，则集中见于秦可卿的丧仪。第十三回，贾珍请来钦天监阴阳司的人前来"择日"，"推准停灵七七四十九日"，"灵前另有五十众高僧、五十众高道，对坛按七作好事。"出佛事的僧人或道士，一位称"一众"，民间讹为"一钟儿"。"五十众高僧"、"五十众高道"便是五十位僧人与五十位道士，总共一百"众"为逝去的秦可卿做法事。在中国的传统文化里，认为人死之后会转世，以七天为一期，七天之后可以重新投生。倘若未得生缘，则须再等七日。如此延续至七七四十九日，则逝者必定重生，故而豪邸富室，往往要停灵四十九天就是这个道理。而在重生之前，轮回未定，因此每隔七天，都要延请僧道等诵经祈福，也就是"按七做好事"。当然也有天天诵经的，比如这里的丧仪，有时候还格外热闹：

那应佛僧正开方破狱,传灯照亡,参阎君,拘都鬼,筵请地藏王,开金桥,引幢幡;那道士们正在伏章申表,朝三清,叩玉帝;禅僧们行香,放焰口,拜水忏;又有十三众僧尼,搭绣衣,靸红鞋,在灵前默诵接引诸咒,十分热闹。

所谓的"应佛僧",是对出佛事僧人的称呼。而在这一日——五七正五的佛事中,有三种仪式颇为费解,一是"开方破狱",二是"传灯照亡",三是"开金桥"。

"开方破狱",也作"跑方破狱",东南近郊是将多张方桌摆成正方形,僧人们围桌而立,随着击打法器而轮流沿桌奔跑,故谓"跑方"。又在每名僧人身前的地上放置一块整瓦,上面用粉笔画道,由正座用九环禅杖依次戳碎,此之谓"破狱"。[①]金受申在《老北京的生活》中解释这是仿照目连救母破地狱的故事。而在远郊,跑方则不用方桌,僧人们只站成圆圈即可,也是轮流着跑。"跑方有由和尚跑,丧家追的,但不用孝子追。"这两种"跑方破狱"均是郊区的粗鄙佛事,却被贾珍引入府中,可见其人的趣味。

"传灯照亡"的宗旨是,以灯供佛和以灯宣法,以佛、法的力度超度亡灵。具体的做法是,在经台与灵柩之间拴有绳索,上系"灯人",灯人手执灯盏,将法灯送往灵前而由丧家跪接,之后将灯人扯回,如此循环不已,而"为亡人免罪"。灯人高约三尺,身着绸缎彩衣,如果亡者是男性,则装扮成一骑鹤的男童;如果是女性,则装扮成头梳抓髻的女童。女童站在莲花座里,肩扛一朵莲花,法灯便放在肩扛的莲花里。

"开金桥"也作"搭桥寻取香水",简称"寻香取水",是为了避免亡者喝秽水的一种仪式。"系用三张方桌",下面两张,上面一张,再将两辆大车竖起来,车辕向上"从桌子两端交叉起来,成一桥形,由丧家披麻戴孝捧疏前行,正座率领僧众执法器随从过桥,表示冥中故事"。②在这个"由丧家披麻戴孝捧疏前行"的行列里,会有贾珍的身影吗?自然不会。但是,出现宝珠、贾蓉的身影是可以的,想到贾蓉这样的人物,要接连爬过三张桌子,不知此公会做何种感想。在他的腹内也许会痛骂他的老爹贾珍,何苦请这样缺德的佛事,为死去的儿媳祈福而让活着的儿子受苦!

但是,这样的苦很快就会过去,接下来是放焰口。先是由正座和尚做"疏头",上写丧家族人的姓名、年岁,这里肯定要写上贾蓉,作为召请亡人灵魂时念诵之用。随着法鼓慢敲,正座、驳文与众僧相互交替吟唱,之后奏乐,少停,念施食仪文。随后,正座念二十召请,召请各个行业的亡灵,于"此夜今时,来受无者遮、甘露法食"。念到末句,正座以左手紧摇灵杵,右手抛洒斛食——将荷叶饼③掰碎了向台下撒。随后再念《骷髅真言》,即北京俗说的《叹骷髅》,④然后吹打奏乐,合念《金刚上师诫谕》。最后打着铙钹合唱《挂金锁》。唱完了,念《尊胜真言》毕,下座喝切面铺做的"柳叶汤",一台焰口至此完事。

在念召请文的时候,亡者的家属,这时仍然少不了贾蓉,要始终跪到那里,召请完毕才可以起身离开。但是佛事,还不止于此,在秦可卿七七四十九天的丧仪上,贾珍不仅请僧道上台诵经,而且还"单请一百单八众禅僧在大厅上拜大悲忏,超度前亡后化诸魂,以免亡者之罪。另设一坛于天香楼上,是九十九位全真道士,打四十九日解冤洗业醮。"这是为什么?大悲忏的全称是《千手千眼大悲心咒行法》，僧人诵经拜佛，代替亡者忏悔称"拜忏"，这里的拜大悲忏，便是这个意思。秦可卿有什么要忏悔的吗？这就耐人寻思。联想到脂砚斋的有关评点，这样叠床架屋的浩大佛事，或者是某种信息的流露。但是无论怎样张扬，作者的笔端仍然清晰，因为在清代，王公贵族举办丧事，是没有不请番僧的，而成书于乾隆年间的《红楼梦》却不见番僧的踪影。这是为什么？这当然是时代的残酷所致，为了规避文祸，岂止"无朝代年纪可考"，更不敢露泄半点让人指证的端倪，作者其时的创作心态也就于此可知。

注　释

①　②　《老北京的生活》，第 123 页。金受申著。北京，北京出版社，1989 年 12 月。

③　同上，第 119 页。关于斛食，金受申说："在用晚餐前后，蒸锅铺送来'斛食'供于灵前。斛食是用木制的一座方塔形状，高三五级，底层正面刻画成抠钉兽环的门样，每级围绕插着'江米人'，最上级立一旗杆，杆前置多层荷叶蒸饼。送三之际，江米人为亲友分有，名为'抢江米人'，荷叶饼留作晚间'放焰口'施食的'法食'。"散斛食之时，必将焰口座的下边清扫干净，丧家与出份子亲友的孩子，到时将孝袍子和褂子的底襟撩起来接斛食。其时相传小孩子吃了斛食不害怕。

④　《骷髅真言》："昨日荒郊去玩游，忽睹一个大骷髅。荆棘丛中草没丘，冷飕飕，风吹荷叶倒愁。骷髅！骷髅！你在涸水边卧洒清风，翠草为毡月作灯。冷清清。又无一个往来弟兄。骷髅！骷髅！你在路边，这君子，你使谁家一个先亡？雨打风吹似雪霜。痛肝肠，泪汪汪。骷髅！骷髅！看你若落得一对眼眶。勘叹人生能几何？金乌玉兔来往如梭，百岁光阴一刹那，莫蹉跎，早求出离苦海劫波。今宵施主修设冥阳会，金炉内才焚着宝香。广召灵魂赴道场，消罪障，受沾福利，速往西方。"（引自《红白喜事》第 340—341 页）

「一般六十四名青衣请灵」

关于丧仪的描写，在中国古典小说里，《红楼梦》中围绕秦可卿故后的章节，是最为精细也最为精彩的。在这精细与精彩之中，不仅推动了人物性格的发展，而且折射出其时的丧事礼仪，如果对此进行简单剖析，既会加深我们对《红楼梦》的理解，也可以使秦氏故后的文字鲜活生动，从而展现出更多的文化内涵。限于篇幅，我在这篇文章里只讨论殡仪之中的杠、杠伕与执事数目。

先抄录一段引文：

至天明，吉时已到。一般六十四名青衣请灵，前面铭旌上大书"奉天洪建兆年不易之朝诰封一等宁国公冢孙妇防护内廷紫禁道御前侍卫龙禁尉享强寿贾门秦氏恭人之灵枢"。一应执事，皆系现赶着新做出来的，一色光焰夺目。

何谓青衣？青衣，是指杠伕所穿的驾衣，因为颜色是深绿色的，故称，在这里作为杠伕的借喻。旧京出丧，离不开棺、杠与杠伕。棺，殓以逝者；杠，是舁运逝者的工具，而杠伕的数量则与丧仪保持一种密切关系。在清代，用杠分两类，一类是非礼仪性用杠，一类是礼仪性用杠。非礼仪性用杠，有两名杠伕抬的"穿心杠"，三名杠伕抬的"牛头杠"和四名杠伕抬的"一提拉"。这样的用杠，或为贫者所用，贫而不能为礼；或为幼者所用，幼而没有必要为礼，都是只有送殡活动而无送殡仪式，属于有殡无仪。礼仪性用杠则至少是八人杠，或者是八人杠以上，即：十六人杠、二十四人杠、三十二人杠、四十八人杠、六十四人杠、八十人杠和一百二十八人杠。"六十四名青衣请灵"，便是说将秦氏的灵柩从宁府抬到铁槛寺寄灵而动用了六十四名杠伕。

这六十四名杠伕是如何站位与行走的呢？为了叙述方便，先说杠，具体的做法是：先是用两根主杠把灵柩架起来，之后在主杠两端固定两根横杠，横杠的四角各固定一根小杠谓之千斤，每根千斤前后各加一根小杠，行话称把，每把再固定两根卧牛，而每根卧牛各拴两根抬杆，共八根，每根抬杆左右各有一名杠伕，这样灵柩的一角便有十六名杠伕，四角便是六十四杠伕了。

为了保证这六十四名杠伕行动有序，要安排两名指挥杠伕的杠头，杠头手持响尺，称打尺的，前后两名，称"对儿尺"。除此以外，还要有四名执鞭压差、八名打拨旗的和十六名徒手随行准备换肩的杠伕。然而，还不止于此，在这些人员之外，据常人春《红白喜事》一书介绍，还要配置一名杠伕背着大白粉，每走五十步便在地上画个记号，表示到此画换班，谓之画拨子。"头拨画'○'，二拨画'×'。"换班是一角一角的换，换下的杠伕，两人一对走在灵枢之前。"夏天热，还要有四名杠伕挑着大瓦壶，随杠伕而行，以便供杠伕们饮水。"①一架六十四人杠，杠房至少要派三位"了事先生"，一位监督打尺的杠头，一位应酬本家，一位负责跟罩，用油布把罩片包好，放在包袱皮里提至丧家，把罩片置于棺木上，发引时，这位了事先生便一直跟着，到棺木下葬时把罩片撤下来，再将罩片叠好，包上油布，放在包袱里，背回杠房。如此算来，所谓六十人四杠，加上换班的便有八十名，而其他附属人员至少也有二十二名，三者相加总计是一百零二名。

秦氏的"一般六十四名青衣请灵"是否也是这样规模呢？

按照旧京请灵的规矩，灵枢一上杠，便不可以落地，因此要安排徒手的杠伕随行换肩。十六名是基本人数，讲究的是在六十四名之外，再有一班六十四名杠伕，也就是两班杠伕，甚至还有用三班杠伕的。那就是一百九十二名杠伕。为秦氏请灵的人员也有这么多吗？这就要分析"一般六十四名青衣请灵"中的"一般"二字。一般何意？通俗地说，一般即一样，唐人王建宫词有句："一般毛色一般缨"，"一般青衣请灵"中的一般也是此意，指穿一样颜色驾衣的杠伕，也就是一个班的杠伕。当然，也可以有不同的理解，也就是说，书中所讲只是用杠的等级，不涉及换班的杠伕。不涉及不等于没有，联想贾珍"哭得泪人一般"，要尽其所有为秦氏大办丧事，怎么会不安排换班的呢？当然要安排，而且至少是一班，很可能是两班，如果是这样，在为秦氏请灵的丧仪中至少应有二百十四名杠伕与执事，或者是这样，也应该是这样吧！

在《红楼梦》的成书年代，"六十四名青衣"，是一种什么规格的用杠？崇彝的《道咸以来朝野杂记》②这样载道：

发引之仪，凡王、贝勒用八十人起杠，一品大员用六十四人，次者四十八人，再次三十二人，皆有棺罩。至二十四人、十六人者，皆用绣罩片，无大罩矣。

公，低于王与贝勒，自然不可以用八十人杠，最高只能用六十四人杠，而这样的用杠，相当于一品大员的规格。何况，贾珍还给他的儿子——秦氏的丈夫贾蓉，花一千五百两银子捐了龙禁尉的头衔，以便发引之时风光体面。有了这样的头衔，秦氏的灵柩前面——走在灵柩前面的右侧，才可以竖起这样的铭旌，在上面大书："奉天洪建兆年不易之朝诰封一等宁国公冢孙妇防护内廷紫禁道御前侍卫龙禁尉享强寿贾门秦氏恭人之灵柩"。而这座铭旌，在发引的前一天，便立在丧居门首，出殡的时候，也由杠伕抬着，其数量，也有十六人、二十四人与三十二人不等。当然也要有执鞭压差负责维持秩序，打拨旗的负责清理道路上的障碍，和对儿尺，一前一后指挥。如果也以最高人数计算，为秦氏请灵的人员则应在二百五十人左右。

这是就杠伕的数目而言。具体到这些人物的衣着，驾衣的颜色与样式，是一种将及膝盖的小大褂，杠伕是大襟，执事为对襟。如果是一个班的杠伕则穿深绿色驾衣，如果是两班，为了进行区分，第二班着深蓝色，如果是三班，则第三班着黑色。无论是何种颜色驾衣，都是遍身满印车轮形状的图案，周围是八至十二个大圆点，象征灵车。下身则是土黄或者灰色套裤。脚上是青靴子。头上呢？杠伕是在黑色的毡帽上插一根雉翎。在清代，入品的官员采用红雉翎；帝后、亲王、郡王，用黄雉翎。入八分公者用紫雉翎。翎子的颜色与杠上所用的绳子、垫子，以及拨旗的颜色都是一致的。打响尺的杠头，或者说对儿尺，则是头戴官帽，身穿丧家给的孝衣，在灵柩前后奔波指挥。在这一天，有权势，或者有钱的用户，都要求，无论是杠伙、执事、还是杠头，一律要沐浴，刮脸，穿新靴子、新驾衣，再加上油杠（新刷一遍漆）、包绳（用新布包杠绳）等，谓之"普新"。我们在上面所引为秦氏请灵的"一应执事，皆系现赶着新做出来的，一色光焰夺目"，便是这个意思。这样一班新姑爷似的簇新人物，簇拥着秦氏的灵柩，混迹在送灵的队伍里，从宁国府出发，浩浩荡荡、焜耀缤纷，向铁槛寺"进军"，贾珍大概会心满意足了，而这样的幽曲，自然是文字难以描绘与勾勒的吧！

注 释

① 《红白喜事》，第 386 页。常人春著。北京，北京燕山出版社，1996 年 6 月。

② 《道咸以来朝野杂记》，第 84 页。崇彝著。北京，北京古籍出版社，1982 年 1 月。

易簪的风月

　　秦钟是秦可卿的弟弟，宝玉的发小。二人第一次相见，宝玉想的是"天下竟有这等人物！"可恨自己为什么生长在侯门公府，如果也生于"寒儒薄宦"，"早得与他交接，也不枉生了一世。""富贵"二字，"不料遭我荼毒了"。而秦钟想的则是，"可恨我偏生于清寒之家"，不能与宝玉"耳鬓交接"。宝玉痛恨"富贵"，秦钟痛恨"清寒"，所恨之事虽然迥异，但目的却是一致的，所谓殊途同归，不过说了十来句话，二人便"越觉亲密起来"。

　　然而，就是这么一个朋友，在他的姐姐故世不久，自己也患了重病而卧床不起。原因起于水月庵敬虚的徒弟智能。这个智能自幼在荣府走动，与宝玉、秦钟玩耍，"如今大了，渐知风月，便看上了秦钟人物风流，那秦钟也极爱她妍媚"。哪里想到秦钟身体本弱，受了些风霜，又与智能儿在水月庵"偷期缱绻，未免失于调养"，回家以后便咳嗽伤风，懒进饮食。智能听说后跑来看视他，却被秦钟的父亲秦业撞见，而"将智能逐出，秦钟打了一顿，"自己也气得老病发作，三五日光景便"呜呼死了"。秦钟见老父亲

83

被气死而"悔痛无及","又值带病未愈受了笞杖","更又添了许多症候"。

恰在这时，元春晋封了"凤藻宫尚书，加封贤德妃"，消息传来，"宁、荣两处上下里外，莫不欣然踊跃"，只有宝玉毫不介意而为秦钟担忧。这天一早起来，宝玉看见跟随他的小厮茗烟，在二门的照壁前探头探脑，问他有什么事？茗烟告诉他："秦相公不中用了！"宝玉急忙带着茗烟、李贵等人跑到秦钟的家里：

> 此时，秦钟已发过两三次昏了，移床易箦多时矣。宝玉一见，便不禁失声。李贵连忙劝说："不可，不可！秦相公是弱症，未免炕上挺扛得骨头不受用，所以暂且挪下来松散些。哥儿如此，岂不反添了他的病？"

历史上，北京人讲究"易箦"，在病人断气之先，换在另一张床上，这样的床称"吉祥板"。到杠房赁吉祥板时不能叫"赁"，只能叫"传"——"传吉祥板"。吉祥板由床架与床板组成，普通百姓的吉祥板，铺红布褥子，挂红布围子。讲究的用绸缎软片，上面绣有四季花、牡丹花等图案。旗人用红色寸蟒围子，亲王、郡王，包括他们的福晋，则用三层黄寸蟒的棉褥与围子，"并在褥下准备三条黄稠带，谓之'三道紫金箍'。以便大殓人棺时当系绳使用。民间则多用一尺多宽的白布带，兜在亡人褥下，谓之'千斤带'，做为入殓时的提手。"贫寒人家与郊区农民只是"将自家的屋门卸掉，支上两条板凳，临时搭个灵床，谓之'搭床'"。"凡正寝、内寝者，吉祥板或搭床都要放在住房正中。换床时，必须由他（她）的亲人亲自动手"，^①将病人头朝西、脚朝东放在床上，取西方接引之意。秦钟的父亲秦业易簀的时候，秦钟应该在场，可惜书中将此略过，我们只能在此揣度。而谁又会为秦钟易簀？当然在这里也只能揣度，或许是他的"几位远房嫂子并几个弟兄"？

而之所以"易簀"，有这样几层含义：一是"冲喜"，一是"避邪"，避免逝者留恋于终老之处而滋扰家宅。当然还有另一层含义而与曾子有关。根据《礼记·檀弓上》记载，曾子病重，"童子隅坐而执烛"，对曾子说："您身体下面的席子，又华贵又美丽，是大夫可以使用的吗？"听了童子的话，曾子让曾元赶紧撤换席子。但是曾元不同意，说："您现在病重，等明天好了，再换不迟。"曾子很不高兴，对曾元说，你爱我还不如那个童子，"君子之爱人也以德，细人之爱人也以姑息。吾何求哉！吾得正而毙矣，斯已矣！"于是"举扶而易之"，换过竹席，曾子躺在席子上还没有安稳便亡故了，所谓"反席未安而没"。^②曾子的"易簀"是为了正名分，什么等级的身份躺在什么等级的席子上，即使临终也不可以颠倒。这样的道理，李贵自然不懂，而只能从秦钟身体屦瘦、躺在炕上不舒服这个角度开导宝玉。

而这时的秦钟虽然昏迷，却哪里就肯离开人世？"又记念着家中无人掌管家务，又记挂着父母还有留积下的三四千两银子，又记挂着智能尚无下落，因此百般求告鬼判。"然而，这些鬼判都不肯徇私而厉声训斥他："亏你还是读过书的人""阎王叫你三更死，谁敢留人到五更！"我们阴间比不得你们阳间，"瞻情顾意，有许多的关碍处。"正闹到不可开交的时候，秦钟忽然听见"宝玉来了"四字，便忙又央求道："列位神差，略发慈悲，让我回去，和这一个好朋友说一句话就来的。"众鬼问道："又是什么好朋友？"秦钟回答说："就是荣国府的孙子，小名宝玉的。"

都判官听了，先就唬慌起来，忙喝骂鬼使道："我说你们放回了他去走走罢，你们断不依我的话，如今只等他请出个运旺时盛的人来才罢。"众鬼见都判如此，也都忙了手脚，一面又抱怨道："你老人家先是那等雷霆电雹，原来见不得'宝玉'二字。依我们愚见，他是阳间，我们是阴间，怕他也无益于我们。"都判官道："放屁！俗话说得好，'天下官管天下事'，阴阳本无二理，别管他阴也罢，阳也罢，敬着点没错了的。"众鬼听说，只得将秦魂放回。

对上引文字，脂砚斋有这样一段评语：大意是红楼一书，虽然皆是"近情近理必有之事"，但也不是绝对的，秦钟与众鬼之间的对话，便属于荒唐不经的游戏之笔，虽然"聊以破色取笑"，但却骂尽了"攒炎附势之辈"。然而，从情节角度，以上的对话纯属蛇足，完全可以芟夷，然而芟夷了，便丧失了某种味道，因为话语在这里漫溢出来，滋生出另一种怪诞的枝叶。而秦业一家，在红楼人物的谱系中本身便是一个怪胎，因"情"而生，因"情"而殁。秦钟是与智能偷情，秦可卿是与贾珍偷情，他们的父亲秦业因为儿子偷情气得老病发作，不几天便气死了。这些人物形象与这样的情节设计，用《好事终》里面的话便是"宿孽总因情"。情者，秦氏也；业者，羯磨也。风月渊深而又浩荡无边，人世间最难缠的便是风月里面纠结的债务，而秦钟在易箦以后，对宝玉所说——"以前你我见识自为高过世人，我今日才知自误了。以后还该立志功名，以荣耀显达为是。"这样的话究竟有什么寓旨呢？这样的话，对宝玉有什么作用？应该是没有丝毫作用。对秦钟有什么作用吗？当然也不会有任何作用，然而说出来便是了断，至少对秦钟本人，即便是转瞬萧然长逝，也还是一种了断罢。

注　释

①《红白喜事》，第197—198页。常人春著。北京，北京燕山出版社，1996年6月。

②《礼记》，第46页。北京，北京燕山出版社，1995年4月。

大观园里稻香村

　　关于稻香村，读过、包括看过《红楼梦》衍生作品的读者都知道，这是一座位于大观园内农家风格的屋舍，元春省亲之后划归贾政的长媳李纨居住。李纨性厌奢华，丈夫贾珠早已物故，她以孀居的身份居住于此，自然符合她的性格与命运。但是，对于大观园内这处农舍式的建筑，书里面的人物却持有不同意见。贾政认为："倒是此处有些道理"，未免勾引起"归农之意"。及至进入屋内，见到纸窗木榻，"富贵气象一洗皆尽"，更是欢喜，回头瞅着他的儿子宝玉问道："此处如何？"宝玉却持相反的态度，认为"不及'有凤来仪'多矣"。对宝玉的这种答复，贾政很是不满，斥责他是无知的蠢物，只知道朱楼画栋为佳，却不知道清幽气象之美，"终是不读书之过！"宝玉不敢直接反驳他的父亲，只是婉转反问："古人常云'天然'二字，不知何意？"对于宝玉的这种反诘，陪同贾政的清客很不理解，颇有才学的宝玉怎么不识"天然"二字？对于他们的疑问，宝玉答道："此处置一田庄，分明见得人力穿凿扭捏而成。远无邻村，近不负郭，背山山无脉，临水水无源，高无隐寺之塔，下无通市之桥，峭然孤出，似非大观。"稻香村是人力所为，不是自然生成的，不能谓之"天然"。贾政气坏了，喝命"又出去！"刚出去，又喝命："回来！"命再题一联："若不通，一并打嘴！"

对大观园内这座村舍风格的建筑，作为父亲的贾政与作为儿子的宝玉，就是如此针锋相对而不能化解。见到农家式的院落，贾政的"归农"之思，不能说没有道理；同样，在"玉栏绕砌，金辉兽面，彩焕螭头"的园囿里突然出现几座土坯茅屋，被宝玉斥责为不是天然之景，也不能说没有道理。父子二人站在各自的立场反驳对方，应该说是各有自己的理由。众清客当然是赞同贾政的意见。这是书里人物的意见，而对于书外之人，却大多认同宝玉而反对贾政，认为不是宝玉而是贾政不通。这就难免引出另一种看法，从而关乎到封建社会的宫殿制度。

我们知道，修建大观园是为了迎接贾政的长女、皇帝的妃子元春省亲，故而在筹建之初，拟名"省亲别院"，属于皇家的离宫别院范畴。按照皇家体制，这样的园林，必然要修建体现农桑风格的建筑，譬如圆明园的多稼轩、映水兰香与清漪园里面的耕织图便是如此。多稼轩附近有稻香亭，所谓"数畦水田趣，一脉戚农心"，农夫勤瘁，穑事艰难，在"座席间与农父老较量晴雨"。映水兰香是圆明园四十景之一，乾隆赋诗曰："园居岂为事游观，早晚农功依槛看。数顷黄云禾雨润，千坡绿水稻风寒。心田喜色良胜玉，鼻观真香不数兰。日在豳风图画里，敢望周颂命田官。"[①]称颂这里稻花之香不亚于兰花的香气，从而显示了他对稻菽的重视。而在他为其母祝寿而营建的清漪园里，也有一处类似的景区耕织图，由蚕神庙、织染局、水村居等组成。其中的织染局内细分为织局、染局、络丝局与蚕户房，四周还种植了很多桑树。从养蚕开始，到织出绸缎，②并不仅是简单的游娱场所。再早，康熙在西苑修建的丰泽园，"制度惟朴，不尚华丽"，附近也有稻田、桑树，还有小屋数间，是康熙养蚕的处所，乾隆后来在《丰泽园记》中回忆他的祖父康熙皇帝在这里于"万机余暇"之际"劝课农桑"，甚至"亲御耒耜"。对照建于明朝的瀛台，乾隆叹息道，瀛台虽然"飞阁丹楼，辉煌金碧"，然而仅仅是"极土木之功"，于国计民生没有丝毫的益处而为识者鄙之。"行一事而合于天心，建一园而合于民情"，③耕与织是我国封建时代的立国之本，在皇家园林内构筑相应的景观便体现了这种思想。

由此可以看出，我国的皇家园林在承担帝王的豫游之外，还具有教育他们不要忘记天下本根的作用，因此将园林艺术与农舍建筑结合起来是必须遵循的制度。就此而言，贾政的话，他所说的"未免引起归农之意"，不能说错，但仅仅是中国文人传统的归隐情绪，并没有深入到农为根本的层面；而宝玉认为稻香村系"人力穿凿扭捏而成"，则没有完全领会兴建皇家园林的意义，受到贾政的训斥是可以理解的。但是，仔细思忖，宝玉的问题却不仅仅在于认知的局限，还在于稻香村本身便存在偏差。

我们且看稻香村的景象：

转过山怀中，隐隐露出一带黄泥筑就矮墙，墙头皆稻茎掩护，有几百株杏花，如喷火蒸霞一般。里面数楹茅屋。外面却是桑、榆、槿、柘，各色树稚新条，随其曲折，编就两溜青篱。篱外山坡之下，有一土井，旁有桔槔、辘轳之属，下面分畦列亩，佳蔬菜花，漫然无际。

有黄泥矮墙、桑、榆、槿、柘树的稚条以及桔槔、辘轳和"佳蔬菜花"，并无一亩半亩的稻田。引人注目的却是数百株杏花，正是盛开的季节，灿烂的花朵如同喷涌的火焰与蒸腾的云霞。因为这个缘故，在贾政请众清客题句时，这些人便说，就叫"杏花村"好了。贾政也认为有理，对贾珍说："只是还少一个酒幌。"这个酒幌不必华丽，只依照外面村庄式样的做一个，用竹竿挑在树梢上就可以了。再买些鸡、鹅、鸭之类放养在这里，如此便相称了。听了贾政的话，大家都道"更妙"。贾政很得意，又说，杏花村虽然好，但是古人已经用过，还是换一个相关的，古人没有用过的为好。清客们正思索的时候，宝玉却等不得了，说不如用"杏帘在望"四字。清客们赞赏道："好个'在望'！又暗含'杏花村'意。"对清客们的赞赏，宝玉并不领情，冷笑道："村名若用'杏花'二字，则俗陋不堪了。"古人曾经有诗"柴门临水稻花香"，为什么不叫"稻香村"呢？听了宝玉的话，众清客"越发轰声拍手道：'妙！'"见到这一情景，贾政一声断喝，斥责宝玉不过略知几首诗，就在老先生们面前卖弄，方才"不过是试你的清浊，取笑而已，你就认真了！"

客观而言，宝玉所建议的稻香村之名，与圆明园内的稻香亭在名称上近似，然与实际景观却无关系，因为稻香村附近既无稻田也无农夫，只是有些覆盖黄泥矮墙的稻茎而已，以此名之，只不过是喜欢这样的诗歌意境，而与客观存在不符，这是一方面；另一方面，《红楼梦》中关于稻香村的描写，其农桑意味，与映水兰香之类相比，也相差甚远。因此这就不仅是宝玉的问题，而且是作者的问题了。在作者笔端，描写杏花，是为了营造杏花村的诗歌意境；村名稻香，自然也是为了渲染诗歌境界，但却并无与诗意相对应的景物，这就难免突兀而叫人反思。同样叫人反思的是，在今天富裕起来的一些农村，不乏或美丽或丑陋的宫殿式建筑，当地的村民称之为"庙"，而在知识分子的文章里被指斥为封建意识，这都不能说错。但是，细想想，这样的建筑对于住惯了泥墙土炕的泥腿子们来说，是不是表现出另一种心态？相对于大观园内的稻香村，这样的建筑也还是有它的另一番道理。

注 释

① 《日下旧闻考》，卷八十一《国朝苑囿（圆明园二）》，第 1356—1359 页。〔清〕于敏中等编纂。北京，北京古籍出版社，1981 年 10 月。

② 同上，卷八十四《国朝苑囿（清漪园）》，第 1407—1408 页。

③ 《国朝宫室》，卷十五《宫殿五》，第 319 页，〔清〕鄂尔泰 张廷玉等编纂。北京，北京古籍出版社，1987 年 6 月。

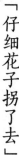

「仔细花子拐了去」

《红楼梦》里的贾珍是一个乖张且趣味低俗的人物。

关于他的乖张，可以找出不少注脚。比如，在清虚观，喷着没有见到贾蓉，贾珍大怒，喝命家人啐他。"小厮们都知道贾珍素日的性子违拗不得"，便有个走上前向贾蓉的脸上啐了一口，并且模拟贾珍的口吻斥骂："爷还不怕热，哥儿怎么先趁凉去了？"贾蓉垂着手一声也不敢吭。

关于他的趣味低俗，也可以举出例证。第十九回，宁国府办堂会，贾珍请大家"看戏、放花灯"。宝玉回过贾母，过去看戏：

> 谁知贾珍这边唱的是《丁郎认父》、《黄伯央大摆阴魂阵》，更有《孙行者大闹天宫》、《姜子牙斩将封侯》等类的戏文。倏尔神鬼乱出，忽又妖魔毕露，甚至于扬幡过会，号佛行香，锣鼓喊叫之声远闻巷外。

宝玉见繁华热闹到如此不堪的田地，只略坐了一坐，便走开各处闲耍。先是进内和尤氏、丫鬟、姬妾说笑一阵，后来想到宁府有个小书房，里面"挂着一轴美人，极画得得神。今日这般热闹。想那里自然无人，那美人自然也是寂寞的，须得我去望慰她一回。"却不料发现书童茗烟按着一个女孩子"也干那警幻所训之事"。宝玉一脚踹进门去，把那女孩子惊跑了。宝玉问茗烟那女孩子叫什么，茗烟说叫"卍儿"，随即问宝玉："二爷为何不看这样的好戏？"宝玉说："看了半日，怪烦的，出来逛逛就遇见你们了。"主仆二人商议到什么地方玩。茗烟建议到城外逛逛，宝玉不同意，说："不好，仔细花子拐了去。"花子一词，一是指乞丐；再是指"拍花的"——拐卖儿童的人。据说，这些人手里有迷药，拍拍小孩子的脑袋，小孩便跟他们走了。小孩子不听话时，旧时的家长经常以此吓唬他们。清人李虹若在《朝市丛载》中描述这一社会现象是："拍花扰害遍京城，药末迷人任意行。多少儿童藏户内，可怜散馆众先生。"[①]拍花的横行京师，小孩子不敢走出家门上学，说明其时的社会治安有多么混乱与恐怖。

　　1949年以后，拍花的一词虽然还在沿用，但是逐渐被拐卖儿童所替代了。明白了花子的含义，分析宝玉对茗烟所说，"仔细花子拐了去"，难免叫人纳罕。回忆第十七回"大观园试才题对额"时的宝玉，是那样一位风流倜傥、才华丰赡的青年雅士，隔了一回，在贾元春省亲以后，怎么便像小孩子一样担心被花子拐了去呢？这样的小儿女心态出现在宝玉的身上，似有不妥。然而，作者并不在意，依旧把宝玉作为小孩子对待。茗烟问宝玉究竟去什么地方，宝玉说不如去一个熟悉的近地方，去得快回来得也快。茗烟问："熟近的地方，谁家可去？这却难了。"宝玉笑了，说："依我的主意，咱们竟找你花大姐去，瞧她在家做什么呢？"茗烟立即同意，拉了马，二人走出后门，眨眼之间来到袭人家门前。茗烟先进去叫袭人之兄花自芳。花自芳忙出去看时，见是宝玉，"唬得惊疑不止，连忙抱下宝玉来，在院内嚷道：'宝二爷来了！'"这就令人奇怪，如果是成年人，花自芳能够把他抱下来吗？

宝玉被抱，不止这一次。在上一回，也就是第十八回，"大观园试才题对额"之后，跟随贾政的几个小厮都赶过来说，今日多亏了他们，"方才老太太打发人出来问了几遍，都亏我们回说老爷喜欢，若不然，老太太叫你进去，就不得展才了。"要宝玉有所表示。宝玉很高兴，说每人赏一吊钱罢。但是小厮们对一吊钱不感兴趣，"一个上来解荷包，那一个解扇囊"，不容分说，将宝玉身上所佩戴的东西尽行解去。黛玉知道以后走过来看，果然一件无存，一赌气回去将宝玉前日所烦她做的香袋儿——才做了一半儿——拿过来就铰。宝玉见她生气，忙赶过来，早剪破了。因忙把衣领解了，从里面红袄襟上，将黛玉给的荷包解了下来，递与黛玉："你瞧瞧，这是什么！我哪一回把你的东西给人了？"这当然是后话，这里所要说的是，众小厮们扒光了宝玉身上的饰物以后，十分高兴，说道："好生送上去吧。""一个抱了起来，几个围绕，送至贾母二门前。"又是将宝玉抱起来，与花自芳相比较，前者是从马上抱下，这里则是从地上抱起，虽然抱的方向不同，但"抱"的动作却是一致的，这样的动作当然只能对孩子，如果是青年公子可以让他们这样抱来抱去吗？

十八回以后，也就是第三十六回，宝钗来到怡红院，看见袭人正在做一件白绫红里的兜肚，"上面扎着鸳鸯戏莲的花样，红莲绿叶，五色鸳鸯。"宝钗赞道："好鲜亮活计！这是谁的，也值得费这么大工夫？"袭人向床上努嘴儿。宝钗笑道："这么大了，还带这个？"袭人笑道："他原是不肯带，所以特特的做得好了，叫他看见由不得不带。如今天气热，睡觉都不留神，哄他带上了，便是夜里纵盖不严些儿，也就不妨了。你说这一个就用了工夫，还没看见他身上现带的那一个呢。"根据袭人的口吻，宝玉现在就带着兜肚，为什么会是这样？依常情，兜肚是与孩子相关而与年轻公子的形象相悖，凡此种种，不得不诘问宝玉的年龄了。

在《红楼梦》第一回中，出现了两个有明确年龄的人物。一个是甄士隐的女儿英莲"年方三岁"，再一个是宝玉，通过梦境暗示了他的年龄：

> 一日，炎夏永昼，士隐于书房闲坐，至手倦抛书，伏几少憩，不觉朦胧睡去。梦至一处，不辨是何地方。忽见那厢来了一僧一道，且行且谈。只听道人问道："你携了这蠢物，意欲何往？"那僧笑道："你放心，如今现有一桩风流公案正该了结。这一干风流冤家，尚未投胎入世，趁此机会，就将此蠢物夹带于中，让他去经历经历。"

第二十五回，宝玉与凤姐被马道婆使法中祟，病得将死之时，倏忽来了一僧一道，将宝玉颈下的"通灵玉"托于掌上，说："青埂峰一别，展眼已过十三载矣！"根据书中交代，"通灵玉"原本是女娲补天未用的一块顽石，被僧、道幻化为扇坠大小的玉石而伴随宝玉降生，用冷子兴的话是："一落胎胞，嘴里便衔下一块五彩晶莹的玉来"。因此，顽石来到尘世的时间便是宝玉的年龄。这就说明，在第二十五回中宝玉的年龄是十三岁。根据对《红楼梦》内部编年的推导，前八十回，总计叙述了十五年之事，从第十八到第五十三回，正是在十三岁之间，易而言之，上面所发生的事情都是在十三岁这一年。十三岁当然还是孩子，因此出现了种种属于孩子的行为与现象也就不足为怪。然而，让我们骇怪的是为什么要把他设置成这个年龄，这里面深潜着什么奥秘吗？

注 释

① 《朝市丛载》，第 136—137 页。〔清〕李虹若著。北京，北京古籍出版社，1995 年 7 月。

清虚观故事

　　之所以选择这个题目是因为《红楼梦》中有清虚观，北京亦有清虚观。

　　为了阐述北京的清虚观与《红楼梦》中的清虚观之间的关系，我们还是从《红楼梦》说起。按照书中交代，在端阳节的第一天，贾母、凤姐、薛姨妈，和宝玉、宝钗、黛玉、三春等人去清虚观打醮。打醮是道教的一种祈福仪式，因此这回题目的前半是："享福人福深还祷福"。

　　打醮的队伍浩浩荡荡，"贾母独坐一乘八人大亮轿"，"李氏、凤姐儿、薛姨妈，每人一乘四人轿"，"宝钗、黛玉二人共坐一辆翠盖朱缨八宝车，迎春、探春、惜春三人共坐一辆朱轮华盖车"。宝玉打头，骑着马走在贾母的轿子前面，将至观前，便听到钟鼓齐鸣，张道士执笏披衣，带领众道士在路旁请安。"贾母在轿内因看见有守门大帅并千里眼、顺风耳、当方土地、本境城隍各位泥胎圣像，便命住轿。"下轿以后，"一层一层的瞻拜观玩"。贾珍随后命管家林之孝守住二门同两边角门，把他的人分为两拨，"你使的人，你就带了往你的院里去;使不着的,打发到那院里去。"吩咐完了,贾珍问怎么见不到贾蓉,说话之间,贾蓉从钟楼里跑出来。贾珍大怒,喝命家人啐他。"小厮们都知道贾珍素日的性子违拗不得",便有个小厮走上前来向贾蓉的脸上啐了一口。这时张道士走来,陪着贾珍走进二门,来到贾母身边,凤姐向张道士给女儿巧姐儿要寄名符,张道士慌忙"跑到大殿上去,一时拿了一个茶盘子,搭着大红蟒缎经袱子,托出符来。"贾母与众人又到各处"游玩了一回,方去上楼。……贾母在正楼上坐了,凤姐等占了东楼,众丫头等在西楼,轮流伺候。"

分析贾母等人在清虚观游览的行踪,大致可以看出这里的院落布局:

一、山门。山门里面有钟楼、鼓楼。供奉"守门大帅并千里眼、顺风耳、当方土地、本境城隍各位泥胎圣像"。二、二门。二门两侧是角门。三、大殿。张道士去大殿上取寄名符。四、重楼。重楼应该是凹字形状,中间是正楼,两侧是东楼与西楼。身份不同,所在的位置也不一样,贾母身份最高,因此坐在正楼上看戏。看戏时要有戏台,戏台的方向应该与正楼的方向相对。五、至少有两处院落,因此贾珍吩咐林之孝把家人分为两部分。使着的跟着,使不着的到另一个院子里去。

这是《红楼梦》中清虚观的大体情况。那么,北京历史上的清虚观是什么景象呢?北京的清虚观在旧鼓楼大街的清秀巷内。这条小巷本叫清虚观,1965年北京市政府进行地名整顿时改为今名。我曾经到那里探望,至今还有残迹,且有碑拓的文字遗世,从而为我们提供了进行对比的可能。根据胡濙撰文的《勅赐清虚观记》所载，清虚观建于景泰五年（1454），是"内府供用库大使李琮舍宅所建之道场也"。这个李琮，在洪武年间便侍奉燕王朱棣，历经永乐、洪熙、宣德、正统，"屡蒙列圣录用，荣宠厚恩，思无补报，欲将京都城内日中坊住宅舍为观宇，虔奉神灵，以酬国恩。其同契中贵□□□来福□□□□□阮昭亦俱健羡不胜忭跃起敬"，把自己的财产捐赠出来，构建道场：

> 首作前殿，虔奉龙虎君，左奉汪真君，右奉刘天君；次建正殿，以奉三清，左奉玄天上帝，右奉演教天尊；后创重楼杰阁，以奉三皇，左奉土地真官，右奉历代祖师。翼以两庑，缭以周垣，屏以三门，及钟鼓二楼、法堂、方丈道房。库庾庖□，靡不备具。

有山门，山门之后尚有两层门，所谓"屏以三门"便是这个意思。有钟楼、鼓楼，有前殿、正殿。最后是"重楼杰阁"。

根据上面引述的文字，我们可分析出清虚观供奉了哪些尊神。其中，前殿：居中供奉龙虎君，左侧供奉汪真君，右侧供奉刘天君。正殿：居中供奉三清，左侧供奉玄天上帝，右侧供奉演教天尊。后面的重楼：居中供奉三皇，左侧供奉土地真官，右侧供奉历代祖师。三清，即：玉清、上清、太清，是道教中的最高神祇。三皇是天皇、地皇、人皇，也有供奉伏羲、炎帝与黄帝的。玄天上帝即北方之神——真武大帝。清虚观在北京内城之北，因此供奉玄天上帝是可以理解的。

民国以后，清虚观逐渐荒败，根据民国十七年（1928）北平特别市政府调查，清虚观分八号与七号两个院落，其中"七号内房屋九间，八号内房屋二十二间"。除供神及道士自己住房外，"余房出租，以便烧香生活"。观内的法物有"泥像三十三尊，铁香炉大小三个，铁蜡扦六个，铁鼎一个，铁钟一口，铁点一架，铁磬三口，铁花筒一对，铜香炉一个，供桌五张，另有石碑两座（其中一座已倒），槐树一棵"。对照"栋宇嶙峋，金碧焕烂，都人聚观，叹未曾有"的辉煌景象，自然会产生昔胜于今的想法。1985年我去那里访问，清虚观更为窳败，早已演化为宛如蜂巢的大杂院。根据当地居民介绍，清虚观有两个跨院，南边的卫生部宿舍也是清虚观的属地，规模很大。在卫生部宿舍前面的空地上，我看见一块扑倒在地上的石碑，碑首的正中镌刻的篆字是"□□清虚观碑记"。碑身的下半截，字迹还很清晰。这块石碑便是胡濙的那块碑，不知今天是否依然静卧彼处，倘有余闲我很想再去探访。

对比《红楼梦》与北京的清虚观，二者颇有相似之处。一是，规模大，贾珍说："虽说这里地方大，今儿不承望来这么些人"，北京的清虚观，规模也很宏阔。再是，布局近似，《红楼梦》中的清虚观至少有两层大门，有山门、二门，有钟楼、鼓楼，有大殿，有楼，有两个院落。北京的清虚观有山门、二门、三门，有钟楼、鼓楼，有前殿、正殿，有重楼杰阁，有两个院子。相对于《红楼梦》，北京的清虚观多了前殿和一座大门，二者基本近似。叫人难以思议的是，清虚观虽然残破不堪，但是旧构尚多，从而予人以无边的遐思。毫无疑问，《红楼梦》是一部大书，不仅是我国也是世界小说中难以超越的经典。原因是多重与复杂的。原因之一是《红楼梦》描写了众多叫人难以忘怀的生活场景，比如这里的清虚观，真实的、活色生香的清虚观，为我们提供了情节以外其他可以玩味的元素。而这些元素，在快节奏、快阅读的时代，似乎被许多小说家淡忘了，他们的小说机车永远在时间的铁轨上驰骋，而忽略了本应构筑的站台，这样的小说——没有物质与空间的小说，能有多少价值呢？这就十分可疑。当然，我们很难考订曹雪芹一定到过这里的清虚观，同样我们也很难辩驳曹雪芹没有来过这里。我之所以将《红楼梦》中的清虚观与北京历史上的清虚观进行琐屑比较，不过是为以上的讨论提供一点微末的论据而已，并没有什么宏大而深邃的想法。

王夫人赏「午」

　　题目中的"午"是端午。端午，也作端阳、端五。历史上，北京人过端午，从五月初一到五月初五，即：从端一到端五，连续五天都浸润在节日的氛围里。初一为小端午，初五为大端午，是端午节的正日子，这一天，家里要举办宴席，故曰"赏午"。《红楼梦》第三十一回，便讲述了这一天"午间"的故事，"王夫人治了酒席，请薛家母女等赏午。"除薛姨妈和宝钗，出席者还有王熙凤、宝玉、黛玉与贾迎春众姊妹，总计八人。至于端午期间，贾府举行了哪些活动，书中没有细说，只是用"蒲艾簪门，虎符系背"而一笔带过，使我们难以了解贾府的端午气象。

　　在历史上，北京的端午是丰富多彩的，王公府第更是如此。在端午的第一天，也就是端一，据金寄水《王府生活实录》介绍睿亲王府中的情况是，"各个院落都要挂堂帘"。堂帘是竹帘的一种，只是较普通的竹帘大，是为殿堂宽大的门槛而特制的。在这一天的黄昏，"每张堂帘上都要贴上葫芦花剪纸"，"窗子外层的间柱上"还要贴上老虎的剪纸，"殿堂正门外，左边摆一盆菖蒲盆景，右边摆一盆艾子盆景，正门门楣上张贴硃砂钟馗像。"这些剪纸与画像，到了五月初六，也就是端六的凌晨，都要撤掉，丢弃到王府外面，谓之"丢灾"。[①]

　　农历五月是盛夏之始，既是万物生长，也是虫害、疾病易发的季节，因此在传统文化中，五月被称为恶月、凶月、毒月，民谣亦云："端午节，天气热。五毒醒，不安宁。"五毒是指：蛇、蝎子、蜘蛛、蜈蚣与蟾蜍等五种有毒的害虫。为了规避它们的伤害，在室内或者室外要张贴老虎、葫芦花与钟馗的画像。老虎与钟馗容易理解，为什么还要贴葫芦花呢？因为，在民间文化中，葫芦是降妖伏魔的宝器。葫芦花的做法是：用红色毛边纸剪出一只葫芦，里面刻有五种毒虫，象征它们都被收入葫芦里面，不能害人了。由于葫芦的底部还有一朵花，故称葫芦花。至于菖蒲与艾子就好理解了。菖蒲是水生植物，叶形如剑，因此又称水剑；艾子，即艾草。这两种植物都有香气，有解毒避瘟的功效，因此要把它们悬挂在门口两侧，《红楼梦》中的"蒲艾簪门"便是这个意思。睿亲王府中采取盆景的做法，只是特例。《红楼梦》中的宁国府虽然不是王府，但是在端一这天，也应该悬挂堂帘，并且要在神堂、佛堂与祠堂里摆上新鲜的樱桃、桑葚与五毒饼。前二者是时令果品，在这一天作为供品，取"荐鲜"之意。后者是用面、糖和素油烘烤而成的应节糕点。在这种糕点的表面上，用模具印出五种毒虫的图案，因此叫五毒饼。如果没有樱桃，五月之前出现了闰月，樱桃已然下市，便用山豆子替代。山豆子是一种类似樱桃的果品，但是味道颇酸。到了端五的夜间，或者端六的凌晨，这些供品也要撤下来。

　　在传统的端午节期间，除了吃粽子、划龙舟以外，北京还有许多其他点缀节日的什物与活动。从端一到端午，女孩子们要梳妆打扮，戴上石榴花，走访亲戚，因此端午节也叫女儿节。"王府未出阁的格格、姑娘们，早在节前的十几天，就已备好五色丝线，用以缠绕粽子，手巧的还勒丝成串的小玩意儿，如小老虎、小葫芦、樱桃、桑葚"②，这些什物也都要在端六的凌晨丢掉。男孩子们，五岁左右的男孩，在左臂还要系上虎符，"虎符系背"就是这个意思。不仅于此，在他们的额头上，还用雄黄酒涂抹出一个"王"字来。在端五这天的宴席上，雄黄酒自然是少不了的，白娘子饮了雄黄酒而现出原形的故事，往往成为席间的谈资。总之，气氛是愉悦、轻松、欢快的。

但是，这一次，王夫人举办的赏午宴席，却有些尴尬：

> 宝玉见宝钗淡淡的，也不和他说话，便知是昨日的原故。王夫人见宝玉没精打采，也只当是昨日金钏儿之事，他不好意思，索性不理他。林黛玉见宝玉懒懒的，只当是他因为得罪了宝钗的原故，心中不自在，形容也就懒懒的。凤姐儿昨日晚间王夫人就告诉了她宝玉、金钏儿的事，知道王夫人不自在，连见了宝玉尚未挽回，自己如何敢说笑呢，也就随着王夫人的气色行事，更觉淡淡的。贾迎春众姊妹见众人无意思，也都无意思了。因此，大家坐了一坐就散了。

昨天，是泛指，根据书中"至初三日，乃是薛蟠生日，家里摆酒唱戏"，因此，这一天应是端午节的第三天，也就是端三。在这一天，宝玉与黛玉和好，去贾母处见到宝钗。宝玉问宝钗为什么不看戏，宝钗说："我怕热，看了两出，热得很。要走，客又不散。我少不得推身上不好，就来了。"宝玉说道："怪不得他们拿姐姐比杨妃，原也体丰怯热。"听到这样的比喻宝钗很愤怒，待要发作又不好发作，只好拿丫鬟靛儿出气。黛玉听见宝玉奚落宝钗，心中"着实得意，才要答言"，不想靛儿因取扇子，宝钗又发了两句话，便改口笑道："宝姐姐，你听了两出什么戏？"宝钗见黛玉面有得意之态，便笑道："我看的是李逵骂了宋江，后来又赔不是。"听了这话，宝玉问宝钗："姐姐通今博古，色色都知道，怎么连这一出戏的名字也不知道？就说了这么一串子，这叫《负荆请罪》。"宝钗笑道："原来这叫《负荆请罪》！你们通今博古，才知道《负荆请罪》，我不知道什么是《负荆请罪》！"宝玉与黛玉前几天闹别扭，刚刚和好，"二人心里有病，听了这话，早把脸羞红了。"在王夫人的宴席上，宝玉、宝钗与黛玉，便是因为端三的事情而显得生疏，因此彼此之间的表情是淡淡的。

而在端四中午，宝玉来到王夫人房间，对金钏儿说，让她到自己的房里去，金钏儿说："金簪子掉在井里头，有你的只是有你的"，听到这话，王夫人认为是金钏儿勾引她的宝贝儿子，翻起身来打了金钏儿一个嘴巴，而把金钏儿撵了出去。在王夫人的宴席上，宝玉、王夫人与王熙凤都觉得不自在，则是由于金钏儿的缘故。这些人不高兴，影响了贾迎春众姐妹，她们也觉得没有情绪了。

上面说到，端午节也是女儿节，是姑娘们开心的日子，少女之间互赠礼品，主人给仆人节赏，却哪里想到大家并不开心，王夫人给金钏儿的节赏是一个嘴巴撵出去，后面的结局我们都知道了，金钏儿投井自尽，并引发出宝玉被贾政毒打了一顿。在一个本应喜气

106

洋洋的节日里，却发生了这些叫人不高兴的事情，是无论如何都难以想象的。

注　释

　　① ②《王府生活实录》，第 122—123 页。金寄水　周沙尘著。北京，中国青年出版社，1988 年 10 月。

转过十锦隔子

　　"转过十锦隔子"，见《红楼梦》第三十一回，其后是宝钗"来至宝玉房内，见宝玉在床上睡着了"。这就是说，十锦隔子的后面是宝玉的卧房。十锦隔子是一种什么构件？在这里有必要做些简略的阐释。

　　十，通什，意思是多种多样的。十锦，即什锦，谓多种花样。在我国传统建筑中，分割室内空间木构件有多种样式，有栏杆罩、落地罩、飞腿罩、几腿罩、天弯罩、花罩、飞罩、挂落、挂落飞罩、挂落楣子、隔扇、碧纱橱、博古架、屏风与太师壁，等等。那么，对宝玉在怡红院中的房间进行分割的，是何种构件呢？

　　《红楼梦》第十七回这样描写：

　　只见这几间房内收拾得与别处不同，竟分不出间隔来的。原来四面皆是雕空玲珑木板，或"流云百幅"，或"岁寒三友"，或山水人物，或翎毛花卉，或集锦、或博古、或万福万寿，各种花样，皆是名手雕镂，五彩销金嵌宝的。一隔一隔，或有贮书处，或有设鼎处，或安置笔砚处，或供花设瓶，安放盆景处。其隔各式各样，或天圆地方，或葵花蕉叶，或连环半壁。真是花团锦簇，剔透玲珑。倏尔五色纱糊就，竟系小窗；倏尔彩绫轻覆，竟系幽户。且满墙满壁，皆系随依古董玩器之形抠成槽子。诸如琴、剑、悬瓶、桌屏之类，虽悬于壁，却都是与壁相平的。

在我国，传统建筑中习见的隔扇，在宋代称格门，如果取两面加纱做法，便成为碧纱橱。隔扇分上、下两部分，上部是隔心，下部是绦环板和裙板。隔心约占隔扇的五分之三，用棂条拼成各种图案，灯笼锦、步步锦、十字锦、拐子锦、盘长、正搭万字、斜搭万字，如果把福寿通过万字连接起来，便是这里的"万福万寿"。隔心以外，也可以在裙板与绦环板上雕刻山水人物、各种花饰与鼎彝一类的商周器物，也就是这里的"集锦"与"博古"之意。

再其次，是博古架。博古架亦称多宝格，小者可以盈尺，大者可以数丈而与室内的开间相当。博古架特点是在框架内辟有各种形状的格子，摆放精致文雅的小型器物，诸如书籍、古鼎、香炉、山石。宝玉室内的博古架："或有贮书处，或有设鼎处，或安置笔砚处，或供花设瓶，安放盆景处。其隔各式各样，或天圆地方，或葵花蕉叶，或连环半壁"，便是这个意思。

这两种构件，均设有镂空图案，如果以此对宝玉的房间进行分隔，必然会造成"竟分不出间隔"的效果。那么，这两种构件，究竟是哪一种呢？

上面谈到，宝钗转过十锦隔子，其后是宝玉的卧室，而此时宝玉正在床上睡觉，袭人在旁边做针线。这里的十锦隔子，是否就是上面介绍的隔扇呢?

第四十一回,刘姥姥第二次来到荣国府,贾母带她游览大观园,因为上大解刘姥姥迷路了,无意中来到怡红院宝玉的房间,"只见四面墙壁玲珑剔透,琴剑瓶炉皆贴在墙上",锦笼纱罩,金彩珠光,"连地下踩的砖皆是碧绿凿花,竟越发把眼花了"。忽然看见亲家母迎面走来,刘姥姥很诧异,忙与她说话,亲家只是笑也不理。刘姥姥笑道:"你好没见世面,见这园里的花好,你就没死没活戴了一头。"亲家也不答,刘姥姥忽然醒悟:"是了,我常听见人家说大富贵人家有一种穿衣镜,这别是我在穿衣镜里头罢。"想到这里,刘姥姥"伸手一摸,再细一看,可不是,四面雕空紫檀板壁将镜子嵌在中间。"这个"四面雕空紫檀板壁"是否即是十锦隔子呢?

不见了姥姥,板儿急哭了。派两个婆子去找,没有找到。袭人根据刘姥姥的行走路线,推度她可能去了怡红院,一面想,一面回来,进院子就叫人,一个人也没有,小丫头们都偷空到外面玩去了。"袭人一直进了房门,转过集锦隔子,就听得鼾齁如雷。忙进来,只闻得酒屁臭气满屋。一瞧,只见刘姥姥扎手舞脚的仰卧在床上。"这里出现了集锦隔子。集锦与十锦同义,集锦隔子便是十锦隔子,袭人与宝钗转过的应是同一个隔子,是"四面雕空紫檀板壁",且嵌有一面穿衣镜,具有"西洋机括,可以开合",对照后面第五十七回中"十锦隔子上陈设的一只金西洋自行船",这里的隔子应该是博古架,是一座可以把房间隔开的博古架。①

在这里,在这座博古架面前,刘姥姥感到困惑:"这已经拦住,如何走出去呢?"一面想着,一面在墙上随手乱摸,"其力巧合,便撞开消息,掩过镜子,露出门来。刘姥姥又惊又喜,迈步出来,忽见一副最精致的床帐。"刘姥姥走乏了，又醉了酒，便一屁股坐在床上，"只说歇息，不承望身不由己，便前仰后合，朦胧着两眼，一歪身就熟睡在床上。"她哪里知道这就是宝玉的卧室，宝二爷的床呢？见到这一情景，袭人大吃一惊，慌忙赶上来将她"没死没活的推醒"。刘姥姥惊醒，睁眼见了袭人，连忙爬起来道："姑娘，我失错了！并没弄脏了床帐。一面说，一面用手去掸。"袭人恐惊动了他人，被宝玉知道了，"只向她摇手不叫她说话。忙将当地大鼎内贮了三四把百合香，仍用罩子罩上。些许收拾收拾，所喜不曾呕吐。"遂悄悄笑道："不相干，有我呢。你随我出来。"袭人把刘姥姥带到小丫头的房间坐下，给她两碗茶喝，嘱咐她只说是在草间睡着了。惊魂甫定，刘姥姥问袭人，她进去的是哪位小姐的绣房，"这样精致？……我就像到了天宫里一样。"袭人告诉他是宝二爷的，听说是宝玉的房间，刘姥姥吓得不敢作声。是这样，如果知道了，知道了十锦隔子背后的主人，她是打死也不敢进去的，那是她不敢想也不可以进去的地方；而在大观园众人的眼睛里，她不过是一只肮脏的母蝗虫，不配也不可以在这样的床上睡觉，这哪儿是她休息的地方！同样是人，然而身份不同，所居住的环境也不一样，茅屋与华屋是给不同人物准备的，不是还有流落街头，以月光和星光为灯烛的么！幸运的是，刘姥姥的故事被袭人掩盖了，如果不是袭人，而是晴雯，晴雯会怎样处理，不是袭人这样的处理，又该会是何种结局呢？

注　释

① 　参见《中国古建筑木作营造技术》，第 306—307 页："博古架通

转过十锦隔子

111

常分为上、下两段，上段为博古架，下段为板柜，里面可以储存书籍器皿。相隔开的两个房间需连通时，还可在博古架的中间或一侧开门，供人通行，博古架不宜太高，一般以3米为宜（或同碧纱橱隔扇高）。顶部装朝天栏杆一类装饰。如上部仍有空间，或加安壁板，上面题字绘画。"马炳坚著。北京，科学出版社，1997年5月。按：宝玉房间的十锦隔子应该大体类此。

《红楼梦》第二十六回，贾芸去怡红院，听见宝玉隔着纱窗子招呼他，于是进入房里："只见金碧辉煌，文章闪灼，却看不见宝玉在哪里。一回头，只见左边立着一架大穿衣镜，从镜后转出两个一般大的十五六岁的丫头来说：'请二爷里头屋里坐。'贾芸连正眼也不敢瞧，连忙答应了。又进一道碧纱橱，只见一张小小填漆床上，悬着大红销金撒花帐子。宝玉穿着家常衣服，趿着鞋，倚在床上，拿着本书看。"在这回，十锦隔子变为碧纱橱，而与第十七、三十一与四十一回不同。

为什么死去的是
金钏儿？

写下这个题目，心情是沉重的。为什么死去的是金钏儿，而不是别人？如果金钏儿不是荣国府的奴仆，不是王夫人的贴身丫头，没在端午期间与宝玉调笑，王夫人没有给她一个嘴巴，把她轰下去，金钏儿会跳井吗？当然不会。但是金钏儿恰恰选择了这样的绝路，这是为什么？这就要从荣国府的奴仆，从清代的奴婢制度说起。

荣国府有多少奴仆？第六回，讲述刘姥姥出场之时，说了这样一段话："按荣府中一宅中合算起来，人口虽不多，从上至下也有三四百丁；①事虽不多，一天也有一二十件，竟如乱麻一般，并无个头绪可做纲领。"丁，有两种解释，一是指成年男子；一是指人口，这里取后者。三四百应是三百多不到四百，我们假设它是三百八十人，如果知道主子的数量，剩下的自然是奴仆之数。而按照第二回冷子兴对贾雨村的介绍，主子的数量是可以推算出来的。冷子兴说，宁国公与荣国公是兄弟二人。宁国公故后，贾代化袭了官。贾代化死后，次子贾敬袭了官，贾敬"一心想做神仙"，把官位让给儿子贾珍，贾珍也生了一个儿子，也就是贾蓉。贾珍的妻子是尤氏，贾蓉的妻子是秦氏，也就是秦可卿。贾敬、贾珍、贾蓉、尤氏、秦氏，加上贾珍的两个侍妾②、妹妹惜春，总计八人。如果宁国府的奴仆与荣国府奴仆的数量相等，那么宁国府的奴仆则应该是三百七十二人。相对宁国府，荣国府的主人则要多些，即：贾母、贾赦、贾政、邢夫人、王夫人、周姨娘、赵姨娘、贾琏、王熙凤、贾宝玉、贾环、李纨、贾赦跟前人的女儿迎春、赵姨娘的女儿探春、李纨的儿子贾兰以及贾赦后来买的侍妾嫣红与借住在这里的林黛玉。总计十七人，减去这些，荣国府的奴仆应该是三百六十三人。前后相加，贾府的奴仆，总计是七百三十五人。

这些奴仆，依照清朝的奴婢制度，可以分为两类，一类属于白契，一类属于红契，红契是指载入奴档："经过官府税契登记，钤盖有官府印信的卖身契"；白契是指仅由"买主和卖身人凭中签立，未经官府钤盖印信，未经录入'奴档'的卖身契"。③前者在法律上属于家生子，世代为奴，不可以脱离主家；后者与雇工近似，可以通过赎身重新获得独立人格，袭人便是这种类型的奴婢。第十九回，袭人因为母亲患病回到家中，宝玉去他家看望，袭人告诉宝玉，她的母亲和哥哥准备再过一年把她赎出去。听了这话，宝玉愣住了，问袭人："为什么要赎你？"袭人反问宝玉："这话奇了！我又比不得是你这里的家生子儿，一家子都在别处，独我一人在这里，怎么是个了局？"袭人敢于和宝玉说出这种话，是因为她不是家生子，她是卖到荣国府来的，虽然是"卖倒的死契"，但"明仗着贾宅是慈善宽厚之家，不过求一求，只怕连身价银一并赏了还是有的事呢"。但是，袭人还是没有离开荣国府，因为她看到了可以做主子的希望。

与袭人不同，贾母身边的鸳鸯、王夫人身边的金钏儿、玉钏儿以及彩霞则是家生子，不可以脱离贾府，到了婚配年龄，由主子指配给身份相当的小厮。但是也有例外，第七十二回，王夫人开恩放出彩霞，让她母亲做主，"随便自己捡女婿去吧"，没想到，却结果更坏。旺儿媳妇听说了来求凤姐，请求配给她的儿子，彩霞知道以后，很不愿意。因为旺儿的儿子，相貌丑陋，酗酒赌博，而且"一技不知"，赶紧让她的妹子小霞去找赵姨娘，希图通过她而挽回可以看见的厄运。彩霞本来与贾环相契，赵姨娘也喜欢，便去和贾政说，希望贾政发话，把彩霞给了贾环。但是贾政不同意，认为贾环年纪尚幼，再等一二年不迟。而这时的凤姐已经命人唤了彩霞之母，"那彩霞之母满心纵不愿意，见凤姐亲自和她说，何等体面，便心不由意的满口应了出去。"

因为是家生子，主人便可以把其中的年轻女性视为玩物而肆意侮辱。《红楼梦》中的贾赦，看上了贾母身边的鸳鸯，要把她纳为侍妾，让他的老婆邢夫人去说，鸳鸯不同意，邢夫人便去凤姐那儿了解鸳鸯家里的情况。凤姐告诉邢夫人，鸳鸯的父亲叫金彩，两口子在南京看房，哥哥叫金文翔，是贾母那边的买办，嫂子是贾母那边负责浆洗的头儿。贾赦于是把贾琏找来，问金彩的情况，贾琏说金彩现在得了痰迷心窍的病，"那边连棺材银子都赏了"，如今人事不知，即便把他找来，也没有用。贾赦大怒，又把鸳鸯的哥哥金文翔找来，贾赦说一句，金文翔应一声"是"。贾赦道："你别哄我，明儿还打发你太太过去问鸳鸯，你们说了，她不依，便没你们的不是。若问她，她再依了，仔细你的脑袋！"金文翔和鸳鸯说了，鸳鸯便拉了她嫂子来到贾母处，在贾母跟前跪下，把事情的原委告诉贾母。贾母听了气得浑身乱战，贾赦无法，不敢见贾母，终究费了八百两银子，买了一个十七岁的女孩子，名唤嫣红，收在屋内。

与鸳鸯不同，金钏儿是王夫人的丫头。在端午的第四天，或者说，第二天便是端午节了，在这一天，宝玉来到王夫人房内，见王夫人在里间凉榻上睡着，金钏儿坐在旁边捶腿，也乜斜着眼乱恍。宝玉轻轻走过去，把她耳上戴的坠子一摘，金钏睁开眼睛看是宝玉。宝玉拉着她的手，悄悄笑道："我明儿和太太讨你，咱们在一处吧。"金钏儿笑道："你忙什么！"又说："金簪子掉在井里头，有你的只是有你的。"说到这里，只见王夫人翻起身，照金钏儿脸上就打了个嘴巴子，指着骂道："下作小娼妇！好好的爷们，都叫你们教坏了。"宝玉见状，一溜烟跑了。而金钏儿半边脸火热，一声也不敢言语。丫鬟们见王夫人醒了，都走进来，王夫人便叫金钏儿的妹妹玉钏儿，说道："把你妈叫来，带出你姐姐去！"听到这话，金钏儿慌忙跪下哭道："我再不敢了！太太要打要骂，只管发落，别叫我出去就是天恩了。我跟了太太十来年，这会子撵出去，我还见人不见人呢！"但是王夫人哪里肯听，到底唤了金钏儿之母领了下去，"那金钏儿含羞忍辱的出去了"，最后是在井底寻觅到自己的归宿。为什么会是这样，为什么死去的是金钏儿？分析起来，一方面是王夫人的暴戾、残毒，在她看来勾引他的宝贝儿子，绝对不可以容忍；再一方面是金钏儿的幼稚与无知，在她看来，被主人撵出去是一件不能够见人的耻辱之事。这就不仅是主子，而且包括家生子，双方的事情了。王夫人一个嘴巴把金钏儿撵了出去，不能够见人的想法，则把金钏儿逼进了死路，这当然是愚蠢的，是封建制度潜移默化的戕贼——也就是制度杀人。在这样的制度下，跳井是必然的，不跳井才是可以惊愕的，何况金钏儿那么一个稚弱的小姑娘，怎么可能不去跳井呢？

注　释

　　① 《红楼梦》第一○六回讲述，由于北静王与西平郡王的维护，只抄了贾赦名下的财产与家人，就是说，荣国府的财产与奴仆被一分为二，贾赦的一半抄没入官了，贾政的一半则保留下来。在抄家告一段落后，贾政对府里的奴仆进行清点，"除去贾赦入官的人，当有三十余家，共男女二百十二名。"如果加上贾赦的一半，总计是四百二十四名。我这里只取曹雪芹笔下的数字。在封建社会，对奴仆的管理基本是以家庭为单位，通过家长进行管理组织，这里所讲的"三十余家，共男女二百十二名"，便体现了这种管理方法。

　　② 《红楼梦》第六十三回："可喜尤氏又带了佩凤、协鸾二妾过来游玩。"

　　③ 《清代奴婢制度》，第172—173页。韦庆远　吴奇行　鲁素著。北京，中国人民大学出版社，1984年12月。

端阳纪历

　　端阳也称端午，是我国传统节日。从端午的第一天，到端午，也就是第五天，在连续五天的日子里，红楼之中的人物是如何度过的，他们之间发生了哪些——愉快与不愉快、幸福与不幸的事情，如果做些简短的记录，或者会得出某些有意思的结论。

　　第一天，端一。贾母、李氏、凤姐、薛姨妈、宝玉、宝钗、黛玉、迎、探、惜三春等人去清虚观打醮。听说要去清虚观，别人还都可以，"只是那些丫头们天天出不得门槛儿的，便是个人的主子懒怠去，她也百般的撺掇去"。但是，王夫人终究没有去，只有她的两个丫头金钏儿与彩云跟了凤姐去。

　　在清虚观，张道士问宝玉的年龄，要给宝玉提亲，又端来一盘子小道士的贺物，宝玉看见一只赤金点翠的麒麟，宝钗说，史湘云也有这么个物件，只是小些。宝玉听说，"手里揣着，却拿眼睛瞟人。只见众人倒不大理论，惟有黛玉瞅着他点点头，似有赞叹之意。"

　　第二天，端二。宝玉听说黛玉中暑了，前去探望，因为张道士昨日提亲的事，话不投机，两人反而闹起别扭。宝玉"见黛玉脸红头胀，一行啼哭，一行气凑，一行是泪，一行是汗，不胜怯弱"，后悔不该与黛玉"较正"。"这会子她这个光景，我又替不了她，心里想着，也由不得滴下泪来。"老婆子们见二人闹得不可开交，急忙告诉了贾母，还是"贾母带出宝玉去了，方才平复"。

第三天，端三。宝玉与黛玉和好去贾母处，见到宝钗，因为天气热，宝钗体丰怕热，宝玉将其喻为杨妃，黛玉暗自高兴，宝钗很不愉快，换了一种方式将宝玉与黛玉奚落了一番。

第四天，端四。宝玉去王夫人处，与金钏儿调笑，王夫人认为金钏儿勾引宝玉，给了她一个嘴巴撵出去。宝玉跑回大观园，"伏中阴晴不定，片云可以致雨"，丫鬟们把沟堵了，把水积在院内，将"绿头鸭、花鹨鹩、彩鸳鸯"，放在院内玩耍。宝玉把门扣得山响，然而里面玩得热闹，没有人听见。宝玉"一肚子没好气，满心要把开门的踢几脚，及开了门，并不看真是谁，还只当是那些小丫头子们，便抬腿踢在肋上。"把袭人踢倒在地，而且踢得不轻，晚间袭人吐血了。

第五天，端午。王夫人请薛姨妈、凤姐、宝玉、宝钗、黛玉等人赏午。因为前两天的事情，大家都无兴趣。宝玉回到怡红院，偏生晴雯把扇子失手跌在地上，将扇骨跌折了。宝玉叹息道："蠢才！蠢才！将来怎么样？明日你自己当家立业，难道也是这么顾前不顾后的？"晴雯听了宝玉这个话，冷笑道："何苦来！要嫌我们，就打发我们，再挑好的使。好离好散的倒不好？"宝玉听了这话，气得浑身乱战。袭人前来劝解，却被晴雯挖苦哭了。宝玉对晴雯说："你也不用生气，我也猜着你的心事了。我回太太去，你也大了，打发你出去可好不好？"听了这话，晴雯哭了起来，宝玉也伤感地滴下眼泪。晚间宝玉吃酒回来，为了讨晴雯欢喜，让晴雯撕扇子，晴雯把扇子一把接一把撕为两半。

第六天，端午过去了，但是发轫于端午期间的事情却继续发酵。在这一天的中午，王夫人和宝钗、黛玉众姊妹在贾母房间时，史湘云来了。一会，宝玉也来了，夸奖史湘云会说话，黛玉听了冷笑道："她不会说话，她的金麒麟也会说话。"史湘云随宝玉来到怡红院。贾政打发人叫宝玉出去会见贾雨村。宝玉很不高兴，湘云劝他："也该常会会这些为官做宰的人们，谈谈讲讲学些仕途经济的学问，也好将来应酬世务，日后也有个朋友。"宝玉听了很反感，对湘云说："姑娘请别的姊妹屋里坐坐，我这里仔细脏了你知经济学问的。"又说："林姑娘从来说过这些混账话不曾？若她也说过这些混账话，我早和她生分了。"黛玉正好来到怡红院，听见宝玉这番话，不觉又喜又惊，又悲又叹。而这时，宝玉见到黛玉，向他表达爱慕之情，黛玉听了这话，不觉滚下泪来，头也不回走了。恰在这时，袭人给宝玉送来扇子，宝玉不知黛玉已经离开，错认为她就是黛玉而继续倾诉。袭人担心"将来难免不才之事"而"可惊可畏，想到此间，也不觉怔怔的滴下泪来"。不久，袭人将自己的隐忧告诉了王夫人，提醒她注意宝、黛之间的关系，从而获得王夫人的赏识。

再说宝玉听见金钏儿"含羞赌气自尽，心中早又五内摧伤"，被王夫人数落了一顿，"背着手，低着头，一面感叹，一面慢慢的走着"，刚转过屏门，不想对面来了一个人，"可巧撞了个满怀"，这人就是贾政。贾政见他"葳葳蕤蕤"的样子，很是生气，这时忠顺亲王府的长史官来到荣府，向他要一个唱戏的琪官，说是琪官被宝玉藏在什么地方去了，贾政气得"目瞪口歪"。贾环这时走过来对贾政说，宝玉拉着"金钏儿强奸不遂，打了一顿。那金钏儿便赌气投井死了"。贾政眼睛都红紫了，喝令将宝玉"堵起嘴来，着实打死！"王夫人知道了，慌忙赶来，见到王夫人，贾政更是火上浇油。这顿打非同一般："只见他面白气弱，底下穿的一条绿纱小衣皆是血渍，禁不住解下汗巾看去，由臀至胫，或青或紫，或整或破，竟无一点好处。"王夫人见状，不觉失声大哭起"苦命的儿来"，忽又想起大儿子贾珠，便叫着贾珠，哭起来，"别人还可，惟有宫裁（贾珠的妻子李纨）禁不住也放声哭了。贾政听了，那泪珠更似滚瓜一般落了下来。"直到贾母赶来，贾政才住手，贾母训斥贾政，说到情深之处，"也不觉滚下泪来"。

总结这六天，第一天，去清虚观打醮祈福，非但没有求得福气反而在宝、黛之间制造了猜忌的根芽；第二天，猜忌加深；第三天，二人和好，一起到贾母处，因宝玉说话不当，受到宝钗奚落；第四天，宝玉与金钏儿调笑，王夫人把金钏儿撵出去，宝玉把袭人踹了一脚；第五天，王夫人请大家赏午，本应是一个喜庆的节日，然而因为前几天的不愉快，大家都觉得没有意思；最后，第六天，端阳节过完了，因为金钏儿与琪官的缘故，宝玉被贾政狠狠地打了一顿。五月是恶月，五月五日更是恶月恶日，在东汉的《风俗通义》^①中甚至记载："五月五日生子，男害父，女害母。"因此在五月的开端，在端阳节里，人们要采取各种措施祛除、禳解，贾府中的人们也是如此，无论是主子还是丫鬟，从贾母到金钏儿，从宝玉到袭人与晴雯。然而无论采取何种方法，大家都没有躲过，宝玉没有躲过，袭人没有躲过，金钏儿更没有躲过——虽然她也曾去清虚观打醮，这里面有什么道理在起作用呢？在这些日子里，黛玉猜忌湘云，宝钗奚落宝玉，宝玉踹了袭人，晴雯与袭人争吵，为了宝玉，贾母、王夫人与贾政生气吵嘴而伤心落泪，宝玉与黛玉互诉情愫不是在欢庆的时候，而是在不快的猜疑之中。这里面有什么缘由呢？联想袭人转述元春的口谕："昨日贵妃差了夏太监出来，送了一百二十两银子，叫在清虚观初一到初三打三天平安醮，唱戏献供，叫珍大爷带领众位爷们等跪香拜佛呢。"虽然如此，灾难依然没有躲过，作为恶月，五月对宝玉而言的确不虚，对金钏儿则更是灾难，是以年轻美丽的生命为代价的，这样的五月，这样的端阳，也过于残酷了。难道作者在这里要传达什么信息？一定要把人物的厄运与五月相连，在时间的节点中讲述人物的命运，这或者是作者的一种笔法，却被我们淡忘得过于久远了。

五月的妖祟与鬼魅，真的难以回避吗？

注　释：

① 《风俗通义校释》，第 434 页。〔东汉〕应劭撰，吴树平校释。天津，天津人民出版社，1980 年 9 月。

荣国府月例

题目中的月例，在《红楼梦》中也称月银、月钱，今之表述是：月薪、月工资。而要说明这个问题，绕不开金钏儿。

且说金钏儿死后不久，突然有几位家人来给凤姐送礼，凤姐初始没有在意，次数多了，便生了疑心。问平儿这是怎么回事，平儿听了冷笑道，这些家人的女儿必定是王夫人房里的丫鬟，如今金钏儿死了，她们必定盘算金钏儿的月例呢！平儿的话提醒了凤姐，凤姐认为这些人也太不知足了，"钱也赚够了，苦事情又侵不着，弄个丫头搪塞着身子也就罢了，又还想这个"，也太过分了。而且平常和这些人并无来往，"他们几家的钱容易也不能花到我跟前，这是他们自寻的，送什么来我就收什么，横竖我有主意。"安下这个主意，凤姐"只管迁延着，等那些人把东西送足了"，然后回禀王夫人，商量金钏儿死后，给王夫人补一个丫鬟。虽然按规矩，贾母，也就是老太太有八个大丫鬟，王夫人有四个大丫鬟，但多一个少一个王夫人并不在意，她伏侍了我一场也没有得到好结果，"剩下她妹妹跟着我"，把金钏儿的月例给她的妹妹玉钏儿，"吃个双分子"也"不为过逾"。凤姐认可这个主意，回头找玉钏儿，笑道："大喜，大喜"，拉玉钏儿过来磕头感谢王夫人的恩德。

那么，金钏儿的月例是多少？现将凤姐等人的对话，引述于下，读过之后便明白了。

（平　儿）如今太太房里有四个大的，一个月一两银子的分例，下剩的都是一个月只几百钱的。如今金钏儿死了，必定他们要弄这两银子的巧宗儿呢。

（王夫人）老太太屋里几个一两的？

（凤　姐）八个。如今只有七个，那一个是袭人。

（王夫人）这就是了。你宝兄弟也并没有一两的丫头，袭人还算是老太太房里的人。

（凤　姐）袭人原是老太太的人，不过给了宝兄弟使。她这一两银子还在老太太的丫头分例上领。如今说因为袭人是宝玉的人，裁了这一两银子，断乎使不得。若说再添一个人给老太太，这个还可以裁她的。若不裁她的，须得环兄弟屋里也添上一个才公道均匀了。就是晴雯、麝月等七个大丫头，每月人各月钱一吊，佳蕙等八个小丫头，每月人各月钱五百，还是老太太的话，别人如何恼得气得呢？

在荣国府，丫鬟的月例是分等级的。贾母与王夫人房里大丫鬟的月例是一两银子；宝玉房里的大丫鬟晴雯、麝月等人是一吊。那么，一吊是多少钱？一吊也称一贯，有一千个铜钱，也就是一千文，折合白银一两。但这只是理论计算，实际是，有些朝代，一吊钱折合不到一两白银。在曹雪芹的时代便应该如此，否则为什么要出现一两与一吊之分呢？^①袭人与故世的金钏儿，虽然跟随的主人不同，但是月例却是一样的，都是一两。晴雯因为跟随的是小主人，虽然也是大丫鬟，但月例却减少，不是一两而是一吊，小丫头减半，只是五百钱，半吊而已。^②那么，当时的一两银子是什么概念？同样是在《红楼梦》，第六十五回，贾琏偷娶了尤二姐之后，"一月出五两银子，做天天的供给"，供养尤氏一家三口。平均起来，每人不足二两银子。尤氏的生活虽然不能与贾府比，但不会低于中等水准。由此推断，当时中等之家的月生活费，平均到每个人，也不过在一二两银子之间，可见一两银子的分量——可以维持一个人半个多月的生活。金钏儿死后，她遗留下来的月例，怎么可能不争？

这是丫鬟的月例，再看半个主子，介于奴婢与主子之间的姨娘的月例。在同一回，讨论金钏儿月例的第三十六回，王夫人问凤姐，赵姨娘与周姨娘的月例是多少，凤姐回答："那是定例，每人二两。"王夫人追问按数给她们吗？凤姐回反问道："怎么不按数给！"王夫人说，前儿恍惚听见有人抱怨，少了一吊钱，"是什么缘故？"凤姐忙笑道：

姨娘们的丫头，月例原是人各一吊钱。从旧年他们外头商议的，姨娘们每位的丫头分例减半，人各五百钱，每位两个丫头，所以短了一吊钱。这也抱怨不着我，我倒乐得给她们呢，他们外头又扣着，难道我添上不成？这个事我不过是接手儿，怎么来，怎么去，由不得我作主。我倒说了两三回，仍旧添上这两份的。为是他们说只有这个项数，叫我也难再说了。如今我手里每月连日子都不错给她们呢。先时在外头关，那个月不打饥荒，何曾顺顺溜溜的得过一遭儿？

姨娘，无论是周还是赵，她们的月例都是二两，而她们的大丫鬟同宝玉的大丫鬟同样也是一吊，现在突然被减少了一半，怎么会没有怨言呢？凤姐的解释，这个责任不在她，是外头决定的，我倒愿意给呢，但是谁出这个钱？"每月连日子都不错给她们"，还不知足？就知足吧！

在王夫人房里，凤姐说完话，转身出来，然而余怒未消，"刚至廊檐上，只见有几个执事的媳妇子正等她回事呢"，见凤姐出来，都笑着问道："奶奶今儿回什么事，说这半天？可是要热着了。"凤姐把袖子挽了几挽，跐着那角门的门槛子，笑道："这里过门风倒凉快，吹一吹再走。"又告诉众人道："你们说我回了这半日的话，太太把二百年的事都想起来问我，难道我不说罢？"又冷笑道："我从今以后倒要干几样刻毒事了。抱怨给太太听，我也不怕。糊涂油蒙了心，烂了舌头，不得好死的下作东西，别作娘的春梦了！明儿一裹脑子扣的日子还有呢。如今才扣了丫头的钱，就抱怨了咱们。也不想一想是奴几，也配使两三个丫头！"

凤姐骂谁呢？当然是赵姨娘。与周姨娘不同，赵姨娘肚子争气，育有一儿一女，探春与贾环，贾环虽然人物猥琐，但是在以男性为主导的封建制度里，如果宝玉物故，贾环成年以后则有可能成为荣国府的主人，明白了这个道理，自然就晓悟了为什么赵姨娘不惜写下五百两纹银的欠契，结交马道婆而使用魇魔之术，用十几个"纸铰的青脸红发的鬼"并两个纸人,写下年庚八字,掖在宝玉与凤姐的床上。迫害宝玉是为了贾环接班,迫害凤姐是为了出气。在凤姐面前,赵姨娘避猫鼠一般,大气不敢出,即使在背地里,说到琏二奶奶,也吓得摆手,"走到门前,掀帘子"看外面有没有人。贾母、凤姐、王夫人犹如三座大山压在赵姨娘头上,有机会怎么会不反抗?哪怕是最下作的反抗。而作为压迫者,却又时刻对其施以损伤,即便是月例,一吊钱还是半吊钱,也要表现出来。不同的阶级,不同的阶层,相互之间的斗争,是不以个人主观意志为转移的,树欲静而风不止,曹雪芹当然不谙阶级斗争理论,就其而言,不过是没落的公子哥儿而已。然而,恰是这样的人物,经历了大变故,较之平稳度日之人,于社会各层面之间的关系便领略得透彻、深邃,发于笔端,相对仅晓纸上生涯的白面书生——他们的文章,自然活泼生动,在《红楼梦》看似庸常笔墨的缝隙之间,时常可以嗅出绞肉机气息的道理就在这里。

注 释

① 《红楼梦》第三十六回,凤姐与王夫人在讨论袭人月例时,王夫人说:"明日挑一个好丫头送去老太太使,补袭人,把袭人的一份裁了。把我每月的月例二十两银子里拿出二两银子一吊钱来给袭人。"可见一吊钱不等于一两银子。

② 这也是理论上的计算,实际情况是,乾隆《钦定大清会典》卷十八《户部·俸饷》,第 159 页,"每银一两折制钱九百文",那么一吊钱还要少于九百文。小丫头的五百钱应是半两多银子,而超过半吊。

凤
姐
的
银
钱
收
入

　　讨论凤姐的银钱收入是一个饶舌的话题。原因是此人是荣国府
的当家少奶奶，银钱过往冗庞，一句两句难以说清，然而，恰恰由
于这个原因，关于凤姐，她的经济来源，才可以构成一个可资讨论
的话题。

　　那就从第五十五回谈起。在这一回，探春因为同赵姨娘怄气，
"脸白气噎"地大哭了一场，刚刚平息下来，宝玉的大丫鬟秋纹便
来找探春，被平儿拦住。平儿问秋纹有什么事。秋纹说"问一问宝
玉的月银，我们的月钱，多早晚才领。"宝玉的月例是2两银子，
故称月银；秋纹等大丫鬟是每月1吊钱，故称月钱。照规矩，发放
月例是有固定日子的，秋纹过来询问，肯定是日子延宕了。听说
是月例之事，平儿便让秋纹赶紧回去，"告诉袭人，说我的话，凭
有什么事，今儿都别回。若回一件，管驳一件；回一百件，管驳
一百件。"秋纹听了，忙问："这是为什么了？"平儿告诉她，探春
因为和赵姨娘怄气而十分愤怒，"正要找几件利害事与有体面的人
来开例，作法子镇压，与众人作榜样呢。何苦你们先来碰在这钉子
上"。又说："你听听罢，二奶奶的事，她还要驳两件，才压的众人

128

口声呢。"平儿明白，月例延宕是因为凤姐放债。如果这时秋纹向探春询问月例，难免把凤姐抖出来，岂不损害了凤姐面皮？这些话，平儿当然不会对秋纹讲，而只能说探春今日发脾气，劝告秋纹不要"做鼻子头""臊一鼻子灰"。

关于凤姐放债，《红楼梦》多有叙述，一次是在第十一回，一次是在第三十九回。第十一回，凤姐去东府看望秦氏，回到家中问平儿有什么事，平儿说"没有什么事"，"就是那三百银子的利银，旺儿媳妇送进来，我收了。再有瑞大爷使人来打听奶奶在家没有，他要来请安说话。"这里的瑞大爷，便是贾瑞，他因为要勾搭凤姐，被凤姐设计，吃尽了苦头。而这里，平儿所说的三百两利银，其母本，是否就是众人月例？对此，第三十九回说得明白：

> 袭人又叫住问道："这个月的月钱，连老太太和太太的还没放呢，这是为什么？"平儿见问，忙转身至袭人跟前，见左近无人，因悄悄说道："你快别问，横竖再迟两天就放了。"袭人笑道："这是为什么，唬得你这样？"平儿悄悄告诉她道："这个月的月钱，我们奶奶早已支了，放给人使呢。等别处的利钱收了来，凑齐了才放呢。因为是你，我才告诉你，你可不许告诉一个人去。"袭人笑道："她难道还短钱使，还没个足厌？何苦还操这心！"平儿笑道："何曾不是呢。这几年拿着这一项银子，翻出有几百来了。她的公费月例又使不着，十两八两零碎攒了放出去，只她这梯己利钱，一年不到，上千的银子呢。"

据平儿的说法，众人的月例，这几年"翻出有几百来了"，而凤姐的梯己利钱，一年不到，便有上千的银两。相对凤姐的梯己利钱，众人月例的利钱，显然太少。我们姑且承认这个数量，按照几年几百计算，估算为一年一百，则二者相加一年是一千一百两，相对于凤姐的积蓄，不过是秋毫之末而已。第一百○五回，查抄荣国府时，在凤姐房内抄出了"两箱房地契"和"一箱借票"，对此，北静王也难以维护。故而在下一回，其长史对贾政说："惟抄出借券，令我们王爷查核，如有违禁重利的，一概照例入官；其在定例生息的，同房地文书，进行给还。"事后，贾政质问贾琏，那些重利盘剥的事情，"究竟是谁干的？"而那些重利盘剥所得，"如今入了官，在银钱，是不打紧的"，然而"这种声名出去，还了得吗！"贾琏自然推得一干二净，但是"及想起历年积累的东西并凤姐的梯己，不下七八万金，一朝而尽，怎能不痛？"

我们在《荣国府月例续》中谈到，凤姐的月例是 3.3 两银子，一年不到 40 两。凤姐掌管荣国府的时间，如果以十年计算，[①]则为 400 两。她将梯己以及众人，甚至包括贾母的月例放出去，十年下来总计 11,000 两，二者相加为 11,400 两，距"七八万金"相差甚远，余者，凤姐是通过什么手段获得的？分析起来，一是地租与年例。在第四十五回，凤姐说到李纨的收入时，说李纨的月例是 20 两，"又给你园子地，各人取租子。年终分年例，你又是上上份儿"，"你娘们儿、主子、奴才总共没十个人，吃的穿的仍旧是官中的。一年统共算起来，也有四五百银子。""四五百"估算为 480 两，减去李纨的月例 20 两，全年 240 两，则为 260 两。凤姐的待遇即使不如李纨，一年下来，不包括月例也应该得到 200 两吧？十年下来则为 2,000 两。这样，与前述所得相加，总计是 13,400 两，距离七八万金仍然有很大的差距。这个差距需要什么补足呢？那就只有受贿与欺诈了。

关于受贿，让读者记忆最深刻的，莫过于第十五回，馒头庵的老尼净虚向凤姐托请之事。"长安府府太爷的小舅子李衙内"，要娶张姓财主的女儿金哥，但是金哥已经接受了原任长安守备公子的聘礼，张家要退亲，守备不依，就要打官司告状起来。张家上京寻找门路，老尼请凤姐帮忙："长安节度云老爷与府上最契，可以求太太与老爷说声，打发一封书去，求云老爷和那守备说一声，不怕那守备不依。若是肯行，张家连倾家孝顺也都情愿。"凤姐先是推脱，后来答应了，"你叫他拿三千两银子来，我就替他出这口气。"第二天凤姐将老尼之事，说与家人来旺儿，"来旺儿心中俱已明白，急忙进城找着主文的相公，假托贾琏所嘱，修书一封，连夜往长安县来，不过百里路程，两日工夫俱已妥协。"迫于节度使的压力，"守备忍气吞声的收了前聘之物"，金哥与守备的儿子双双殉情，"凤姐却坐享了三千两"，自此以后"胆识愈壮，以后有了这样的事，便恣意的作为起来，也不消多记。"这一次收了 3,000 两，如果一年一次，十年便是 30,000 两，这应该是凤姐七八万金的大宗来源。

这是对外人，对荣国府内的奴仆甚至是同宗的亲戚也是如此，凡是想在凤姐那里谋事的，都要有所表示，没有钱不会给好处。而且给了钱也未必给好处，凤姐的逻辑是："这是他们自寻的，送什么来我就收什么，横竖我有主意。"这样的主意当然都是狠主意。尤其是当她知道了贾琏偷娶了尤二姐之后，立即给察院送了 300 两银子打点。之后去宁国府哭闹，说是为了平息此事花了 500 两银子，从而欺诈了 200 两。凡此种种，锱铢必较，算尽机关，累计了七八万金，却哪里料到一朝而尽！这对凤姐当然是致命打击，以致抱病不起，"呼喇喇似大厦倾"而叫人太息。然而，想一想她对老尼净虚所说的："你是素日知道我的，从来不信什么是阴司地狱报应的，凭是什么事，我说要行就行"，那就不仅是太息而且是痛恶。丧失了道德，哪怕是对牛头马面迷痴的道德，这样的人物，一旦秉持了权力，什么人间坏事不可以做出？凤姐的可怕，凤姐的银钱收入，其背后的警醒意义便在于此，而不应该忽略不谈。

注　释

①　第一百○一回，凤姐对平儿说："我是早已明白了，我也不久了，虽然活了二十五岁，人家没见的也见了，没吃的也吃了，也算全了，所有世上有的也都有了，气也算赌尽了，强也算争足了，就是'寿'字儿上头缺一点，也罢了。"此时距凤姐辞世不远。以凤姐嫁到荣国府十五岁计，当年即掌管府内之事，则为十年。

炉瓶三事

　　我在《七夕而生的巧姐》中说到，在《红楼梦》前八十回中，刘姥姥两次来到荣府，第一次是向王夫人与凤姐告艰。第二次再来，因为家里日子好过了些，多打了两石粮食，"瓜果、菜蔬也丰盛"，头一起摘下来，"留的尖儿孝敬姑奶奶、姑娘们尝尝"。用刘姥姥的话说是也算表示"我们的穷心"。而这时候，贾母正想找个积古老人家说话，凤姐便把刘姥姥送到贾母那里，贾母很高兴，带着刘姥姥游览大观园，玩累了，在大观园里吃饭，一次是在探春的秋爽斋，"在晓翠堂上调开桌案"；二次是在缀锦阁饮酒行令，贾母说："咱们先吃两杯，今日也行一令才有意思。"凤姐与鸳鸯要听刘姥姥的笑话，便让刘姥姥也说一个，大家听了哄堂大笑。为什么笑？我将在其他文章里阐述，这里只介绍与题目相关的内容：

　　这里凤姐儿已带人摆设整齐，上面左右两张榻，榻上都铺着锦裀蓉簟，每一榻前两张雕漆几，也有海棠式的，也有梅花式的，也有荷叶式的，也有葵花式的，也有方的，也有圆的，其式不一。一个上面放着炉瓶一分攒盒；一个上面空设，预备放人所喜之食。上面二榻四几，是贾母、薛姨妈；下面一椅两几，是王夫人的，余者都是一椅一几。东边是刘姥姥，刘姥姥之下便是王夫人。西边是史湘云，第二便是宝钗、第三便是黛玉，第四是迎春、探春、惜春，挨次下去，宝玉在末。李纨、凤姐二人之几设于三层槛内，二层纱橱之外。攒盒式样，亦随几之式样。每人一把乌银洋錾自斟壶，一个什锦珐琅杯。

　　有几、榻、椅，身份不同，座位的形式与几的数量也不同。贾母的身份最高，故而是一榻二几，薛姨妈是客人故而享受与贾母同样的礼遇。王夫人的身份仅次于贾母故而是一椅两几。其他人均是一椅一几。几，是雕漆的，但式样不一。一个几上空着，预备摆放个人喜欢的食品；另一个几上则摆放着"炉瓶"与"攒盒"。攒盒是一种多格的用以盛放食品的盘盒。那么，炉瓶又是什么呢？在这里，应该是香炉、箸瓶与香盒三种器物，简称炉瓶，或炉瓶三事。这三种器物的作用是：香盒，[①] 贮放香饼；香炉，熏烧香饼；[②]瓶，也称箸瓶，放置铲灰用的匙与夹香饼的箸，也就是筷子。

　　我国古代的熏香，早期的香料是具有香味的茅草，时称熏草或者蕙草，与其相适应，熏香的器具是腹身浅薄的豆式熏炉。西汉中叶以后，龙脑与苏和等树脂类香料传入中土，这类香料不像茅香那样可以直接燃烧，必须在下面承以炭火，因此熏香的器具也随之变化。为了下容炭火，便出现了深腹的博山炉，与炉腹相适应，炉盖也做成高耸的山峰形状，山峰重叠之处，雕出细致烟孔，于是便有了发烟舒缓的形态。在我国古代，熏香不仅用作礼神，而且用于日常生活，有一种鸭状的香炉最受闺中喜爱，"却爱熏香小鸭，羡它长在屏帏"，"绣面芙蓉一笑开，斜偎宝鸭衬香腮"，"玉鸭熏炉闲瑞脑，朱樱斗帐掩流苏"。缀锦阁里，贾母几上的香炉是否是这种鸭子的形状呢？可惜，书中没有说明。按常规，香炉分为封闭的与开敞的两种形式。前者无盖，称香炉，后者有盖，称熏炉，二者统称香炉。在宋代，炉盖往往做成莲花或者狻猊——也就是狮子的样式，宋词中的金猊、金兽便是指此。与宋不同，明清两朝最常见的则是角端。角端是传说中的瑞兽，可以日行一万八千里，通晓四方语言，其形似鹿而独角，因为角生于鼻上，故名角端。缀锦阁的香炉很可能是这种形状。

关于炉瓶，《红楼梦》中颇有涉及，一处见第五十三回，正月十五之夕，贾母带领贾府的子侄、孙男、孙媳等人在大花厅上举办家宴。"每一席旁设一几，几上设炉瓶三事，焚着御赐百合宫香。"再一处，见第三回，林黛玉从扬州来到荣国府拜见贾母以后，贾母让她去看大舅舅贾赦与二舅舅贾政。贾赦不见，理由是见了彼此伤心，反是不见的好。于是去贾政那里，老嬷嬷带着黛玉来到王夫人居住的房间，只见：

临窗大炕上猩红洋罽，正面设着大红金钱蟒靠背，石青金钱蟒引枕，秋香色金钱蟒大条褥。两边设一对梅花式洋漆小几。左边几上文王鼎、匙箸、香盒，右边几上汝窑美人觚内插着时鲜花卉，并茗碗、唾壶等物。

前一处，第五十三回，说到炉瓶，以炉瓶三事敷衍而过。这一处，则说得十分明确，是赫赫有名的文王鼎。鼎，原本是先民煮饭时所用的炊具，后来演变为庙堂之上的礼器，文王鼎是周公旦为了祭祀文王而制作的鼎，属于国之重器。乾隆四十五年（1780），乾隆皇帝七十寿辰，恰逢热河文庙落成，乾隆亲诣行释典礼，同时将内府所藏十件周代的鼎彝颁与庙中，首件便是周公鼎。这是一尊方鼎，四足双耳，高六寸六分，深三寸，耳高一寸三分，总重九斤六两。鼎内镌刻铭文曰："卤公作文王尊彝"。卤公，即鲁公，文王的儿子周公旦辅佐武王伐纣，取得天下后被分封在曲阜，也就是鲁国，故称鲁公。因此，宋人薛尚功在其撰写的《历代钟鼎彝器款识法帖》中又称文王鼎为鲁公鼎。文王鼎是夏商周三代青铜器的经典款式，深为乾隆钟爱，根据清档记载，在乾隆三年、十五年、四十年、四十三年时，乾隆皇帝曾经分别下旨制造掐丝珐琅文王鼎。可见此鼎在乾隆皇帝心目中地位。乾隆下旨仿制的文王鼎至今的烁可见，有鼎有盖，鼎身雕饰的夔龙纹、饕餮纹仿自文王鼎，而盖钮之上的狮子以及缠枝花卉和凤鸟纹则带有乾隆时期浓厚的宫廷特色。上有好者，下必兴焉，地方官员进贡掐丝珐琅文王鼎在清室档案中成为常见之物，也就不难理解，文王鼎成为上层社会的时尚。荣国府是贵族府第，在这样的府第出现文王鼎自然是时代语境的衍生之物。

我们知道，在乾隆时代，文字狱十分惨烈，因此曹雪芹着意指出《红楼梦》是一部"无朝代年纪、地舆邦国"可考的小说而希图避祸，但是时代的痕迹难以洗涤干净，文王鼎被置于王夫人房间便是没有洗涤干净的一例。这就让我们不得不进行难以回避的思考，而同样难以回避的思考是，为什么在缀锦阁与大花厅上摆设的香炉，作者只是一笔带过，而这里，却要郑重地注明是文王鼎，原因何在？原因在于场景不同。我曾经著文谈到，荣国府内的主体建筑是五间大正房，堂屋正中悬有一匾，上书："荣禧堂"，为"万几宸翰之宝"。王夫人住在正房东侧三间耳房内，这样的处所当然不同于缀锦阁与大花厅，是一个肃穆、庄严的场合，故而同样是香炉，在形式上也要有所不同而采取了文王鼎这样庄重的礼器形态，这当然属于细部描述，是《红楼梦》作者的精细之处，然而细微之处见精微，中国当下小说鲜有经典，其原因，至少是原因之一，便在乎此。

注　释

①　香盒不同于香宝子。后者多做成罐状，圈足，有盖，盖有捉手，使用时香宝子往往成对置于香炉两侧，几乎不在生活中使用。而香盒多在生活中所用，作为贵重者，唐代香盒多为金银制品，晚唐以后，作为贺礼，渐成风气。"唐诗中说到香似乎依然带着由六朝而来的温柔和绮丽，香合的精致似乎也好像更助遐思。"作为礼品的香盒虽然多用金银，不过生活中使用的仍多是瓷香盒。参见《香识》第31—36页。扬之水著。桂林，广西师范大学出版社，2011年8月。

②　在烧热的茄灰上放置一块云母或金属薄片，香饼放在上面，茄灰的热力便通过云母或金属薄片，而将香饼的香气慢慢释放出来。

雪洞中的青纱帐幔

　　宝钗是《红楼梦》中的重要人物。对这个人物，书中多次交待是："性喜朴素"。怎样的"性喜朴素"呢？对此，作者是颇下了一番功夫的。

　　第八回，宝钗生病了，宝玉前去探望，见到他，宝钗很高兴，说："已是大好了，多谢记挂着！"而在宝钗说话之前，通过宝玉的观察，对宝钗已然有了一番从容貌到衣饰的描绘：

　　先就看见薛宝钗坐在炕上做针线，头上挽着漆黑油光的纂儿，蜜合色棉袄，玫瑰紫二色金银鼠比肩褂，葱黄绫棉裙，一色半新不旧，看去不觉奢华。唇不点而红，眉不画而翠；脸若银盆，眼如水杏。罕言寡语，人谓藏愚；安分随时，自云守拙。

　　这是宝玉与宝钗第一次正面接触，因此在这里通过宝玉，对宝钗进行了全面描绘，虽然文字精简，却完整地展示了宝钗的服饰、容貌与性格。其中，容貌与性格与本文无关，我们不去评述，只在这里说服饰。说是服饰其实也宽泛了，因为在作者的笔端，宝钗并没有佩戴任何饰品，只是简单的袄、裙、褂而已。"比肩褂"也叫半臂，是一种半袖外衣，俗称背褡。由于是半袖，其特征是袖长及肘，身长及腰，故而宝玉可以看到宝钗的袄与裙。袄与裙，是半新不旧。颜色呢？也是淡雅朴素。所谓"蜜合色"，是一种黄得近于白的颜色；"葱黄色"，则是一种绿得近乎黄的色彩，只有褂子是玫瑰紫色的，毫无彩绣辉煌之象。联想宝钗的年龄与身份——皇商的女儿，这样的色彩岂止是"不觉奢华"？

　　宝钗是这样，大观园里其他姊妹的服饰又是怎样？第四十九回，姊妹们聚会稻香村，从而提供了可以进行比较的机会。这一天，大雪如絮，众人都是冬装打扮，黛玉的衣着最为俏丽：

　　　　掐金挖云红香羊皮小靴，罩了一件大红羽纱面白狐皮里的鹤氅，束一条青金闪绿双环四合如意绦，头上罩了雪帽。

　　"香羊皮"，是一种产于蒙古的羊皮，这种羊皮在清代列为贡品。红香羊皮便是染作红色的香羊皮。"掐金"，用金线镶边。"挖云"，挖成云状的花边。黛玉的靴子是贵重的、精巧的，是一双红色而饰有金线的小靴。"羽纱"，是一种织品，加有生羊毛（并不完全是加鸟的羽毛），坚硬而防水。"鹤氅"，原指用鸟羽制成的外衣，这里是指类似的衣裳。黛玉的鹤氅是大红色的面子，白狐皮的里子，红与白的对应十分鲜明。"绦"，指腰带。"四环如意"，指结扣的花样。"青金"，黑色。"闪绿"，夹杂绿色。这里当指黑线与绿丝夹织而成的丝带。因为黛玉的小靴子与鹤氅都是大红色的，故而要以黑中闪绿的色彩做一点配色，使黛玉的服饰既亮丽又沉稳而有所变化。

这是黛玉在雪天的打扮。众姊妹呢？

她们是：

都是一色大红猩猩毡与羽毛缎的斗篷。

"猩猩毡"，据说猩猩的血可以做红色的染料，用猩猩之血染成的毡子因此叫猩猩毡。这种红色的毡子最为耀眼且不褪色。"羽毛缎"，即羽纱缎。她们所穿的斗篷与黛玉一样也是羽纱缎制成的。

我们再看宝钗与李纨的服装：

独李纨穿一件青哆啰呢对襟褂子，薛宝钗穿一件莲青斗纹锦上添花洋线番羓丝的鹤氅。

"青"，指黑色。"哆啰呢"，一种从国外舶来的阔幅呢料。"莲青"，紫色。"斗纹"，花纹交织。"洋线番羓丝"，舶来的丝线与毛线的混合织物。简之，李纨穿一件黑色对襟褂，宝钗披一件紫色的鹤氅。宝钗为什么被选择紫色的鹤氅？这当然不是无意识的。因为紫色，相对于大红要暗淡许多，仅比李纨的青色明亮些许。李纨是孀居，穿青说明她的身份①，宝钗是一个十几岁的美丽少女，却被选择仅比青色亮些的紫色，一方面说明叙述者为了表现她"性喜朴素"的性格，另一方面从紫到青，似乎也在暗示什么。

这就有必要在服饰之外，围绕宝钗的环境进行更为宽泛的探索。第四十回，贾母带刘姥姥游览大观园，来到潇湘馆，看见窗上的纱旧了，便说："这个纱新糊上好看，过后就不翠了。""明日给她把这窗上的换了。"凤姐说："昨日我开库房，看见大板箱里还有好几匹银红蝉翼纱"，听了这话，贾母笑道："呸！人人都说你没有不经过、不见过的，连这个纱还不认得呢，明儿还说嘴！"薛姨妈等人都笑道："凭她怎么经过见过，如何敢比老太太呢。老太太何不教导了她，我们也听听。"贾母于是对薛姨妈说道，这个纱比你们年纪还大呢，这个纱的正经名字叫"软烟罗"，有四种颜色，其中一种是青色的，如果还有，都拿出来，送给刘姥姥两匹，"再做一个帐子我挂"，下剩的配上里子给丫鬟们，做些夹背心。再一种是银红色的，称"霞影纱"，"明儿就找出几匹来"，"替她糊窗子"。霞光一样的窗纱映衬在翠绿的竹林之中，当然极其娇媚，与黛玉的身份、年龄十分相配。见到这样的窗纱，便会想到这样美丽的小姐，怎么想都是对的。而到了宝钗的蘅芜苑，却境况大变：

> 及进了房屋，雪洞一般，一色玩器全无，案上只有一个土定瓶，瓶中供着数枝菊花，并两部书、茶奁、茶杯而已。床上只吊着青纱帐幔，衾褥也十分朴素。

"青"，有蓝、绿、黑三种意思。在描摹自然景物的时候，黑表示蓝或者绿色。比如，朗朗青天，即蓝天之意；比如，青山绿水，即绿色之山的意思。而在指称人或者与人相关的事务时，青一般泛指黑色。比如青布、青鞋、青丝，李白在咏叹人生倥偬与沧桑之时道："朝如青丝暮成雪"，清晨之时，头发还仿佛是黑亮的丝线，黄昏时分已然变成雪一样洁白的色泽了。贾母是丧偶的老年人，悬挂青色的帐子，是可理解的；宝钗是一个年轻姑娘，怎么也选择这种颜色呢？在传统的颜色中，黑往往与不幸相连。这或者暗示我们，宝钗今后的命运将是不幸的。其结果是，宝钗虽然与宝玉结合了，但二人始终隔阂冷漠，而且宝玉最终离开了她，这样的结局，与李纨并没有本质区别，这当然是一件凄惨的事情。

注　释

①《道咸以来朝野杂记》，第33页："妇女制服，最隆重者为组绣丽水袍褂。袍则大红，褂则红青。即天青。……其次礼服，则敞衣、衬衣皆挽袖者，即缘以花边，将大袖卷上。敞衣分大红色、藕合色、月白色。皆有绣花，或净面，分穿者之年岁、行辈定之。以上皆双全夫人所著者。若孀妇敞衣或蓝色，则酱色衬衣，则视外敞衣之颜色配合之。"崇彝著。北京，北京古籍出版社，1982年1月。

七夕而生的巧姐儿

在《红楼梦》前八十回中，刘姥姥两次来到荣国府。一次是第六回，刘姥姥第一次到荣国府，向王夫人与凤姐儿打"抽丰"；再次是第三十九回、四十回、四十一回和四十二回，刘姥姥回报凤姐儿上次的救济，"好容易今年多打了两石粮食，瓜果、菜蔬也丰盛"，头一起摘下来的"孝敬姑奶奶、姑娘们尝尝。姑娘们天天山珍海味的也吃腻了，这个吃个野意儿"，用刘姥姥的话："也算是我们的穷心。"

听说刘姥姥来了，贾母"正想个积古的老人家说话儿"，凤姐儿便把刘姥姥送到贾母那里，贾母很高心，带领她游览大观园。次日，刘姥姥向凤姐告辞，凤姐儿说，贾母往常进园子，也不过到一两处坐坐，"昨儿因为你在这里，要叫你逛逛，一个园子倒走了多半个"，把贾母累着了。凤姐儿的女儿大姐儿昨天在园子里吃了一块糕，谁知"风地里吃了就发起热来"。刘姥姥道："一则风扑了也是有的；二则只怕她身子干净，眼睛又净，或是遇见什么神了。"一句话提醒了凤姐儿，叫平儿拿出《玉匣记》交给彩明，彩明念道："八月二十五日，病者在东南方得遇花神，用五色纸钱四十张，向东南方四十步送之，大吉。"①凤姐儿笑道："果然不错，园子里头可不是花神！只怕老太太也是遇见了。"忙命人请两份纸钱，一个给贾母送祟，一个给大姐儿送祟。不一会，大姐儿便安稳睡了。

凤姐儿很高兴，请刘姥姥给大姐儿起名字，刘姥姥问凤姐儿大姐儿是几时生的？凤姐儿答道："正是生得日子不好呢，可巧是七月初七日。"刘姥姥一听这话，忙笑道："这个正好，就叫她作巧哥儿罢。这叫作'以毒攻毒，以火攻火'的法子。姑奶奶定要依我这名字，她必长命百岁。日后大了，各人成家立业，或一时有不遂心的事，必然是遇难成祥，逢凶化吉，却从这'巧'字上来。"

旧历的七月七日，也称七夕，是姑娘们乞巧的日子。据《帝京景物略》记载，在明代，在这一天的中午：

　　妇女曝盎水日中，顷之，水膜生面，绣针投之则浮。则看水底针影，有成云雾、花头、鸟兽影者，有成鞋及剪刀、水茹影者，谓乞得巧。其影粗如槌、细如丝、直如轴蜡，此拙征也。妇或叹，女有泣者。②

根据绣花针在水里影子的形状判断女孩子的巧拙，称"丢巧针"。入清以后，沿袭了这个习俗，只是将黍苗代替了绣花针，七月六日晚间，把一只大碗盛上水置于庭院之中，次日便结出一层极轻极薄的水皮。中午，姑娘们把黍苗削成针形，投进碗里，查看黍苗的投影，如果是细长，宛似针的形状，就高兴，认为是织女许给了自己一双巧手，是乞巧，否则就不高兴，认为是未能乞巧。

然而，出生在七夕，凤姐却认为不好。中国人都知道牛郎织女的故事，一年三百六十五天，三百六十四天隔河相望，只有七夕这一天才可以渡河相会，这样的夫妻生活当然是悲辛凄婉的。而且中国人不喜欢太巧的事情，七夕是巧日；女孩们在这一天乞巧；大姐儿出生在这一天也是巧，三个巧凑在一起，太巧了反而叫人担心，刘姥姥采取以毒攻毒的做法规避祸祟：取名巧哥儿——后来叫巧姐儿，就是这个道理。

关于巧姐儿，她的命运《红楼梦》第五回中已然做出暗示。在这一回，宝玉在秦可卿的房内午睡，梦境中来到太虚幻境的薄命司，"见到十数个大橱，皆用封条封着。看那封条上，皆是各省地名。宝玉只拣自己的家乡封条看。只见一个大橱的封条上大书七字：'金陵十二钗正册。'旁边又一橱是：'金陵十二钗副册'，再一橱是：'金陵十二钗又副册'。"宝玉把橱门打开翻看，每一页都有一幅画，画上写有判词。巧姐位于正册第九，第八是凤姐儿，母女二人前后相连。巧姐的那页画作："一座荒村野店，一个美人在里面纺绩"，其判曰：

势败休云贵，家亡莫论亲。偶因济刘氏，巧得遇恩人。

大意说，贾府虽然是贵族，是皇帝的外戚，曾经权势熏天，但是现在败落了，不要说外人，就连自己的亲人也不再搭理了。危难之际巧姐巧遇一位刘姓妇女，刘氏曾经得过凤姐儿的接济，这时伸出援手，将巧姐儿救出苦海，这就印证了刘姥姥的话："遇难成祥，逢凶化吉，却从这巧字上来。"对此，脂砚斋的评语是："非经历过者，此二句则云纸上谈兵，过来人哪得不哭！"

上面说到，刘姥姥曾经两次来到荣国府，第一次，凤姐儿给了她二十两银子，说是王夫人给她的孩子们做衣裳的，"你若不嫌少，就暂且拿了去罢。"刘姥姥高兴得"浑身发痒起来"而千恩万谢。第二次，凤姐儿给了她八两银子，王夫人给了一百两银子嘱咐刘姥姥："或者做个小本买卖，或者置几亩地，往后别再求亲靠友的。"巧姐判词的第三句，便是指此。而刘姥姥在得到贾府的接济以后，改变了命运而置有田产，后来把巧姐儿接到自己家中，一个美人在荒村野店纺绩的画面便是这个结果的形象表现。

根据书中叙述，这样的结局与刘姥姥的外孙板儿有关，第四十一回有这样一段描述：

忽见奶子抱了大姐儿来，大家哄她玩了一会儿。那大姐儿因抱着一个大柚子玩的，忽见板儿抱着一个佛手，便也要佛手。丫头们哄她取去，大姐儿等不得，便哭了。众人忙把柚子与了板儿，将板儿的佛手哄过来与她才罢。那板儿因玩了半日的佛手，此刻又两手抓着些面果子吃，又忽见这柚子又香又圆，更觉好玩，且当球踢着玩去，也就不要佛手了。

脂砚斋认为："柚子，即今香圆之属也。与'缘'通。佛手者，正指迷津者也。以小儿之戏，暗透前后通部脉络，隐隐约约，毫无一丝漏泄。岂独为刘姥姥之俚言博笑而有此一大回文字哉！"如果在当时，这样的结局，从贾母到王夫人，从凤姐儿到平儿，是想也想不到，即使想到也不会认可。这就如同七夕的牛郎与七夕的织女，在古人眼中，原本不过是："维天有汉，监亦有光。跂彼织女，终日七襄。虽则七襄，不成报章。睆彼牵牛，不以服箱。"至多是质疑织女与牛郎徒有其名，既织不出锦绣，也拖不动车厢，不过如此而已，哪里会料到在历史的长河中渐次演变为哀婉的传说，"盈盈一水间，脉脉不得语"呢？而小说的妖娆、《红楼梦》的妖娆就在这里。可惜，《红楼梦》是一部残书，我们只能见到原著八十回，因此无论是高鹗还是其他续者，都陷于猜枚的境地，这不知是幸还是不幸？当然我们也可以从积极的角度，犹如米罗的维纳斯那样，在残缺之中予人以无尽的猜臆，只是不知曹雪芹是否认同这些猜臆，而《红楼梦》的魅人之处，至少是部分得益于此。

注　释

①　《玉匣记》，预测吉凶之书。相传为东晋许真人所作。我手中有一册，名曰《增补玉匣记》，并无彩明所念，可知此处系作者随手敷衍的文字。

②　《帝京景物略》，卷二，第 69 页。〔明〕刘侗 于奕正著。北京，北京古籍出版社，1980 年 10 月。

红楼香识

我在《炉瓶三事》中谈及了和香有关的三件器皿，沿着这个思路，自然要述及与这些器皿有关的香了。在《红楼梦》中，关于香，或者说与香有关的文字并不很多，而且只是作为背景之中的细节与填充物。但是，虽然是琐碎之物，也不应该回避，因为细微之处见精微，《红楼梦》之为经典，很重要的因素便与此有关。比如，第十八回，元春省亲来到大观园，只见花彩缤纷，灯光相映，细乐声喧，元春"默默叹息奢华过费"。叹息之间，忽然看到"有值拂太监跪请登舟"，于是换船，游览过蓼汀花溆之后，复弃舟上舆，进入行宫：

> 但见庭燎烧空，香屑布地，火树琪花，金窗玉槛。说不尽帘卷虾须，毯铺鱼獭，鼎飘麝脑之香，屏列雉尾之扇。真是：金门玉户神仙府，桂殿兰宫妃子家。

其中，麝即麝香，取自雄性麝鹿的腺囊；脑即龙脑，即龙涎香。

龙涎香自古以来便有几分神秘，是宋代词人难以绕开的情结。"霜
缟同心翠黛连，红绡四角缀金钱，恼人香蒁是龙涎。"其实，龙涎
香不过是抹香鲸肠内的病理分泌物。干燥的龙涎香呈灰，或者褐
色，形状如蜡。新鲜的龙涎香气味轻弱，时间愈久，香气愈重。龙
涎香名贵难求，因此普通百姓使用的只是有其名而无其实的复合型
的香饼而已。当然，皇室例外，譬如此处的元春，以贵妃之尊回到
娘家而氤氲于"鼎飘麝脑之香"的氛围之间，是极应该、极正常的。

　　相对元春，在贾府宴请活动中，也离不开香，只是香的等级
发生了变化，第五十三回，正月十五日的夜晚，贾母举行家宴，在
大花厅上摆了十来席，"每一席旁边设一几，几上设炉瓶三事，焚
着御赐百合宫香"。虽然是御赐——皇帝赏与的百合宫香，但相对
麝香龙涎还是差了不少。身份不同，香也不同，在《红楼梦》的叙
述里是丝毫没有错乱的。应当指出，百合，即百合花，百合之香虽
然味道淡雅，却含有一种兴奋剂，久闻之后如同饮酒，叫人兴奋难
眠，并不适合放于卧房之内。然而，奇怪的是，在贾母的宝贝孙
子——宝玉的房间里却大量使用这种香，不知是什么道理。在第
四十一回，刘姥姥多喝了几碗酒，无意间闯进怡红院，"扎手舞脚"
地仰卧在宝玉的床上，酒气屁臭满屋，"袭人慌忙将她没死没活的
推醒"，又恐怕空气污浊，"忙将当地大鼎内贮了三四把百合香，仍
用罩子罩上"，拉着刘姥姥离开了怡红院。相对贾母的大花厅，宝
玉室内的香虽然也是百合香，但只是普通而非御制的宫香。为什
么会是这样？因为，十五之夕的家宴，是一年之中的重要场合，故
而要使用御制宫香，而宝玉的房间，不过是日常宴居，百合香也就
可以，况且贾府只是贵族而并非皇室，也没有那么多的御制宫香可

用。由此想到另外一个问题，在宝玉的房间，经常深夜难眠而发生一些叫人惊诧的故事，是不是与百合香的刺激有关呢？这自然属于另一个话题，不在我们这篇文章的研究范畴。

香这种东西，在我国古代，历来是人们的钟爱之物。蔡质的《汉宫仪》中便有"含鸡舌香伏奏事"的记载。含香一词后来成为朝官的代词。含香之外，还要熏衣，"西风太池月如钩，不住添香折翠裘"。除此以外，外出的时候，还要佩戴香囊，身份不同，香囊里的香当然也不一样，流风所及，映射于《红楼梦》中的人物也是如此。第四十三回，九月初二日这天，尤氏为凤姐过生日，大家都去了，只有宝玉和茗烟骑马出角门向北，一气跑了七八里，见人烟渐渐稀少，宝玉方勒住马问茗烟："这里可有卖香的？"茗烟道："香倒有，不知是哪一样？"宝玉道："别的香不好，须得檀、芸、降三样。"檀、芸、降是三种名贵之香，分别用檀香木、芸香草、降香木制成。这样的香，在荒郊野外，哪里寻找呢？故而茗烟笑道："这三样可难得。"看看周围的环境，宝玉也没有办法，还是茗烟提醒了他："我见二爷时常小荷包里有散香，何不找一找。"听了这话，宝玉回手从衣襟下掏出一个荷包来，"摸了一摸，竟有两星沉速。"沉，即沉香，属于木香的一种，产生这种香的木头入水即沉。速，是黄速香的简称，是次一等级的沉香。沉香这种香料，最早见于东汉杨孚的《交州异物志》，称蜜香。星，是我国传统度量制度的一个单位，一星即是一钱，沉速是高等级的香，有两钱也很难得，因此宝玉心内欢喜，又问茗烟道："哪里有炉炭？"茗烟说这就难了，建议再向前走二里，去水仙庵，一处供奉洛神的尼庵，那里肯定有炉炭。见到宝玉，老尼很兴奋，如同见了活龙一般，宝玉哪有心思和她多谈，只是和她借香炉。去了半日，老尼连香供纸马都预备来，宝玉一概不用，只命茗烟捧着香炉，找块干净地方。水仙庵虽然有炉有炭，但是地方腌臜，竟然找不出干净地方，茗烟无奈把香炉放在井台上，问宝玉这里如何？宝玉点头认可，"掏出香来焚上，含泪施了半礼，回身命收了去。"茗烟答应了，且不收，趴在地上磕了几个头，说这受香的冤魂，一定是人间有一、天上无双，极聪明、极俊雅的姐妹，"二爷心事不能出口，让我代祝"。茗烟祝的是什么呢？茗烟的祝词是这样的："你若芳魂有感，香魄多情，虽是阴阳间隔，即是知己之间，也不妨时常来望候二爷，你在阴间，保佑二爷来生也变个女孩儿，和你一处相伴，再不可又托生这须眉浊物了。"祝完了，茗烟又磕了几个头才爬起来。宝玉祭奠的，的确是一个女孩，是被王夫人斥骂为"下作小娼妇"的金钏儿。因为受了冤屈，金钏儿愤而投井，致使宝玉遭受贾政的毒打。金钏儿虽然是丫头，是奴仆，与宝玉有主仆之别，但是宝玉仍然要用檀、芸、降这样高等级的香，后来是沉速，更高级的香来祭奠她，自然是有所寄托的。《红楼梦》中的宝玉是一个具有平等思想的人物，如何刻画他平等待人，在祭奠金钏儿所用之香的等级上，便充分地表现出来了。香，不过是一种轻柔微细之物，但在这里却坚硬如铁。这不仅是作家对事物的拿捏——关于香与人的关系，曹雪芹拿捏得十分精准，更重要的是作家的精神高度，腐朽、落后，还是高尚、先进，祭神如神在，虽然是祭奠一个屈死的丫头，但在香的选择上，却令人震动而无话可说，"于无声处听惊雷"呀！而这样的做法，当然不应该是仅仅反映于宝二爷和他的虚拟之境，也应该适于宝二爷和红楼之外的非梦之境——水仙庵的外面世界，"环球同此凉热"，有什么不可以呢？

荣国府月例续

我在《荣国府月例》中讨论了丫鬟与姨娘的月例，本文继续讨论这个话题，只是月例的主人变了，不再是底层——而是转化为上层——荣国府的主子们，每人每月的薪酬问题。

那就从荣国府的大奶奶李纨说起。第四十五回，探春等姊妹来找凤姐。凤姐笑着问怎么来得这么齐全，好像是下了帖子请来的。听了这话，探春笑了，说："我们有两件事：一件是我的，一件是四妹妹的，还夹着老太太的话。"第一件，探春说，她起了个诗社，请凤姐做监社御史，监督这些社友，不可以随便请假，"铁面无私才好"；第二件，惜春秉持贾母的意思把大观园描画出来，需要画具，老太太说了："只怕后头楼底下还有当年剩下的"，找一找，如果有呢，拿出来，如果没有，叫人买去。凤姐说我又不会作什么"'湿'的'干'的"，要"我吃东西去不成？"探春说不是这意思，"你只监察着我们里头有偷安急惰的，该怎么样罚他就是了。"凤姐哪里信这样的话，笑道："你们弄什么社，必定要轮流做东道的。你们的月钱不够花了，想出这个法子来拘我去，好和我要钱。可是这个主意？"听了凤姐的话，大家都笑了，李纨说凤姐是："水晶心肝玻璃人"，冰雪聪明。凤姐笑道："亏你是个大嫂子呢！姑娘原交给你带着念书，学规矩、针线的，她们不好，你要劝。这会子她们起诗社能用几个钱，你就不管了？"说到这里，凤姐开始计算李纨的收入：

老太太、太太罢了，原是老封君。你一个月十两银子的月钱，比我们多两倍子。老太太、太太还说你"寡妇失业"的，可怜，不够用，又有个小子，足的又添了十两，和老太太，太太平等。又给你园子地，各人取租子。年终分年例，你又是上上份儿。你娘们儿、主子、奴才总共没十个人，吃的穿的仍旧是官中的。一年统共算起来，也有四五百银子。

根据凤姐所说，李纨的月例原本是 10 两银子，后来又增加了 10 两，理由是："寡妇失业"的，还拖拉个孩子，费用大。这样，李纨的月例便涨到 20 两，而与贾母、王夫人平等。同样是荣国府的少奶奶，李纨是 20 两，琏二奶奶，凤姐是多少呢？凤姐对李纨说："你一个月十两银子的月钱，比我们多两倍子"，便透露了底细。这就是说，凤姐的月例不足李纨的三分之一，只有 3.3 两的银子而已，相对贾母与王夫人房里月例一两的大丫鬟，凤姐的月例不能说高。荣国府有几百人，一天需要处理的事情至少也有数十件。而且人际关系复杂，面上一盆火，底下捅刀子，一时不周到就被人算计了。领导这样一个部门，一月的薪酬不过是 3.3 两银子，委实过低。那么，宝玉和大观园姊妹的月例又是多少呢？

十回以后，到了第五十五回，凤姐因为小月，身体亏虚下来，一月之后"复添了下红之症"，王夫人命她好生服药调养，而请李纨、探春、宝钗协理府内之事。一天，吴新登的媳妇回说赵姨娘的弟弟赵国基死了，询问应该给多少丧葬费。有说40两，也有说20两的。探春让吴新登家的取来旧账查看。"两个家里的赏过皆是二十两，两个外头的皆赏过四十两。"家里的是指家生子，世代为奴的奴仆，外头的是指从外面买来的奴仆。相对于外头的，因为家里的得到了贾府更多的"恩泽"，①因此丧葬费要减少一半。探春便按照家里的，给了20两银子。赵姨娘知道以后质问探春为什么如此对待自己的舅舅，把探春气得抽抽噎噎哭起来。这时平儿走来，见探春面有怒色，便在一旁垂手默侍。因探春刚刚哭过，"便有三四个小丫鬟捧了沐盆、巾帕、靶镜等物来"，请探春重新盥洗打扮。这时候走来一个媳妇，说："回奶奶、姑娘，家学里支环爷和兰哥儿一年公费。"平儿阻止道："你忙什么！你睁着眼看见姑娘洗脸，你不出去伺候着，倒先说话来。二奶奶跟前，你也这么没眼色来着？"那媳妇赶紧退了出去。探春于是对平儿说起吴新登家的来："连吴姐姐这么个办老了事的，也不查清楚了，就来混我们。"幸亏我们问她，她竟然有脸说忘了，"我说她回你主子事也忘了再找去？我料着你主子未必有耐性儿等她去找。"

探春一面发牢骚，一面把刚才那媳妇叫进来，问她贾环与贾兰在家学里"这一年的银子，是做哪一项用的？"那媳妇回道："一年学里吃点心或者买纸笔，每位有八两银子的使用。"听了这话，探春说："凡爷们的使用，都是各屋里领了月钱的。环哥的是姨娘领二两，宝玉的是老太太屋里袭人领二两，兰哥儿的是大奶奶屋里领。怎么学里每人又多了这八两？原来上学去的，是为这八两银子！从今儿起把这一项蠲了。"这就是荣国府公子的月例，每月2两。那么，小姐呢？在下一回，第五十六回，探春与李纨、宝钗正在议论家务时，平儿走了进来，探春问她：

我想的事不为别的，因想着我们一月有二两月银外，丫头们又另有月钱。前儿又有人回，要我们一月所用的头油脂粉，每人又是二两。这又同刚才学里的八两一样，重重叠叠，事虽小，钱有限，看起来也不妥当。你奶奶怎么就没想到这个？

与宝玉等人一样，探春等人也是2两。除此以外，每月还有2两脂粉钱。探春认为，既然有了月例，探春称月银，丫鬟还有月钱，这脂粉钱也属于叠床架屋，是不妥当的，应该"蠲了为是"。

总结以上所述，荣国府主子，不含贾赦、贾政、贾琏、邢夫人，月例如下：

贾母、王夫人、李纨，每人20两，全年240两，三人总计720两；凤姐，3.3两，全年39.6两，约当40两；宝玉、贾环、贾兰，每人2两，全年24两，三人总计72两；迎春、探春、惜春，每人2两，全年24两，三人总计72两。以上月例总计75.3两，年例总计903.6两，约904两。

904两如果根据今之——2013年3月10日和讯白银K线，每克白银的买入价是人民币5.79元，卖出价是5.81元，折中为5.8元，以此为准进行兑换，旧制一两折合31.25克，则为人民币163,850元。这些银两，在《红楼梦》的时代，有多少购买力呢？我们不妨从大米、房屋、②奴婢，三方面进行考察。904 两白银大约可以购买 92 吨大米；或者 775 平方米房子；或者 90 个奴婢。根据清政府公布的官价，奴婢的价格是，十岁至六十者，每口 10 两，如果是十岁以下，六十以上者，还到不了 10 两，主子与奴婢，主子与奴婢的关系，是可以量化为经济数字的。③

月例，荣国府主子的月例大抵如此。

注 释

① 金启孮讲述他父亲镇国公在家道败落以后，逛前门外劝业场，遇到一个旧时的仆人哭诉困苦，"父亲立刻掏出一块银元给他。""我记得这次劝业场也没逛好，很快回了家。父亲对我们说：'这是你们曾祖父的人，现在我无力养活他，成了这样，我看着实在难过！'从此父亲神色不怡者，有数日之久。"在主人看来，是他们养活了仆人，他们应该给仆人提供生存依靠，主仆关系不能简单地用阶级斗争解读。(《金启孮谈北京的满族》，第 223 页。金启孮著。北京，中华书局，2009 年 9 月）

② 乾隆十六至十八年，每石大米为 1 两 2 钱。乾隆十三年，北京内城新帘子胡同四间瓦房售价是 70 两，以每间 15 平方米计算，则一平方米约为 1.167 两，折合成人民币为 211.52 元。

③ 清同治《户部则例》卷四，转引自《清代奴婢制度》，第 73 页。韦庆远 吴奇衍 鲁素著。北京，中国人民大学出版社，1984 年 12 月。

赖嬷嬷与王嬷嬷

赖嬷嬷与王嬷嬷是荣国府的两个奶妈。赖嬷嬷是老主子的奶妈，哪一位老主子，没有说明，推想可能是贾政的奶妈。[①]当然这只是推想，需要进一步论证。而王嬷嬷的哺育对象则十分明确，简而言之，她是迎春的奶妈，儿子叫王住儿，根据社会，至今也是如此，妇以夫行的习俗，她的丈夫应该姓王，她的本姓则难以考订。

那就先从王嬷嬷说起，根儿上却是宝玉。一天晚间，赵姨娘请求贾政，把丫鬟彩霞放给贾环做"屋里人"时，联及宝玉，被丫头小鹊听见，跑到怡红院告诉宝玉"仔细明儿老爷问你话"。宝玉听了这话，"便如孙大圣听见了紧箍咒一般，登时四肢五内，一齐皆不自在起来。"担心贾政明早问他的功课，想来想去只有披衣起来读书。突然间，芳官从后房门跑进来，喊道："不好了，一个人从墙上跳下来了！"晴雯见宝玉"读书苦恼"，而且"劳费一夜神思，明日也未必妥当"，便心生一计，让宝玉趁这个机会装病，"只说唬着了"。王夫人知道了"忙命人来看视给药"，吩咐"各上夜人仔细搜查"，灯笼火把地"闹了一夜，至五更天"。又"传管家众男女

157

们，命仔细访查，一一拷问内外上夜男女人等"，从而查出聚赌之人，其中："大头家三人，小头家八人，聚赌者统共二十多人"。这三个大头家，一个"是林之孝的两姨亲家"，一个是"园内厨房里柳家媳妇之妹"，一个是"迎春之乳母"。贾母极为愤怒，"命将骰子、牌一并烧毁，所有的钱入官，分散与众人；将为首者每人四十大板，撵出，总不许再入；从者每人二十大板，革去三月月钱，拨入圊厕行内。"迎春的乳母作为三个大头家中的一家，当然属于为首者，被打了四十板子，不许再进大观园。乳母受到这样重罚，迎春很是丢脸，"自己也觉没意思"。黛玉、宝钗、探春等人见迎春的乳母如此下场，不免物伤其类，纷纷起身笑向贾母讨情，说："这个妈妈素日原不玩的，不知怎么，也偶然高兴；求看二姐姐面上，饶她这次罢。"然而，贾母却不给这些小姑娘面子，说道："你们不知。大约这些奶妈子们，一个个仗着奶过哥儿姐儿，原比别人有些体面，她们就生事，比别人更可恶，专管挑唆主子，护短偏向。我都是经过的。况且要拿一个作法，恰好果然就遇见了一个。你们别管，我自有道理。"贾母对嬷嬷们的积弊早有认知，现在要抓典型，没有想到却是王嬷嬷，又该怨谁呢？

但是，王嬷嬷的儿媳依旧为婆婆奔波，央求迎春再到贾母那里讨情，且说及了累金凤的事情。累金凤是一种华丽的头饰，原本放在书架上的匣子里，却突然不见了，丫鬟绣橘推断是"老奶奶"，也就是王嬷嬷拿去，"典了银子放头儿的"。王嬷嬷的媳妇接话说："姑娘的金丝凤，原是我们老奶奶老糊涂了，输了几个钱，没得捞梢，所以暂借了去。原说一日半晌就赎的，因总未捞过本来，就迟住了。"为了赌博，王嬷嬷把迎春的累金凤抵押出去，而迎春却性格怯懦，认为是王嬷嬷"拿去暂时借一肩"，以应付急用，"悄悄的拿了出去，不过一时半晌，仍旧悄悄的送来，就完了，谁知她就忘了。"但是，绣橘却难于认同："何曾是忘记！"批评迎春："怎么这样软弱！"这样下去，"将来连姑娘还骗了去呢！"然而，王嬷嬷的儿媳仍然坚持让迎春去贾母那里求情："谁家的妈妈、奶子不仗着主子哥儿、姐儿多得些益，偏咱们就这样'丁是丁，卯是卯'的"！在王嬷嬷的儿媳看来，嬷嬷是应该有些好处的，即便是触犯了条规，也应该宽大处理。

当然是要有些好处的，但要看是谁，比如赖嬷嬷，就得了天大的好处。第四十五回，赖嬷嬷的孙子放外任做官，赖嬷嬷来找凤姐，"请老太太、太太们、奶奶、姑娘们去散一日闷；外头大厅上一台戏，摆几席酒，请老爷们、爷们去增增光"。坐在凤姐房间的炕沿上，赖嬷嬷说了这样一番话：

> 我也喜，主子们也喜。若不是主子们的恩典，我们这喜从何来？昨儿奶奶又打发彩哥儿赏东西，我孙子在门上朝上磕了头了。……我说："哥哥儿，你别说你是官儿了，横行霸道的！你今年活了三十岁，虽然是人家的奴才，一落娘胎胞，主子恩典放你出来，上托着主子的洪福，下托着你老子娘，也是公子哥儿似的读书认字，也是丫头、老婆、奶子捧凤凰似的，长了这么大。你那里知道那'奴才'两字是怎么写的！只知道享福，也不知道你爷爷和你老子受的那苦恼，熬了两三辈子，好容易挣出你这么个东西来。从小儿三灾八难，花的银子也照样打出你这么个银人儿来了。到二十岁上，又蒙主子的恩典，许你捐个前程在身上。你看那正根正苗的忍饥挨饿的，要

多少？你一个奴才秧子，仔细折了福！如今乐了十年，不知怎么弄神弄鬼的，求了主子，又选了出来。州县官儿虽小，事情却大，为那一州的州官，就是那一方的父母。你不安分守己，尽忠报国，孝敬主子，只怕天也不容你！"

　　赖嬷嬷的儿子是赖大，是荣府的总管，孙子是赖尚荣，一出生便赎身出来，脱离奴籍而成为平民，用赖嬷嬷的话说是，蒙"主子恩典放你出来"；二十岁时，"又蒙主子的恩典，许你捐个前程在身上"；三十岁的时候，"求了主子，又选了出来"，到外地做父母官去了。赖嬷嬷虽是奴婢，但是却改变了孙子的命运，从而也改变了自己的命运。现在的赖嬷嬷，用凤姐的表述是："闲了坐个轿子进来，和老太太斗一日牌，说一天话儿，谁好意思的委屈了你。家去一般也是楼房厦厅，谁不敬你，自然也是老封君似的了。"她家花园虽然比不上大观园，却也齐整宽阔，泉石林木，亭台楼阁，也有好几处叫人惊叹骇目的。贾母带了王夫人、薛姨妈、宝玉姐妹等终是到那里盘桓了半日。

　　同样是嬷嬷，王嬷嬷与赖嬷嬷，其命运竟然如此不同。王嬷嬷是打了四十板子，撵出去，永远不得进入；赖嬷嬷却是"老封君似的"，闲时和老太太斗一日牌，谁还把你当奴婢看呢？这就不得不叫人佩服赖嬷嬷的生存能力，如何将奴婢做到与主人分庭抗礼的位置，可惜《红楼梦》没有交代，只是说，在贾政扶了贾母灵柩一路南行时遇到困难，差人到赖嬷嬷的孙子赖尚荣任上借五百两银，却只给了五十两，后来又补了一百两。贾政极为恼火，即命家人立刻送还，叫他不必费心。看到贾政如此态度"赖尚荣心下不安，立刻修书到家，回明他父亲，叫他设法告假，赎出身来"。于是赖家托了贾蔷、贾芸等在王夫人面前乞恩放出。"贾蔷明知不能，过了一日，假说王夫人不依的话，回复了。赖家一面告假，一面差人到赖尚荣任上，叫他告病辞官。"为什么要这样？他知道，主子即便是旧主，也仍然难以得罪。赖嬷嬷，如果她还健在，是什么态度呢？不得而知。王嬷嬷呢，或许会幸灾乐祸？也不得而知。

注 释

①　在第四十五回里凤姐称赖嬷嬷为"大娘"，是晚辈对长辈的称呼。在荣府只有贾政与贾赦的嬷嬷具有这样的身份与辈分。

续说赖嬷嬷

　　我在《赖嬷嬷与王嬷嬷》中谈到赖嬷嬷，谈到她的孙子赖尚荣外放做了州县一级的父母官。凤姐恭维赖嬷嬷是"老封君"，闲时坐个轿子，进府里和贾母聊聊天，没有人敢小看的。凤姐说这话是在第四十五回，因为孙子选了外任，赖家要庆贺三天：头一日，在花园，赖嬷嬷谦虚是"我们家的破花园子"，"摆几席酒，一台戏，请老太太、太太们、奶奶、姑娘们去散一日闷。外头大厅上一台戏，摆几席酒，请老爷们、爷们去增增光；第二日，再请亲友；第三日再把我们两府里的伴儿请一请。"故而赖嬷嬷前来恭请贾府的主子。而之前，第四十三回，赖嬷嬷已经登场，其时贾母要学小家子过生日凑份子钱，王夫人认可这个主意，贾母很高兴，忙遣人去请薛姨妈、邢夫人等：

　　又叫请姑娘们并宝玉，那府里珍儿媳妇并赖大家的等有头脸的管事的媳妇也都叫了来。众丫头、婆子见贾母十分高兴，也都高兴，忙忙的各自分头去请的请，传的传，没顿饭的工夫，老的、少的、上的、下的，乌压压挤了一屋子。只薛姨妈和贾母对坐，邢夫人、王夫人只坐在房门前两张椅子上，宝钗姊妹等五六个人坐在炕上，宝玉坐在贾母怀前，地下满满的站了一地。贾母忙命拿几个小杌子来，给赖大母亲等几个高年有体面的嬷嬷坐了。贾府风俗，年高服侍过父母的家人，比年轻的主子还有体面，所以尤氏、凤姐儿等只管地下站着，那赖大的母亲等三四个老嬷嬷告个罪，都坐在小杌子上了。

"杌子"，是矮小的方凳，"小杌子"，也就是小方凳。赖大的母亲，即赖嬷嬷。赖嬷嬷与三四个老妈妈，都是荣府的家人，也就是仆妇。虽然相对于贾母、邢夫人、王夫人，她们坐的只是小方凳，然而毕竟是坐着，而尤氏与凤姐这些年轻的主子却只能站着。仆人坐着，主子站着，为什么会这样，书中解释"贾府风俗，年高伏侍过父母的家人，比年轻的主子还有体面"，其时的习俗也是如此，贾府的风俗正是时代缩影。金启孮在《金启孮谈北京的满族》中写道，在清代，府邸世家的主仆关系不是简单的压迫与被压迫的阶级关系，原因是："府邸、世家的仆人都是跟了好几代的人，和雇佣的仆人不同。主仆之间的关系，也不同一般人家的主仆关系。相互之间有了一定的感情：仆人有时以主人家为己家 ①一样的爱护；主人对仆人虽有责罚，但总的来说，也还是爱护的。"仆妇根据辈分称呼主人为老太太、太太，或者奶奶、阿哥、格格等，而主人对他们也很尊敬，"从我祖母起都尊称她们为王妈、朱妈等，小主人尤其要尊敬，和她们说话，都要称'您'。"而奶过阿哥与格格的嬷嬷们，尤其有地位，如果哪位阿哥出仕有了官职，或者袭了爵位，

"第一件事就是迎养自己的嬷嬷，已不在府中的，还要把她接回来奉养。"知道了时代背景，对于赖嬷嬷拍老腔，指责贾母溺爱宝玉，就不会感到奇怪了。赖嬷嬷指着宝玉说：

> 不怕你嫌我，如今老爷不过这么管你一管，老太太就护在头里。当日老爷小时，挨你爷爷的打，谁没看见的。老爷小时，何曾象你这么天不怕地不怕的了。还有那边大老爷，虽然淘气，也没象你这扎窝子的样儿，也是天天打。还有东府里你珍哥儿的爷爷，那才是火上浇油的性子，说声恼了，什么儿子，竟是审贼！如今我眼里看着，耳朵里听着，那珍大爷管儿子，倒也象当日老祖宗的规矩，只是着三不着两的。他自己也不管一管自己，这些兄弟侄儿怎么怨得不怕他？你心里明白，喜欢我说，不明白，嘴里不好意思，心里不知怎么骂我呢。

把东府的烂事也夹枪带棒数落了一顿，又问凤姐为什么把周瑞家的儿子轰出贾府？凤姐说，前天她过生日，"里头还没吃酒，那小子先醉了"，"他不说在外头张罗"，"倒坐在那里骂人"，把送来的馒头撒了一地，"打发彩明去说他，他倒骂了彩明一顿。这样无法无天的忘八羔子，不撵了作什么！"赖嬷嬷笑道："我当什么事情，原来为这个。奶奶听我说：他有不是，打他骂他，使他改过，撵了去断乎使不得。他又比不得是咱们家的家生子儿，他现是太太的陪房。奶奶只顾撵了他，太太脸上不好看。依我说，奶奶教导他几板子，以戒下次，仍旧留着才是。不看他娘，也看太太。"凤姐听赖嬷嬷这么说，便说道："既这样，打他四十棍，以后不许他吃酒"，不再坚持把周瑞家的儿子赶出去。在贾母面前，赖嬷嬷也敢说话。当凤姐建议邢夫人与王夫人应该多出份子钱时，贾母认为"这很公道，就是这样"。但赖嬷嬷立即站起来反对，如果按照这样的比例出份子钱，则"儿子媳妇成了陌路人，内侄女儿竟成了个外侄女儿了。"又对贾母说："少奶奶们十二两，我们自然也该矮一等了。"贾母说："这使不得。你们虽该矮一等，我知道你们这几个都是财主，分位虽低，钱却比她们多。你们和她们一例才使得。"贾母的话不错，虽然赖嬷嬷的身份不过是贾府之奴，但是家资富饶，她口中的"破花园子"，虽不及大观园，但亭台楼轩"也有好几处惊人骇目的"，真实地反映了历史一角。

在清代，当然不只是清代，统治者除使用奴仆从事各种杂役外，还利用少量的奴仆充当管家，这些人具有双重身份，在主子面前，他们是奴仆，但是他们又拥有奴仆，从而具有一定权势。苏州织造李煦有汤、钱、瞿、郭四姓奴仆，"皆巨富，在苏置宅，各值万金有余。"李煦是曹寅的亲戚，李煦的奴仆如此，曹寅的奴仆也不会例外。而且主子的权势越大，奴仆的权势也越大，甚至可以脱离主子而独立门户。雍正年间的广东巡抚年希尧曾经写过这样一道奏折，举报他原来的奴仆桑成鼎：

直隶守道桑成鼎，本名孙宏远，小名二小。臣父旧有家人孙七，娶桑姓之妻为妻，二小年仅八岁，随母嫁来，其时跟臣伴读，起名孙宏远。后将家人张厨子之女配伊为妻，生子名留子。……康熙五十年，宏远私捐知县，改名桑成鼎，掣选四川中江县知县。……今成鼎居官守道、监司大僚，又在畿辅重地。

守道是布政使的辅佐官，是布政使衙门派出驻守某一地方的长官，负责监管一府或数府收纳钱粮等事，乾隆十八年（1753）定为正四品。相对桑成鼎，赖嬷嬷的孙子赖尚荣只是州县一级六七品的官员。在清代，家奴应考出仕是十分困难的，如果没有经过主人的同意而"改籍换名""滥竽冒捐"，被查出以后要受到严厉处罚。因此赖嬷嬷要感谢贾府的主子，给了赖家机会，"一落胎"便把她的孙子赖尚荣放了出来，"又蒙主子的恩典，许你捐个前程"，这些话看似平常，但是出自赖嬷嬷之口，却包含人生磨难与深邃的历史内蕴，因此在赖尚荣得罪了贾政以后，赖家的第一反应是请求王夫人放他们出籍，第二反应是让赖尚荣辞官，以避免旧主报复，逃避年希尧式的举报而避祸。这时候，赖嬷嬷大概再不会说"我也喜，主子们也喜"，托"主子的洪福"了罢！

注 释

①《红楼梦》第六十五回，贾琏的仆人兴儿与尤二姐说到李纨时，这样回道："原来奶奶不知道，我们家这位寡妇奶奶，她的诨名叫作'大菩萨'，第一个善德人。我们家的规矩又大，寡妇奶奶们不管事，只宜清净守节。"

　　讨论红楼服饰，有两位人物不能回避。一位是宝玉，一位是史湘云。关于宝玉，我曾于《怡红公子的炫服与辫子》中进行过探讨。这里只说史湘云，她在第四十九回中的服饰问题。

　　在那一回，姊妹们到李纨居住的稻香村聚会，商议第二日去芦雪广赏雪作诗。因为是冰冷的冬日，且大雪纷飞，鹅毛一般地飘落，故而众姊妹都穿了艳丽的避雪之衣。众姊妹不是大红的猩猩毡，便是羽纱缎的斗篷，只有宝钗例外，穿了一件紫色的鹤氅。而宝琴因为家境贫寒，仍然穿了平常旧衣。不一会，史湘云来了。看到湘云，黛玉不禁笑了，指着她对众人说："你们瞧瞧，孙行者来了。她一般的也拿着雪褂子，故意妆出个小骚达子来。"

　　"拿"，在这里指穿的意思。"雪褂子"，是在雪天穿的褂子。"孙行者"，即孙悟空。"达子"，是鞑靼的俗称，本是蒙古的一个部落，后来泛指蒙古。"骚"，指野兽的体臭，"骚达子"，是旧时污蔑蒙古人的称呼。在北京，蒙古人的聚集之地，历史上曾有多处叫骚达子营之类。因为湘云年龄小，故黛玉称其为小骚达子。蒙古人为了御寒而在冬季穿厚重皮衣，而孙悟空是猴子，遍身丛集细软的长毛，而与史湘云此时的衣着近似：

> 一时史湘云来了，穿着贾母与她的一件貂鼠脑袋面子、大毛黑灰鼠里子、里外发烧大褂子；头上戴着一顶挖云鹅黄片金里、大红猩猩毡昭君套，又围着大貂鼠风领。

"里外发烧"，指衣服的里外均有毛，应该是将两件毛皮，皮在里、毛在外缝为一体的效果。史湘云的大褂子，面子是貂鼠脑袋，里子是黑灰鼠的毛皮。貂皮是一种珍贵的毛皮，根据貂的部位，背脊上的毛皮质量最好，谓之貂脊，其余部位，如前腿叫干尖，两耳叫耳绒，额前叫脑门，质量较差，工匠把这些部位的貂皮连缀成衣，叫貂鼠脑袋，这样的貂皮褂子相对用貂脊做的貂皮褂子价钱便宜。"片金"，是一种丝织品。湘云的昭君套，里子是鹅黄色的，面子是大红色的，十分艳丽。"风领"，指一种皮领。简括而言，湘云的打扮以皮衣为主，而且是里外发烧。因此黛玉要同她开玩笑，把她比喻为孙行者与骚达子，对这样的诨号，史湘云并不恼火，反而高兴地认可，笑嘻嘻地向众人展示她里面穿的衣服，炫耀地说道："你们瞧我里头打扮的"，一面说，一面脱了褂子：

> 只见她里头穿着一件半新的靠色三镶领袖秋香色盘金五色绣龙窄裉小袖掩衿银鼠短袄，里面短短的一件水红妆缎狐肷褶子，腰里紧紧束着一条蝴蝶结子长穗五色宫绦，脚下也穿着鹿皮小靴，越显得蜂腰猿臂，鹤势螂形。

"靠色"，淡蓝色。"三镶"，三层镶边。"靠色三镶"，三层淡蓝色的镶边。领口与袖口都镶着三层淡蓝色的边。"秋香色"，黄绿色。窄裉，紧腰身。"小袖"，短袖。"掩衿"，大襟，这是一种满洲人穿的服装，故又称满襟。"褶子"，是一种有大领子的便外衣，长仅及膝。"狐肷"，指狐狸的胸、腹之毛。这里的毛不如脊背之毛耐寒，然而耐磨。"水红妆缎"，淡红的缎面。简之，史湘云的雪褂子里面是，紧身银鼠短袄与淡红缎面的狐狸皮毛的便外衣，短袄穿在便外衣的外面。裙子上系着五种颜色夹杂的腰带。"蜂腰猿臂"，像马蜂一样的细腰，像猿猴一样的长臂；"鹤势螂形"，仙鹤与螳螂，都有一种仰颈挺胸的姿态，这里喻指史湘云胸部丰满耸挺。因为史湘云的打扮紧凑，邓云乡认为是戏剧化刀马旦的装束，而有一种英飒之气。因此众人要笑道："偏她只爱打扮成个小子的样儿，原比她打扮女儿更俏丽了些。"

史湘云的性格活泼好动，喜作男妆。第三十一回，史湘云带着众多的丫鬟、媳妇来到贾府，众人前来迎接，进入贾母的房间以后，说到史湘云的服饰，宝钗对王夫人说："可记得旧年三四月里，她在这里住着，把宝兄弟的袍子穿上，靴子也穿上，额子也勒上，猛一瞧倒像是宝兄弟，就是多两个坠子。她站在椅子背后，哄得老太太只是叫'宝玉，你过来，仔细那上头挂的灯穗子招下灰来迷了眼。'她只是笑，也不过去。后来大家撑不住笑了，老太太才笑了，说'倒扮上男人好看了。'"对此，林黛玉说，这不算什么，"前年正月里接了她来，住了没两日，下起雪来"，见到"老太太一个新新的大红猩猩毡斗篷放在那里"，"眼错不见她就披上了，又大又长，她就拿上条汗巾子拦腰系上，和丫头们后院子仆雪人儿去，一跤栽到沟跟前，弄了一身泥水。"大大咧咧的，仿佛男孩子性格。
而到了第六十三回，宝玉将丫鬟芳官改为男性装束，头皮刮得青青
的，起了个番名，叫"耶律雄奴"。湘云"素习憨戏异常"，知道了
芳官的事，也效仿之，把丫环葵官也打扮成男孩子模样，且将名字
改为"大英"。由于葵官姓韦，便唤她做"韦大英"，暗喻"惟大英
雄能本色"之意。湘云自己也是"束銮带，穿折袖(将袖子挽上一
块)"，"最喜武扮的"。由此，联系史湘云故意妆出一个小骚达子
的模样，便不难看出《红楼梦》的作者通过衣着表现人物性格的意
识与指涉。同时，我们还可以进一步推想，在设计史湘云的服饰
时，是不是有些过分呢？她有必要穿这么多的皮衣吗？当然没有必
要。但，恰恰是这么多没有必要的皮衣，才说明了史湘云的性格，
因此，也就不能说是过分而是恰到好处。

熏
笼
乱
搭
绣
衣
裳

在介绍熏笼之前，先说凤姐，因为这二者有些关联。第十一回，凤姐去东府看望生病的秦可卿，看到凤姐来了，秦可卿就要站起来，凤姐紧走几步，拉住秦可卿的手，"低低的说了许多衷肠的话儿"。过了几日凤姐再去看，见她"脸上身上的肉全瘦干了"。回到家中，见到贾母，告诉秦可卿的病情。贾母道："你看她是怎样？"凤姐回答："暂且无妨，精神还好呢。"贾母听了，"沉吟了半日"，向凤姐说道："你换换衣服，歇歇去罢。"凤姐于是回到家中，平儿"将烘的家常衣服给凤姐儿换了。"凤姐去东府看望秦可卿是外出活动，要穿正装，回到家里自然要换上家常衣服，这是可以理解的。需要解释的是，"烘的家常衣服"，"家常衣服"还要"烘"吗？这就要多费些口舌了。

何为烘？使潮湿的衣物变干燥的过程，叫作烘。这就不禁使人想起一种烘烤衣物的烘炉。烘炉是用金属或者篾片编的，底部中空，顶部浅弧，烘烤衣物时，罩在炉子上面，衣物则搭在烘笼的顶部。这是旧时京华习见的器物，二十世纪六十年代以后，逐渐淡

171

出而难得一见了。平儿给凤姐换上"烘的家常衣服"，便是这个意思吗？也可能是这个意思吧。当然也可能不是，这就涉及另一种器物——熏笼。熏笼类于烘炉，如果罩在香炉之上，则用来熏染衣物，使其沾染香气；如果置于炭火之上，则可以烘烤物品或者用来取暖。这样的熏笼在《红楼梦》里多处出现。

一处是在第五十一回，在那一回，袭人因为母亲病危，向王夫人告假，留下晴雯与麝月伺候宝玉起居。袭人走了以后，晴雯与麝月卸下残妆，换过裙袄，"晴雯只在熏笼上围坐"。麝月让晴雯把"穿衣镜的套子放下来，上头的划子划上"，理由是晴雯的身量比她高。但是，晴雯却不动，笑着对麝月说："人家才坐暖和了，你就来闹。"宝玉听见两人对话，便起身把穿衣镜的套子放下来，对她们说："你们暖和罢"。听宝玉这样说，晴雯笑道，还是暖和不了，还得起来给你拿汤婆子呢。麝月说，宝玉素日不要汤婆子，"咱们那熏笼上暖和，比不得那屋里炕冷"，宝玉不同意两人都在熏笼上，笑着说："你们两个都在那上头睡了。我这外边没个人，我怪怕的，一夜也睡不着。" 二人于是分工，麝月伏侍宝玉，在暖阁外边卧下，"晴雯自在熏笼上"。分析三人对话，宝玉房内的熏笼应该是用来取暖的。那么，宝玉室内的熏笼是什么样子？常见的熏笼有半圆与长方两种，宝玉室内的熏笼应该是后者吧。当然也有别种形态，我就见过一种箱子形态的，顶部隆起宛如把手而便于搬动。

熏笼第二次出现，是在第五十二回，在那一回，宝玉要到惜春房里看画。刚走到院门外边，看见宝琴的小丫鬟小螺走过来，宝玉忙赶上问："哪里去？"小螺笑道："我们二位姑娘都在林姑娘房里呢，我如今也往那里去。"宝玉听了，便改变主意，和小螺去潇湘馆。不但宝琴、宝钗，而且连邢岫烟也在那里，和黛玉"围坐在熏笼上叙家常呢。紫鹃倒坐在暖阁里，临窗作针黹"。看见宝玉都笑说："又来了一个！可没了你的坐处了。"宝玉笑道："好一幅'冬闺集艳图'！可惜我迟来了一步。横竖这屋子比各屋子暖，这椅子坐着并不冷。"说着，便坐在黛玉常坐的搭着灰鼠椅搭的一张椅上。与晴雯一样，宝琴等四人也是围坐在熏笼上取暖。可以坐四个人的熏笼大概不会很小吧。

　　同样是在这一回，晚间的时候，晴雯因为感冒，躺在暖阁里，宝玉睡在晴雯的外侧，"又命将熏笼抬至暖阁前，麝月便在熏笼上睡。"可以让一个丫鬟在上面睡觉，说明宝玉室内熏笼的体量。第二天，晴雯醒了，麝月也披衣起身说："咱们叫他起来，穿好衣服，抬过这火箱子去，再叫她们进来。"火箱子是什么？火箱子便是熏笼，搬动它需要人抬，"红颜未老恩先断，斜倚熏笼坐到明"，白居易的吟哦对象，会这样沉重吗？"凤帐鸳被徒熏，寂寞花锁千门"，将绣有鸳鸯的被子搭在熏笼上，当然也可以将漂亮的衣服搭在熏笼上，从而难免不成为诗境物象。同样是白居易写过一首《石榴树》，前四句是："可怜颜色好阴凉，叶剪红笺花扑霜。伞盖低垂金翡翠，熏笼乱搭绣衣裳。"①赞美石榴花开的时候华滋媚妍，如同搭在熏笼上面的锦衣绣服。这样的描摹，应是怡红院中的日常景象，可惜作者没有涉墨，只能留给我们进行玄想。但是，虽然如此，故事仍在进行，在作者的笔端出现了另一种冬闺风景，这就不是简单的熏笼可以替代的了。

　　还是在第五十二回，在这一回下半，宝玉外出，向贾母辞行，贾母送给宝玉一件雀金裘，"金翠辉煌，碧彩闪灼"，是"俄罗斯国拿孔雀毛拈了线织的"。掌灯时分，宝玉回来，进门就嘻声跺脚。麝月忙问原故，宝玉道："今儿老太太喜喜欢欢的给了这个褂子，谁知不防，后襟子上烧了一块"，麝月瞧时，果见有指顶大的烧眼，说："这不值什么，赶着叫人悄悄的拿出去，叫个能干织补匠人织上就是了。"说着便交与一个婆子送出去。婆子去了半日，仍旧拿回来，说："不但能干织补匠人，就连裁缝、绣匠并做女工的都问了，都不认得这是什么，都不敢揽。"听了这话，宝玉慌了："明儿是正日子，老太太，太太说了，还叫穿这个去呢。"晴雯听了半日，忍不住翻身移过灯来，细看了一会说："这是孔雀金线织的，如今咱们也拿孔雀金线，就像界线似的界密了，只怕还可混得过去。"晴雯一面说，一面坐起来，挽了一挽头发，披了衣裳，只觉头重身轻，满眼金星乱迸，实实撑不住。若不做，又怕宝玉着急，少不得恨命咬牙捱着。补完以后，"又用小牙刷慢慢的剔出绒毛来"。麝月道："这就很好，若不留心，再看不出的。"宝玉忙要了瞧瞧，高兴极了，说："真真一样了。"晴雯咳嗽了几阵，好容易补完了，说了一声："补虽补了，到底不像，我也再不能了！"嗳哟了一声，便身不由主倒下。这时自鸣钟敲了四下，已近凌晨四点。

　　不但是织补匠人，而且"连裁缝、绣匠并做女工的"都不敢接的雀金裘，却被病重的晴雯织补好，雀金裘自然只能织补一次，但只此一次便展示了晴雯性格中的一个侧面，从而具有典型意义，这种一例法的运用，对于塑造人物形象，是应该引起我们注意的。这些话，这些关于文学的话语，自然无关熏笼而离题太远。我们原本是从荣国府当家少奶奶开始，讨论"烘的家常衣服"，却无论如何没有想到以宝二爷的雀金裘结束，冥冥中有什么命运安排吗？有或者没有，对我们这则短文都无意义，因为早已是"渐凋绿鬓""熏笼消歇沉烟冷"，可以搁笔了。

注　释

　　①　一作《石楠树》。《全唐诗》，卷四百三十九，第 4889 页。北京，中华书局，1985 年 1 月。

　　进入腊月，年味渐浓了。贾府也是如此。这一边，王夫人命凤姐治办年事。那一边，贾珍打开宗祠，着人打扫，收拾供器，"又打扫上房，以备悬供遗真影像。"忙乱之间，贾蓉捧着一个黄布口袋进来。贾珍见那黄布口袋上印有"皇恩永锡"四个大字与礼部祠祭司的印记。又写着一行小字："宁国公贾演，荣国公贾源，恩赐永远春祭赏共二份，净折银若干两，某年月日龙禁尉候补侍卫贾蓉当堂领讫"，下面是一个朱笔画押。贾珍于是带着贾蓉来到荣府，回过贾母、王夫人、贾赦与邢夫人，再回到宁府，取出银子，"将口袋向宗祠内大炉内焚了"。之后，拟定请吃年酒的日期单子，去大厅看"小厮们抬围屏、擦抹几案、金银供器"。这时一个小厮手里拿着禀帖，并一篇账目，回说："黑山村的乌庄头来了。"贾珍展开单子，只见上面写着：

　　大鹿三十只，獐子五十只，狍子五十只，暹猪二十个，汤猪二十个，龙猪二十个，野猪二十个，家腊猪二十个，野羊二十个，青羊二十个，家汤羊二十个，家风羊二十个，鲟鳇鱼二个，各色杂鱼二百斤，活鸡，鸭，鹅各二百只，风鸡，鸭，鹅二百只，野鸡，兔子各二百对，熊掌二十对，鹿筋二十斤，海参五十斤，鹿舌五十条，牛舌五十条，蛏干二十斤，榛，松，桃，杏瓤各二口袋，大对虾五十对，干虾二百斤，银霜炭上等选用一千斤，中等二千斤，柴炭三万斤，御田胭脂米二石，碧糯五十斛，白糯五十斛，粉粳五十斛，杂色粱谷各五十斛，下用常米一千石，各色干菜一车，外卖粱谷、牲口各项折银二千五百两。

看过单子，贾珍很不满意，对乌进孝说，"你这老货又来打擂台来了"，这也太少了，"我算定了，你至少也有五千两银子来，这够做什么的？如今你们一共只剩了八九个庄子，今年倒有两处报了旱涝，你又打擂台，真真是又教别过年了。"乌进孝解释，九月里一场碗大的雹子，打伤了庄稼，连人带牲口也打伤了不少，"爷的这地方还算好呢！我兄弟离我那里只一百多里，谁知竟大差了。他现管着那府里八处庄地，比爷这边多着几倍，今年也只这些东西，不过多二三千两银子，也是有饥荒打呢。"

根据乌进孝提供的单子，一部分是大鹿、鸡、鱼、柴炭、胭脂米、碧糯米等实物地租；一类是外卖的粱谷、牲口各项折银两千五百两。大鹿等实物折合多少银两，这里不算，只算那一千石米，乾隆十六至十八年每石米为一两二钱，一千石则约为 1,002 两白银。

分析贾珍与乌进孝的对话，宁府有八九处庄子，每处庄子每年至少有五千两银子，但今年的黑山村却只有两千五百两，让贾珍很不高兴。对此，乌进孝的解释是，相对荣府，宁府已然好多了，让贾珍知足吧！依据贾珍的计算，正常年景，一处庄子不算实物，至少应交 5,000 两银子，八处便是 40,000 两，荣府也应如此，两府相加是 80,000 两。但这只是贾珍的理论，实际则要打折扣。比如，今年，荣府的八处庄子统共也只有 5,000 两上下，难怪凤姐"要偷出老太太的东西去当银子呢"。

除地租外，贾府还有一笔进项，即：男性的岁俸。根据乾隆二十九年（1764）钦定的《大清会典·户部俸饷》[①]："亲王岁支俸银万两，世子六千两。郡王五千两，长子三千两。贝勒二千五百两，贝子一千三百两。镇国公七百两，辅国公五百两。一等镇国将军至奉恩将军，凡十有三等，禄自四百十两，每降一等，减二十五两。宗室云骑尉八十五两。授云骑尉品级者八十两。"又规定"禄米自王公至文武官弁均以俸定数，每俸银一两支米一斛。"以亲王为例子，每年的俸禄是 10,000 两白银和 10,000 斛大米。以此类推，一等镇国将军岁俸是：银 410 两，米 410 斛；二等镇国将军是：银 385 两，米 385 斛；三等镇国将军是：银 360 两，米 360 斛；一等辅国将军兼一云骑尉是：银 335 两，米 335 斛；一等辅国将军是：银 310 两，米 310 斛；二等辅国将军是：银 285 两，米 285 斛；三等辅国将军是：银 260 两，米 260 斛；一等奉国将军兼一云骑尉是：银 235 两，米 235 斛；一等奉国将军是：银 210 两，米 210 斛；二等奉国将军是：银 185 两，米 185 斛；三等奉国将军是：银 160 两，米 160 斛。在红楼人物的谱系里，贾赦是一等将军，贾珍是三品爵威烈将军，他们应该对应哪个系列的将军呢？这当然只能假设。假设他们都属于最高级别的镇国将军系列，则贾赦的岁俸是：410 两白银、

410 斛大米。贾珍是：360 两白银、360 斛大米。在清代，一石等于两斛，如果折合白银，则 410 斛大米折银为 205 两 401 钱，360 斛大米折银为 180 两 360 钱。二者相加而取其整数，贾赦是 615 两，贾珍是 540 两。

那么，贾赦的兄弟贾政，他的岁俸是多少？在贾府被抄家之前，贾政没有爵位，而是在工部任职，先是做主事，后来擢为员外郎，到了第九十三回，当年京察，"工部将贾政保列一等"，而"放了江西粮道"。工部主事是正六品，员外郎是从五品。那么，江西粮道呢？这就牵涉道员的出身。在清代，由京堂（在京之寺、卿）等官补授道员者，为参政衔，秩从三品；由掌印给事中、知府补授者，系副使，秩正四品；由各部郎中、员外郎、主事或同知补授者，系签事，秩正五品。贾政从员外郎外放江西粮道，应该是正五品。六品、从五品、正五品的岁俸禄是多少呢？《大清会典·户部俸饷》规定："在京文职，八旗武职，一品官百八十两，二品百五十五两，三品百三十两，四品百有五两，五品八十两，六品六十两，七品四十五两，八品四十两，均正从同禄。九品三十三两，从九品三十一两，各有奇。未入流与从九品同。笔帖式七品三十三两，八品二十八两，九品二十一两。文职于正俸外加增一倍，曰恩俸。又，一品至九品，月给银五两至一两有差曰公费（每银一两折制钱九百文）。"禄米也是"每俸银一两支米一斛。"据此可知，贾政做工部主事时岁俸是 60 两，恩俸也是 60 两，公费以 2 两计算，60 斛米折银 30 两 60 钱，总计 152 两 60 钱。做员外郎时，岁俸 80 两，恩俸 80 两，公费以 2 两 500 钱计算，80 斛米折银 40 两 80 钱，则为 202 两 580 钱。至于江西粮道，其正俸与京官同，只是恩俸转变为养廉银，姑且以十倍计算则为 800 两，这样贾政任江西粮道期间的岁俸应为 1,002 两 580 钱。但是，贾政在这个位置上，由于属下贪渎而受到牵累很快落职，因此这部分岁俸，可以不计，仍以其任职最久的员外郎岁俸计算，这样贾赦、贾政、贾珍三人的岁俸取其整数，应为 2,157 两；而地租，贾府——宁国府与荣国府，不计算实物地租，只计算上交的银两，正常年景应是 80,000两白银，[②]与贾赦等人俸银相加总计 82,157 两白银，折合人民币 14,890,956.25 元。[③]

贾府的地租与岁俸大抵如此。

注　释

①　乾隆钦定《大清会典》卷十八《户部·俸饷》，第 159 页。长春，吉林出版集团有限责任公司，2005 年 5 月。

②　岁俸占地租的 1.5%。贾府经济的崩盘，在于地租的缺口过大，按照书中叙述，缺口分为这样几种情况。一、不能如数收上地租。第七十五回，王夫人对贾母说："这一二年旱涝不定，田上的米都不能按数交的。"第一○六回，贾府被抄，贾政问起历年居家用度，那管总的家人将近年支用簿子给贾政看，"东省地租，近年所交，不及祖上一半，如今用度比祖上更加十倍"；二、提前支取地租。第一○七回，贾赦与贾珍被流放，贾母问贾政："咱们西府银库，东省土地，你知道到底还剩了多少？他两个起身，也得给他们几千两银子才好。"贾政回说："旧库的银子早已虚空，不但用尽，外头还有亏空"，"东省的土地，早已寅年吃了卯年的租儿了，一时也算不转来"；三、应付眼前难处而变卖土地。第一○六回，贾赦、贾珍、贾蓉在锦衣府使用，账房内实在无款可支，贾琏无计可施"只得暗暗差人下屯，将地亩暂卖了数千金，作为监中使费。"第一○七回，"家人们见贾政忠厚，凤姐抱病不能理家，贾琏的亏缺一日重似一日，

难免典房卖地。"凡此种种，地租的来源越来越少，而开支越来越大，享福的人又不思变革，这样的经济如何不垮？

③ 2013 年 3 月 10 日和讯白银 K 线，每克白银的买入价是人民币 5.79 元，卖出价是 5.81 元，折中为 5.8 元，以此为准进行兑换，旧制一两折合 31.25 克。

除夕祭宗祠

除夕祭祖是一年之中的大事，贾府也是如此，为了把这一活动客观真切地表现出来，《红楼梦》中特意安排宝琴作为旁观者而进到宗祠里面观看。因为是第一次进去，宝琴格外留神，仔细打量："原来宁府西边另有一个院子，黑油栅栏内五间大门，上面悬一匾，写着是'贾氏宗祠'四个字，旁书'衍圣公孔继宗书'。""衍圣公"是对孔子的后世封号，自宋仁宗至和二年（1055）始称。在程、高本中，此处为："特进爵太傅前翰林掌院事王希献书"。当是为回避"衍圣公"，避免"厚诬至圣先师"的罪名而更易。

宗祠，在宫廷与王府内称庙。宫廷称太庙，王府称家庙。[①]在清朝，王府以下只能称祠堂。金寄水在《王府生活实录》中回忆，他们家，也就是睿亲王府中的家庙在三门以东："是一处三重院落"，有前殿、后殿与后罩房。前、后殿供奉神主，后罩房存贮祭器。贾府是公府，因此祠堂不能称庙，由于是供奉着宁国公与荣国公兄弟二人，故谓宗祠，取同宗祠堂之意。相对睿亲王府家庙，贾府宗祠只有一座正殿，在宝琴眼中，或者说，在宝琴的描述中，这是座五开间的大殿，前面有三间抱厦，抱厦前面是月台，月台前面是白石甬路。月台上摆着鼎、彝一类青绿古铜的祭器，甬路两侧是苍松翠柏。抱厦的前上方悬挂一面九龙金匾，写着"星辉辅弼"，乃先皇御笔。正殿的前面也高悬一匾，匾的形状是闹龙填青匾，写道"慎终追远"，旁边还有一副对联，俱是当今御笔。在金寄水笔下睿亲王府里的家庙，那里面也有两方匾，前殿是乾隆御笔"祭如在"，后殿是"骏烈清芬"，为庆亲王永璘所书。两相对照，贾府宗祠，虽然只有一座正殿，但是在匾额的数量上并不少于亲王府，而且均出于御笔，这又是睿亲王家庙所不可比的了。

在宝琴的谛视中，贾府宗祠即将展开祭祀，因此宗祠里边已然"香烛辉煌，锦帐绣幕，虽列着些神主，却看不真切"。为什么看不真切，因为宝琴作为外人不可以进入殿内，只能够在外面观看，所以看不清神主了。按照睿亲王府家庙的规制，供奉神主的处所，均是一间一龛，前殿与后殿共有十个龛位，"其龛高与梁齐，如果不是上有毗庐帽，下有须弥座，简直就是一间大套间。其中有几案，有方桌，有隔扇，有幔帐，甚为宽敞。案上设有填青闹龙，满汉文合璧格式的神主牌位。"[2]填青闹龙，是指牌位的形状，底色为蓝，边缘雕龙，龙的姿态采取张牙舞爪、相互对立之势，因此称闹龙。贾氏宗祠里的牌位是否也是这样呢？在龛位上，如果也是一间一龛，自然应该供奉五个神主以及他们的夫人，宁国公、荣国公、宁国公的儿子贾代化、荣国公的儿子贾代善，只有四个神主，那么，另一个是谁呢？或者是宁、荣二公的父亲，或者是虚位以待，没有交代，只能留给我们推测悬想了。

虽然神主看不真切，但贾府的祭祀仪式，宝琴却看得格外分明："只见贾府人分昭穆排班立定。"我国古代的宗法制度规定，神主的排列顺序是始祖居中，二世、四世、六世、八世……居左，称昭；三世、五世、七世，九世……居右，称穆。祭祀时，参与祭祀的人员也根据这个原则排队、分工，也就是分昭穆。宁国公是长房，贾敬是长房之孙，因此由他主祭，而贾赦只能陪祭："贾珍献爵，贾琏、贾琮献帛，宝玉捧香，贾昌、贾菱展拜毯，守焚池。青衣乐奏，三献爵，兴拜毕，焚帛奠酒，礼毕乐止，退出。"给祖先献酒、献帛、焚香、叩拜，凡三次，最后把写有歌颂祖先的帛放在燎炉里烧掉，把献给祖先的酒洒在奠池里，便结束了祭祀活动。

奇怪的是祭祀活动并不是贾母主持，也没有一位女性参加，比如王夫人、凤姐、尤氏这些贾府里的风云人物。为什么是这样？宝琴没有解释。但是接下来贾母出场了："众人围随着贾母，至正堂上。影前锦幔高挂，彩屏张护，香烛辉煌。上面正中悬着宁、荣二祖遗像，皆是披蟒腰玉，两旁还有几轴列祖遗像。"在这之前，宁国府便打开了宗祠，打扫卫生，收拾祭器，"又打扫上房，以备悬供遗真影像"，也就是祖宗的画像，这些画像的尺寸，通常是长约五尺，宽约二尺，大多为坐像，工笔重彩，如同真人一般大小，如果是官员自然要穿上官服，犹如"披蟒腰玉"的宁、荣二祖。在这里，贾母带领女眷为祖先传菜上供。这也是有礼仪的，以正堂的门槛为界，以内是女性，以外是男性。贾敬与贾赦站在门槛外面，由此列队，直到贾蓉与贾芷站在内仪门里面，外面便是贾府的奴仆了，所谓"众家人小厮皆在仪门之外"。男性中，只有贾蓉因为是"长房长孙"，故而可以进入正堂，"随女眷在槛内"。他的作用是在男女之间进行中转："每贾敬捧菜至，传与贾蓉，贾蓉便传与他妻子，又传与凤姐、尤氏诸人，直传至供桌前，方传与王夫人。王夫人传与贾母，贾母方捧放在桌上。邢夫人在供桌之西，东向立，同贾母供放。"直到"菜饭汤点酒茶"传送完了，"贾蓉方退出，下阶归入贾芹阶位之首。"这时再次祭拜：

当时凡从"文"旁之名者，贾敬为首；下则从"玉"者，贾珍为首；再下从草头者，贾蓉为首。左昭右穆，男东女西，俟贾母拈香下拜，众人方一齐跪下。

　　五间正厅，内外廊檐，阶上阶下，无一隙地，鸦雀无声之中只听得起跪衣履之响。"一时礼毕，贾敬、贾赦等便忙退出，至荣府专候与贾母行礼。"而宝琴的观察虽然到此结束，却依然没有解释贾母何以未进祠堂，她不是贾府长者，祭祀之后众人还要给她行礼吗？原因在于她是女性，在祭祀时，"男先女后"，是封建时代不可以颠覆的原则。有的家族，祭祀时将影像悬于宗祠，而在贾府，悬挂在大堂，因此贾母在这里就可以祭祀祖先，自然不会再进入宗祠了。而且，祭祖之前，按照传统礼仪，先要祭祀神佛，之后，才祭祀祖先，相对于神佛，祖先虽然是自己的亲人，但已经进入鬼的行列，祭祀时讲究"神先鬼后"，这也是原则，不能破坏。《红楼梦》把这个略掉了。为了迎接祖先回家，这一天还要打开大门，在宁府是："从大门、仪门、大厅、暖阁、内廷、内三门、内仪门并内塞门，[3]直到正堂，一路正门大开"，把中路上所有正门统统打开，由于逝去的亲人只能在夜色浓重之时回家，要给他们指明方向，因此甬路两侧还要点燃朱红色的"大高照灯"，如同"两条金龙一般",既隆重又炽烈,折射出中国传统文化的一个侧面,慎终追远,以孝为先,传达出后人对祖先的尊重与思慕。同时也就可以理解,为什么贾府的遗真影像不是悬于宗祠,而是正厅——这里曾经是先人聚宴欢歌之处,贾母率领后人在这里为他们传菜上供不是更为恰当、恳挚吗?

注　释

①　乾隆《钦定大清会典》,卷五十"礼部·祠祭清吏司·家祭",第449 页:"凡王公家祭之礼,亲王、郡王于正寝之东,度地立庙五间,通为堂,左右各一间,隔以墙为夹室。堂檐南三纳陛,阶各七级。东西庑各三间。东藏遗衣冠,西藏祭器、乐器。庭缭以垣。南为中门,又南为庙门,左右各设侧门。燎炉一在中门内。东庑南刲牲所在中门外,西向。贝勒、贝子、公立庙三间,通为堂,左右夹室各一间,阶五级,余同。堂中楣北设五室,以藏神主。"长春,吉林出版集团有限责任公司,2005 年 5 月。按:《红楼梦》中的宁国公与荣国公俱为一等公,如果是在清朝,其祠堂只能是三间,书中说是"五间",自然不合礼制。然而《红楼梦》并未指明是写清朝之事,因此也就可以忽略不计。

②　《王府生活实录》,第 67 页。金寄水　周沙尘著。北京,中国青年出版社,1988 年 10 月。

③　塞门,即屏门。其称见《论语·八佾》,"邦君树塞门"。《论语译注》,第 31 页。杨伯峻译注,北京,中华书局,1981 年 11 月。这里所叙述的"仪门"、"内仪门"、"内三门"与"内塞门"应理解为是类于滚墩石插柱子的小品式建筑,其作用是礼仪性的,只是将中轴线上的空间细分出来而已。

十五将至，看过《红楼梦》的读者难免想到荣国府，回想那里的人物是如何度过这个节日的。如果把那些人物在那一晚的活动检索一番，或许会产生一些复杂的情绪。

且说这一天，依据书中的写法是，"至十五日之夕，贾母便在大花厅上命摆几席酒，定一班小戏，满挂各色花灯，带领荣、宁二府各子侄、孙男、孙媳等家宴。"但是，这个家宴，并不团圆，而有三个人物缺席：一是贾政，被皇帝钦点了学差，在外地巡视未回；二是贾敬，宁府的长男，贾母的侄子；三是贾赦，荣府的长男，贾母的大儿子。贾敬因为好道，素不茹酒，即便是节下这几日在家，"亦是静室默处，一概无听无闻"。而贾赦领了贾母的礼物后，便告辞而回到自己的住处，与众门客赏灯吃酒，"自然是笙歌聒耳，锦绣盈眸，其取便快乐，另与这边不同。"

而这一边，上首两席是李婶与薛姨妈。东边是贾母，宝玉、黛玉、湘云与宝琴陪侍。下面是邢夫人与王夫人。再下是尤氏、李纨、凤姐与贾蓉的妻子。西边是宝钗、李纹、李琦、岫烟和迎春姊妹。这是坐在大花厅内的女主人。男主人则坐在大花厅的廊子下面，以贾珍为首，其下是：贾琏、贾环、贾琮、贾蓉、贾芹、贾芸、贾菱、贾菖等，总计二十九人。贾母的坐席与众不同，不是椅而是一只矮足榻，上面放着靠背、引枕与皮褥子。榻上放着一个洋漆描金小几，"设着茶吊、茶碗、漱盂、洋巾之类"。榻下摆着一张高几，陈设缨络、花瓶、香炉等物。又设一张精致的高桌，"设着酒杯匙箸"。"每一馔一果来，先捧与贾母看了，喜则留在小桌上，尝一尝，仍撤了"，放在宝玉等四人席上。

　　大花厅里摆着一架名贵的十六扇的屏风，"嵌着大红纱透绣花卉并草字诗词的缨络"。两边的大梁上，挂着一对联三聚五玻璃芙蓉彩穗灯。同时将窗格、门户全部摘下来，悬挂彩穗各种宫灯。在廊檐内外及两边游廊罩棚里，则"将羊角、玻璃、戳纱、料丝、或绣、或画、或堆、或抠、或捐、或纸诸灯挂满"。为了看戏清爽，在每人的席位前还竖立"一柄漆干倒垂荷叶，叶上有烛信，插着彩烛"。荷叶是"錾珐琅的，活信可以扭转，如今皆将荷叶扭转向外，将灯影逼住，全向外照，看戏分外真切"。贾母歪在榻上与众人说笑，又取眼镜向戏台上看，与李婶、薛姨妈笑道："恕我老了骨头疼放肆，容我歪着相陪罢。"又命丫头琥珀拿着美人拳捶腿。而这时正唱《西楼》之中的《楼会》，搬演于叔夜和妓女穆肃微的故事。二人相会之际，书童文豹上来传说于父之命，让他去"赴社"。于叔夜赌气去了。扮演文豹的演员虽然只是个孩子，却在台上现场发科诨道："你赌气去了，恰好今日正月十五，荣国府中老祖宗家宴，待我骑了这马，赶进去讨些果子吃，是要紧的。"听了这话，贾母等人都笑了。薛姨妈问这孩子几岁了，凤姐说"才九岁"。贾母笑道："难为他说得巧。"便说了一个"赏"字。"早有三个媳妇已经手下预备下小簸箩，听见一个'赏'字，走上去，向桌上的散钱堆内，每人便撮了一簸箩"，向戏台上说道："老祖宗、姨太太、亲家太太赏文豹买果子吃的！"说着向台上一撒，贾珍与贾琏也忙命小厮们撒钱，只听"豁啷啷"满台的钱响。贾珍与贾琏又进到花厅内，给李婶、薛姨妈斟酒。二人忙起身笑道："二位爷请坐着罢了，何必多礼。"于是除邢、王二妇人，"满席都离了席，俱垂手旁侍。"贾珍与贾琏来到贾母榻前，由于榻矮，二人便屈膝跪下："贾珍在先捧杯，贾琏在后捧壶。虽只二人奉酒，那贾环弟兄等，却也是排班按序，一溜随着他二人进来，见他二人跪下，也都一溜跪下。宝玉也忙跪下了。"喝过酒，继续唱戏，"一时上汤后，又接献元宵来。"

这一晚，看戏、赏灯、家宴、吃元宵，最后是放烟火，将荣国府渲染得炽烈、多彩。但是，这样的夜晚与这样的氛围，只属于贾府的主子而与奴婢无关。看戏的时候，正在热闹之际，宝玉离开席面向外走。贾母问他去哪儿？宝玉回答，只出去就来。贾母嘱咐婆子与丫鬟跟着。但是没有见到袭人，只有麝月、秋纹并几个小丫头随着。贾母感到奇怪，问道："袭人怎么不见？她如今也有些拿大了，单支使小女孩子出来。"王夫人忙起身，笑回道："她妈前日没了，因有热孝，不便前头来。"贾母听了点头，又笑道："跟主子，却讲不起这孝与不孝。若是她还跟我，难道这会子也不在这里不成？皆因我们太宽了，有人使，不查这些，竟成了例了。"儒家讲究孝道，在父母亡故以后，不能为之守孝，是违背封建道德的。而贾母却在这里毫无忌惮地宣讲"跟主子，却讲不起这孝与不孝。"这里面有什么道理？这是因为，在封建社会，奴婢，无论是经过官府认定的红契，还是未经过官府私下买来的白契奴婢，都没有独立人格,对主人而言,奴婢只是会说话的工具而已。他们的生老婚配,俱由主子做主,在主子面前,主子大于父母,奴婢没有任何尊严与亲情可言。看到贾母不高兴,凤姐忙过来,笑回道:今儿晚上袭人即便没孝,那院子里也须得她看着,灯烛花炮最是耽险的。"若她再来了,众人又不经心,(宝兄弟)散了回去,铺盖也是冷的,茶水也不齐备,各色都不便宜,所以我叫她不用来,只看屋子。散了又齐备,我们这里也不耽心,又可以全她的礼,岂不三处有益。"听了凤姐这番话,贾母认为有理,便叹口气说,袭人也很不容易,正好鸳鸯的母亲也死了,也没有能够守孝,"如今叫她俩个一处做伴儿去"。又命"将些果子、菜馔、点心之类与她两个吃去。"琥珀笑道:"还等这回子呢,她早就去了。"

在怡红院,相对大花厅,这里十分清冷,只有几个值班的婆子东倒西歪打瞌睡。袭人与鸳鸯在宝玉的房间里聊天。说到双方新近过世的亲人,鸳鸯叹了口气说,可知天下之事难以预定,论理,袭人一人在贾府,父母在外头,而且每年都东去西来的,没有一定的规律,很难为他们送终,"偏生今年就死在这里,你倒出去送了终。"这是很难得的。袭人认可鸳鸯的话,认为说得有道理,能够为父母送终,"太太又赏了四十两银子,这倒也算养我一场,我也不敢妄想了"。同样是人,但有的是主子,有的是奴婢,即便是得宠的奴婢,即便是正月十五,即便是热闹的元宵之夜,即便是父母新丧不久,还是在百日之内的热孝,为了主子的利益,也不可以尽人子之道,主子认为应该是这样,奴婢也认为是天经地义的事情,而这就是当时制度的准则,《红楼梦》无非潜移默化地体现了这一准则而已。

正月十五,在这一天的夜宴之际,荣国府的主子与荣国府的奴婢便是在如此不同的情景之下度过的。

见到这个题目，自然要想到王子腾，同时也要想到贾雨村，想到贾雨村眼底的那张护官符。第四回，按照门子的说法，大凡是做地方官的，都有一个私单，上面写着本地"有权有势、极富极贵的大乡绅名姓"，如果不知道这些人，不小心触犯了，"不但官爵，只怕连性命还保不成呢！"这张私单叫作"护官符"。

贾雨村做官的地方是应天府，也就是金陵，今天的南京，贾雨村所见的护官符是这样四句话：

> 贾不假，白玉为堂金做马。
>
> 阿房宫，三百里，住不下金陵一个史。
>
> 东海缺少白玉床，龙王请来金陵王。
>
> 丰年好大雪，珍珠如土金如铁。

贾、史、王、薛，四大家族，是金陵的大族名宦。其中，贾家是"宁国、荣国二公之后"；史家是"保龄侯尚书令史公之后"；

王家是：“都太尉统制县伯王公之后”；薛家是：“紫微舍人薛公之后”。宁国公与荣国公，我们曾经著文说明，这里只简要说说另外三家始祖官爵的含义。先说“保龄侯尚书令史公”。侯，是爵位，爵位之上还要加以美名，比如清乾隆时期平定天山南北的兆惠，被封为一等公，在一等公的前面还有“武谋毅勇”四个美名，保龄侯前面的“保龄”二字，也是这个意思。与侯不同，尚书令是官职，秦汉之时主管章奏文书，魏晋以后升格为尚书台的主官了。尚书台亦称尚书省，是国家最高行政机构，南宋以后将这个机构撤掉，主官自然也就不存在了。如同侯，伯也是爵位，北周时期设置的爵位分国、郡、县三个系列。县是最低级的系列。县伯，之上有县王、县公、县侯，其下有县子和县男。金承安二年（1197），将县伯改为郡伯，食邑七百户。与县伯不同，太尉与统制均是官职。太尉，初设于秦，西汉沿置，是国家的最高武官，与丞相、御史大夫并为三公。东汉初期复与司徒、司空并为三公。入晋以后，又与太宰、太傅、太保、司徒、司空、大司马和大将军并列为八公。北宋政和二年（1112）废三公，以太尉为武臣之首，后来往往作为高级武官与领兵文臣的尊称。统制，是偏裨之职，都统制则为诸军之长。都，有大的意思，都太尉统制可以理解为高级武官，这就带有虚拟性质了。相对于此，舍人则是真实存在，亦称中书舍人，周时便设有这个职位，执掌宫中财政。唐时曾称西台舍人、凤阁舍人、紫微舍人，执掌昭告、侍从、宣旨劳问等事项。薛家的紫微舍人便是由此而来，因为舍人曾经在周朝执掌皇室财政，因此在这里便与“现领内府帑银行商”联系起来，从而与薛家的身份相合，薛家是为皇帝做生意的，也就是皇商吧。

总之，以上三家，始祖的爵位与官职大都具有历史的真实性，但也有的，比如都太尉统制，并无其职，则是在真实基础上进行的虚拟，犹如王子腾本人的官职一样。第四回，薛蟠准备进京，在介绍薛蟠的时候，有这样几句话："寡母王氏，乃现任京营节度使王子腾之妹，与荣国府贾政的夫人王氏，是一母所生的姊妹。"这就是说，薛蟠的母亲薛姨妈是王子腾的妹妹，而王子腾是薛蟠的舅舅。这个舅舅在京师做官，做的官依然是武职，是京营节度使。这是什么样的武职？我们不妨分析一下。首先，京营，顾名思义是驻扎在京师的部队。明代有"京军三大营，一曰五军，一曰三千，一曰神机。"而节度使，则是始见于唐代的官职。唐代初年，在重要地区设置都督总领数州军事，在边境之地授以旌节，故称节度使，宋以后则成为虚衔。由此可见，京营节度使不过是作者虚拟的官职罢了。那么，这种虚拟，在历史上有无根据呢？也还是可以寻找到一些依据的。根据《明史·职官一》记载，便有"协理京营戎政"之职，掌管"京营操练之事"，在曹雪芹笔下，王子腾的京营节度使或者脱胎于此。这当然是一种虚拟职务。然而，还不仅于此，还是说那薛蟠："那日，已将入都时，却又闻得母舅王子腾升了九省统制，奉旨出都查边。"听到这个消息，薛蟠暗喜："我正愁进京去有个嫡亲的母舅管辖着，不能任意挥霍挥霍，偏如今又升出去了，可知天从人愿。"薛蟠担心进京受到舅舅的约束，因此听说王子腾升了九省统制，心里很高兴。那么，九省统制是一个什么样的官职呢？这也是一个虚拟之职。先说九省，我疑心是从明代的九边演化而来。《明史·兵三》记载："元人北归，屡谋兴复。永乐迁都北平，三面近塞。正统以后，敌患日多。故终明之世，边防甚重。东起鸭绿，西抵嘉峪，绵亘万里，分地守御。"为此"设辽东、宣府、大同、延绥四镇，继设宁夏、甘肃、蓟州三镇，而太原总兵治偏头、三边治府驻固原，亦称二镇，是为九边。"①既然升为边地的武官，王子腾自然要外出查边，从而使得"薛蟠暗喜"了。

但是，与王子腾有关的故事还没有结束，或者说，王子腾的官职还要继续虚拟下去。第五十三回，这年腊月，王子腾再次升官，一起高升的还有贾雨村："王子腾升了九省都检点，贾雨村补授了大司马，协理军机，参赞朝政"。大司马，是兵部尚书的别称，是军事机关的最高长官，因此要"协理军机，参赞朝政"，而王子腾的九省都检点，根据前文的九省统制，应该是更高级别的武职了。都检点也做都点检，五代后期曾经设有殿前都点检一职，是禁军和出征各军的最高长官，宋太祖赵匡胤曾经担任这个职务，后来凭借这个职务废掉了后周的小皇帝，而自己做了开国之君，因为这个缘故，有宋一代，再未设置。因此，王子腾的九省都检点，也是曹雪芹的虚拟，是一种拼图式的官职。然而，虽是如此，却仍然不妨碍探春作为夸耀的资本。

两回以后，第五十五回，赵姨娘的兄弟赵国基亡故，吴新登的媳妇请示李纨与探春给多少赏银。她藐视李纨老实，探春是个年轻姑娘，故意不说旧例，"试她二人有何主见"。探春便问李纨。李纨说："前儿袭人的妈死了，听见说赏银四十两"，也赏四十两罢了。探春却不同意，认为二十两也就够了。赵姨娘听说以后吵上门来，质问探春："如今你舅舅死了，你多给了二三十两银子，难道太太就不依你？"探春没听完，早已经气得脸白气噎，一面哭一面问道："谁是我舅舅？我舅舅年下才升了九省检点，哪里又跑出一个舅舅来？"探春与贾环是赵姨娘所生，从血缘上讲，赵姨娘的兄弟赵国基，当然是舅舅。但是赵国基身份卑微，因此探春不认，用她的话说："环儿出去，为什么赵国基又站起来，又跟他上学？为什么不拿出舅舅的款来？"在大观园里，探春的话自然是对的，但是换位思考，如果赵国基做了九省都检点，在赵姨娘——亲生母亲面前，探春又该如何说呢？

注　释

① 《明史》，卷九十一，第 2235 页。〔清〕张廷玉等撰。北京，中华书局，1974 年 4 月。

探春的「毒舌」

写下这个题目，内心不免有些忐忑，这样的说法是否过分，探春，那样美丽的小姐，怎么会与"毒舌"相连？这就需要做一番简略求索，从探春的生母，与赵姨娘有关的两件事情说起。

第一件，《红楼梦》第五十五回，年事刚过，凤姐因为小产不能理事，王夫人于是委托李纨与探春裁处荣府日常事务。在大观园门口南边有三间小花厅，二人便在这里"起坐"办事。这一日，刚吃茶时，只见吴新登的媳妇走进来，对探春与李纨说："赵姨娘的兄弟赵国基昨日死了。昨日回过太太，太太说知道了。叫回姑娘、奶奶来。"她有意不说往昔是如何处理的，而想看李纨与探春的笑话。李纨道："前日袭人的妈死了，听见说赏银四十两，这也赏她四十两罢了。"探春却不依，让吴新登的媳妇去把以往的旧账拿来："两个家里的赏过皆是二十两，两个外头的皆赏过四十两。外还有两个外头的，一个赏过一百两，一个赏过六十两。这两笔底下皆有缘故：一个是隔省迁父母之枢，外赏六十两；一个现买葬地，外赏二十两。"探春看过说，依照两个"家里的"例子，"给她二十两银子"。

过了一会，赵姨娘走来，对探春说："这屋里的人都踩下我的头去还罢了。姑娘你也想一想，该替我出气才是。"一面说，一面滚下泪来。探春道："姨娘这话说谁？我竟不解。谁踩姨娘的头？说出来，我替姨娘出气。"赵姨娘道："姑娘现踩我，我告诉谁去？"又道："我这屋里熬油似的熬了这么大年纪，又有你和你兄弟，这会子连袭人都不如了，我还有什么脸？连你也没脸面，别说是我了。"袭人的母亲亡故以后，王夫人赏了四十两银子，袭人不过是宝玉的丫鬟，而赵国基是赵姨娘的兄弟，却只给二十两，银子少了一半，赵姨娘当然不满意，指责探春刻薄尖酸，不拉扯自己人："如今你舅舅死了，你多给了二三十两银子，难道太太就不依你？"还没有长羽毛，"就忘了根本，只拣高枝儿飞去了！"探春还没听完，已气得"脸白气噎"，一面哭一面质问赵姨娘：

谁是我舅舅？我舅舅年下才升了九省检点，哪里又跑出一个舅舅来？我倒素习按理尊敬，越发敬出这些亲戚来了。既这么说，环儿出去，为什么赵国基又站起来，又跟他上学？为什么不拿出舅舅的款来？何苦来，谁不知我是姨娘养的！必要过两三个月寻出由头来，彻底翻腾一阵，生怕人不知道。

探春与贾环都是赵姨娘所生，赵姨娘当然是探春的母亲；赵国基是赵姨娘的兄弟，当然是探春的舅舅。但是，在探春的口中，本应称为母亲的却叫姨娘，本应称舅舅的，却矢口否认。这样的言语岂非"毒舌"？而这些言语恰恰出于探春之口，这里面有什么道理，其背后又有什么样的理念支持呢？

这就涉及宗法制度中的嫡与庶、嫡出与庶出的问题。简单地说，举凡明媒正娶被花轿抬进来的是嫡，而未经媒妁作证、花轿进门的便是庶。王夫人是嫡，是正室夫人；赵姨娘是被主人收房的丫鬟，因此是庶。在清代，凡是用花轿抬来的新娘子，新婚的第一个月内，在旗头两侧，要各系一绺红线穗子。而收房的丫鬟，则只能在旗头挂单红线穗子。同样，嫡出与庶出的子女，在身份上也有高低之别，庶出的子女不能称自己的生母为母亲，而是把正室夫人称母亲。探春把自己的生母赵姨娘称为"姨娘"，便是这个道理。

从宗法制度上讲，探春与贾环是主子，而她们的母亲赵姨娘则处于奴婢与主子之间，只是半个主子而已。赵姨娘的娘家人则彻底是奴才。因此，探春不认赵国基是自己的舅舅便是这个道理。历史的真实情况也是如此。溥杰在《回忆醇亲王府的生活》中写道，他的嫡祖母是叶赫那拉氏，是慈禧的妹妹。庶祖母刘佳氏，是溥杰的亲生祖母。嫡祖母的儿子死了以后，刘佳氏所生的儿子——载沣虽然当上了第二代醇亲王，但也不能"母以子贵"而改变刘佳氏娘家人的奴才身份。他们不可以在节庆的时候与刘佳氏公开往来，只能悄悄地来府探望，每当回事太监向祖母报告娘家人来了，"不用说我的父母，就连我们在当时的这些小孩子，也要在我们祖母的'你们玩去罢'的命令下，离开祖母的居室而远远避开。这并不是我祖母要对她的娘家人说什么秘密的话，而是在嫡、庶二字的作怪下，形成这种不合人情、道理的奇怪现象的。"理由很简单，那就是"祖母固然是我们的亲生祖母"，然而她的家人，则仍"是王府的'奴才'"，"奴才"和"主人"是不能分庭抗礼的。[①]

五回以后，第六十回，贾环来到怡红院问候宝玉。正巧蕊官托春燕给芳官送来擦春癣的蔷薇硝，宝玉看见了，问芳官手里捧的是什么，芳官忙递给宝玉看。贾环听了，伸头瞧了一瞧，闻得一股清香，便弯腰向靴筒内掏出一张纸来，笑说："好哥哥，给我一半儿！"芳官由于蔷薇硝是藕官所赠，不肯给别人，连忙拦住，回到住处寻找自己经常使的，却找不到，麝月让她拿些别样的，"他们哪里看得出来？"芳官便将一包茉莉粉送给贾环。贾环不知底里，很高兴，来找丫鬟彩云说："你常说蔷薇硝擦癣，比外头的银硝强，你且看看，可是这个？"彩云打开一看，讥笑贾环是乡老儿，"这不是硝，是茉莉粉。"赵姨娘听了大怒，冲进怡红院，将茉莉粉照芳官脸上撒来。曾经与芳官一个戏班的藕官、蕊官、葵官、豆官听说芳官被欺负了，都跑入怡红院，手撕头撞，把赵姨娘罩住，"蕊官、豆官两个一边一个，抱住左右手；葵官、豆官前后头顶住。"芳官则直挺挺躺在地上，哭得死过去。事情闹到探春那里，探春叹口气对赵姨娘说："这是什么大事，姨娘也太肯动气了！我正有一句话要请姨娘商议，怪道丫头说不知在哪里，原来在这里生气呢，快同我来。"说过这话，让赵姨娘跟她去议事的小花厅，在小花厅里，探春道：

> 那些小丫头子们原是些玩意儿，喜欢呢，和她说说笑笑，不喜欢，便可以不理她。便她不好了，也如同猫儿狗儿抓咬了一下子，可恕就恕，不恕时，也只该叫了管家媳妇们去，说给她去责罚，何苦自己不尊重，大呼小喝，失去了体统！

把丫头喻为"猫儿狗儿"，视为可以随便亵弄的玩物，高兴逗逗，不高兴就责罚，这样的言语难道不是"毒舌"？然而，这些"毒舌"却真实地反映了历史内涵。《大清会典事例》记载，凡"家生奴仆，印契所买奴仆，并雍正五年以前白契所买及投靠养育年久、或婢女招配生有子息者，俱系家奴，世世子孙，永远服役，婚配俱由家主"，处于社会最低下的等级，如有事犯，俱按律例处理，将主子与奴婢之间享有不同的权利和义务，加以法权化而固定下来。探春的"毒舌"，探春申斥与告诫赵姨娘的种种言语，正是时代写真，而不仅如同兴儿所说的那样，"玫瑰花又红又香，无人不爱的，只是有刺戳手"，哪里有这样的可爱、单纯而简单！

注 释

① 《晚清宫廷生活见闻》，第 250 页，溥杰:《回忆醇亲王府的生活》。中国人民政治协商会议全国委员会文史资料研究委员会编。北京，文史资料出版社，1982 年 9 月。

贾府的丧事开销

　　讨论贾府的丧事开销，要从秦可卿说起。因为她是红楼中的第一个亡者，而且死得其时，贾府的架子那时还在，故而丧仪风光。当然，风光背后的花费也大。对于贾珍，秦氏的病故，让他异常伤心而"哭得泪人一般"。他的父亲贾敬在城外玄真观修炼，"听说长孙媳妇死了"，却不以为意，而由着贾珍的性子办理。贾珍见贾敬不管，便"恣意奢华。看板时，几副杉木板皆不中用"。可巧，薛蟠前来吊问，见贾珍要寻好板，便说："我们木店里有一副，叫作什么樯木，出在潢海铁网山上"，用这样的板做棺材，可以万年不坏，"还是当年先父带来，原系忠义亲王老千岁要的，因他坏了事，就不曾拿去。现今还封在店里"。贾珍听了喜之不禁，即命人抬至宁府。众人围过来看时，只见"帮底皆厚八寸，文若槟榔，味若檀麝，以手扣之，玎当如金玉。"贾政认为这样的板材不适宜秦氏，说："此物恐非常人可享者，殓以上等杉木也就是了。"然而，此时的贾珍恨不得代秦氏之死，哪里肯听贾政的劝告？那么，这副板卖多少钱呢？薛蟠说："拿一千两银子来，只怕也没处买去。什么价不价，赏他们几两工钱就是了。"

然而，贾珍仍不满意，他认为他的儿子，秦可卿的丈夫贾蓉，身份低，"不过是个黉门监，灵幡经榜上写时不好看，便是执事也不多，因此心下甚不自在。"恰好这日是首七第四日，大明宫的掌宫内相戴权坐了大轿，打伞鸣锣，亲来上祭。贾珍趁便和戴权说要给"贾蓉捐个前程"。戴权一口应允："如今三百员龙禁尉短了两员"，"昨儿襄阳侯的兄弟老三来求我，现拿了一千五百两银子，送到我家里。"既然贾蓉要捐，照此办理就是了。一千五百两银子捐了个什么前程呢？按照书中叙述，是一个五品级别的御前侍卫，全称是"防护内廷紫金道御前侍卫龙禁尉"。这样，秦氏的丧仪，便提升了等级，"灵前供用执事等物，俱按五品职列。"级别提升了，排场大了，费用自然也相应提升。至少，请僧道与杠伕的人数，他们的人工费用，是要增加的吧！可惜书中没有说明，只讲述了板材与捐前程的开支，余者需要我们寻找另案分析。

好在红楼人物续有死亡，可以为我们的讨论进一步提供案例。第六十四回，贾敬"宾天"了，贾珍与贾蓉不免"稽颡泣血"，把贾敬的灵柩从城外请进城，这一天，"丧仪炫耀，宾客如云"，夹道而观者何啻数万人。

一日，有小管家俞禄来回贾珍道："前者所用棚杠孝布并请杠人青衣，共使银一千两，除给银五百外，仍欠五百两。昨日两处买卖人俱来催讨，奴才特来讨爷的示下。"贾珍道："你向库上去领就是了，这又何必来回我。"俞禄道："昨日已曾向库上领，但只是老爷宾天以后，各处支领甚多，所剩还要预备百日道场及寺中用度，此时竟不能发给。所以奴才今日特来回爷，或者爷内库里暂且发给，或者挪借何项，吩咐了奴才好办。"贾珍笑道："你还当是先呢，有银子放着不使。你无论哪里暂且借来给他罢。"俞禄笑回道："若说一二百，奴才还可以巴结，这四五百两，奴才一时哪里办得来！"

此时的宁国府已非往昔，资金周转不灵了。但是却透泄出一个信息，便是"所用棚杠孝布并请杠人青衣"等花销，是白银一千两。贾珍只支出了一半，另外的五百两还没有着落，买卖人便前来讨债了。什么是"棚杠孝布并请杠人青衣"？棚，是丧棚；杠，是抬运灵柩的工具；孝布，指孝服与帷幔之类；杠人，指杠伕；青衣，指执行仪式者，诸如打幡和吹鼓手。这些人，杠伕、执事、吹鼓手之类，衣服的底色是深绿的，因此叫青衣。但是，倘出大殡，用两班杠伕，为了区别，则一班穿深绿，另一班穿深蓝。如果是三班，便再添上青色的驾衣。这些排场，秦可卿也是少不了的，因此大概也要花费千八百两。如果以千计，与前两项合在一起，便是三千五百两了。当然还没完，因为还有道场——僧人、道士为秦氏做法事，这些活动要多少开支呢？不得而知。我们假设，这些活动的开支是棚杠孝布青衣等人的两倍，那便是两千两。全部四项相加则是五千五百两，再加上办丧事时的招待，姑且以五百两计，则是六千两。当然还会有零星开销，也以五百两计，则是六千五百两。如果减去秦氏的樯木板材与为贾蓉捐前程的两千五百两，则是四千两。第五十五回，凤姐与平儿计算贾母的后事时，说了这样一句话："老太太的事出来，一应都是全了的，不过零星杂项，便费也满破三五千两，如今简省些，陆续也就够了。"按照习俗，贾母上了年岁的人是应该存有棺木的，不用临时张罗，而且也不需要子女们再捐什么前程，因此这两项都可免去，凤姐估计的"三五千两"与秦氏的开销，基本吻合。但是，凤姐的算计是在贾府没有抄家之前，而贾母西归恰恰在抄家之后，"虽说僧经道忏，上祭挂帐，络绎不绝，终是银钱吝啬，谁肯踊跃，不过草草了事"而不及秦氏体面。

这自然是可以理解的。同样可以理解的是，身份不同，即使同样是主子，在丧仪上，或者说，在丧仪的开支上也相差甚远，比如，尤二姐，吞金自逝以后，贾琏向凤姐要银子"治办棺椁丧礼"，凤姐只给他二三十两，"你要就拿去"，家里近来艰难，"你还做梦呢！"平儿忙将二百两一包的碎银子偷出来，交给贾琏。"至晚间，果抬了一副好板进来，价银五百两赊着"。现银与欠银三项是七百余两，与秦氏的六千五百两自然不在一个水平线上，但是相对贾府的奴婢们还是排场，因为按照贾府的规矩，至少我们所知荣府的规矩是，家生儿亡故了赏银二十两，非家生儿四十两，相对尤二姐，不过是后者的几十分之一而已。当然，这只是笼统地讲，具体到奴婢，还要根据主人的态度而定，比如晴雯死后，王夫人只"赏了十两烧埋银子"。又命："即刻送到外头焚化了罢，女儿痨死的，断不可留！"他哥嫂听了这话，一面得银，一面就雇了人来入殓，抬往城外化人场去了。同样是丫鬟，金钏儿是五十两。为什么？因为王夫人痛恶晴雯，认为她是勾引宝玉的狐狸精，对于金钏儿王夫人则感到内疚，故而多给了几两银子以求内心平静。鸳鸯因为殉主，而"在老太太项内赏了她嫂子一百两银子，还说等闲了将鸳鸯所有的东西都赏给他们"。她嫂子磕了头出去，反喜欢说："真真的我们姑娘是个有志气的，有造化的，又得了好名声，又得了好发送。"旁边一个婆子说道："罢呀，嫂子！这会子你把一个活姑娘卖了一百两银子便这么喜欢了，那时候儿给了大老爷，你还不知得多少银钱呢，你该更得意了。"一句话戳了她嫂子的心，便红脸走开了。王夫人听了这样的话，该做何种想法？邢夫人听了这样的话呢？这当然不是一百两银子可以算清，封建制度之所以消亡，其覆灭的必然性，从这里是可以解析出若干道理的。

察院的官司

　　《红楼梦》中的凤姐是位泼辣而阴毒的人物。泼辣不须说了，这里只说她的阴毒。第六十七回，知道了贾琏私娶尤二姐之后，凤姐大发脾气，连午饭也不去吃。贾母打发丫鬟玛瑙来问，凤姐支应道："不过有些头疼，并没有别的病"，把玛瑙打发走了，"自己一个人将前事从头至尾细细的盘算多时"，想出了个"'一计害三贤'的狠主意来"。

　　凤姐先是将二姐诳骗进大观园，请求李纨"收养几日"。之后，让家人旺儿找到二姐原先许配的男人张华，"着他写一张状子，……就告琏二爷国孝家孝之中，背旨瞒亲，依财仗势，强逼退亲，停妻再娶"。但是，张华却不敢造次。凤姐便让旺儿转告张华：你细细地说给他，"不过是借他一闹，大家没脸。"又对旺儿说："他若告了你，你就和他对词去。"旺儿于是命张华添上自己，把他也加为被告，是他挑唆贾琏娶了尤二姐。商议好了，二人写下状纸，到"都察院处喊了冤"，"察院坐堂看状，见是告贾琏的事，上面有家人旺儿一名，只得遣人去贾府传旺儿来对词。"衙役们不敢擅入贾府，只是让人传信，却不料旺儿早在街上等候，迎上去笑道："惊动众位，兄弟的事犯了。说不得，快来套上罢。"于是来至堂前跪了：

> 察院命将状子与他看。旺儿故意看了一遍，碰头说道："这事小的尽知，小的主人实有此事。但这张华素与小的有仇，故意攀扯小的在内。其中还有别人，求老爷再问。"张华碰头说："虽还有人，小的不敢告他，所以只告他下人。"旺儿故意急得说："糊涂东西，还不快说出来！这是朝廷公堂之上，凭是主子，也要说出来。"张华便说出贾蓉来。察院听了无法，只得去传贾蓉。

熟知北京历史的人都知道，在明清两朝，北京称顺天府，下辖两县，以今之地安门外大街为界，其西是宛平县，其东是大兴县，依据属地管理原则，诉讼一类的官司应该到这样的衙门，怎么会到了都察院呢？这就有必要做些简略解释。

明清时期，都察院是三法司之一，负责监察、弹劾官吏，参与审理重大案件，分摄五城察院与五城兵马司。当时的北京划为东、西、南、北、中五城。因此，都察院下面的巡城御史衙门，称五城察院或五城御史衙门，简称五城。今之北京西城尚有察院胡同，应是其时西城察院的所在地。五城又分设五城兵马司，兵马司的最高长官是指挥，副长官是副指挥，由五城御史督率管理。凡人命案件，由指挥相验；盗窃案件由副指挥、吏目察看现场和审解；词讼案件，则由指挥上报巡城御史审断。因此，名义上，北京的治安虽由中央机关与地方政府共同负责，但实际的管辖权仅属于五城察院与五城兵马司，地方政府并无权过问。明白了这些机构的管辖范围，也就明白了张华为什么要到都察院告状，因为，顺天府下的宛平、大兴两县没有这样的权限，从不受理这样的案件。①

那么，张华到哪个察院投送状纸呢？是都察院，还是五城察院？当然是五城察院，至于是西城、东城，或者其他三城，《红楼梦》没有说明，我们自然难以硬性指派。而只能说凤姐，凤姐把张华支使到察院以后，又将"王信唤来，告诉他此事，命他托察院只虚张声势，警唬而已，又拿了三百银子与他去打点"。晚间，王信到了察院私第，安了银子。那察院深知原委，"收了赃银"。次日回堂，翻了脸，痛斥"张华无赖，因拖了贾府银两，诳捏虚词，诬赖良人。都察院又素与王子腾相好，王信也只到家说了一声，况是贾府之事，巴不得了事，便也不提此事，且都收下，只传贾蓉对词"。

有了这样铺垫，凤姐便到宁府哭闹。而宁府这边已经知道张华告状。贾蓉慌忙告诉贾珍，贾珍即刻封了二百银子，着人去打点察院，同时又命家人对词。商议之间，人报："西府二奶奶来了。"贾珍听了这个倒吃了一惊，忙要同贾蓉藏躲，不想凤姐已进来了，说："好大哥哥，带着兄弟干得好事！"贾珍笑道："好生伺候你婶娘"，便把贾蓉丢在那里，自己惶急叫下人备马躲往别处去了。凤姐于是对尤氏撒泼，道："纵然我出去见官，也丢的是你贾家的脸，少不得偷着把太太的五百两银子去打点。如今把我的人还锁在那里。"说了又哭，哭了又骂，又要寻死撞头，"把尤氏揉搓成一个面团，衣服上全是眼泪鼻涕"，两手搬着尤氏的脸，紧对相问道："你发昏了？你的嘴里难道有茄子塞着？"说着，又啐了几口。又骂贾蓉是："天雷劈脑子、五鬼分尸的没良心的种子！"哭骂着，扬手便打。贾蓉磕头有声，说自己是"一时吃了屎"，说着自己举手，左右开弓，自己打了一顿嘴巴子，又自己问自己说："以后可再顾三不顾四的混管闲事了？以后还单听叔叔的话，不听婶婶的话了？"在凤姐面前，尤氏与贾蓉没有办法，一齐告饶，都说道："婶婶方才说用了五百两银子，少不得我娘俩儿打点五百两银子与婶婶送过去，好补上。"当然，也是有条件的，在老太太、太太们跟前，"还要周全方便，别提这些话方好。"

凤姐表面答应，暗地仍然挑唆张华，只要二姐做妻子。然而，贾蓉亦派人与察院说情，察院便"说张华无赖，以穷讹诈，状子也不收，打了一顿赶出来"。凤姐又派庆儿教唆张华只要二姐。察院于是批道："张华所欠贾宅之银，令其限内按数交还；其所定之亲，仍令其有力时娶回。"又把张华的父亲传来，当堂批准。"他父亲亦系庆儿说明，乐得人财两进，便去贾府领人。"凤姐如此这般告诉了贾母，贾母把尤氏叫来说了一顿，让凤姐处理。

这样，按照"一计害三贤"的"狠主意"，凤姐的前两个目的都已经达到，此时只要张华把二姐领回去，便是功德圆满。但是贾蓉也不是好惹的，他"深知凤姐之意，若要使张华领回，成何体统！便回了贾珍，暗暗遣人"警告张华不要把事情做绝："岂不怕爷们一怒，寻出个由头，你死无葬身之地。"劝告他："你有了银子，回家去，什么好人寻不出来。你若走时，还赏你些路费。"张华父子商议"这倒是好主意"，前后大约也得了一百两银子，不走还等什么呢？第二天，"起个五更，回原籍去了。"贾蓉打听得真了，便来回了贾母和凤姐，说："张华父子妄告不实，惧罪逃走，官府已知此情，也不追究，大事完毕。"什么官府呢？当然是察院，在贾府面前，察院不过是随人摆布的棋子，而事情发展到这个地步，凤姐虽然心有不甘，也只有筹划新的"狠主意"了。

注 释

① 在明代做过宛平县令的沈榜曾经发过这样的牢骚："今之宛平城内总小甲悉属五城兵马司，近城地方三四十里犹籍隶厂卫，县官曾不得一轻拘摄，县门之外，率尔我而主宾焉。"见《宛署杂记》第二卷，第 16 页。北京，北京古籍出版社，1980 年 11 月。

浴佛日与结寿缘

农历四月初八是佛诞日。

这一天，迦毗罗卫国降生了一个太子。传说，这位小太子刚一降生就会走路，向东走七步，向西走七步，向南向北也各走七步，右手指天，左手指地，预示他将舍身出家，普度众生。这时，美丽的天女在他的头顶飞翔，撒下瑰丽的花朵为其祝福，璀璨的金龙在他的身边盘绕喷水为其洗浴。后世佛门根据这一传说，在四月初八给太子形貌的佛像盥洗，谓之浴佛，这一天便称浴佛节。

浴佛节在我国最早见于《后汉书·陶谦传》。由于《三国演义》的缘故，陶谦这个人物为我们所熟稔，为了抵抗曹操的残暴，他曾经三让徐州，然而真实的历史是他并无此举，却被动地与浴佛多少有些关联。使其与浴佛发生关联的是笮融，据《后汉书》记载：笮融是陶谦的同乡，因为有乡谊，陶谦对笮融很信任，让他督运广陵、下邳、彭城的粮食。然而，没有想到的是，笮融却把这三郡的资财都扣留下来营造佛寺："上累金盘，下为重楼，又堂阁周回，可容三千许人。"又给贴金的佛像穿上锦绣，"每浴佛，辄多设饮

211

饭，布席于路，其有就食及观者且万余人。"吃饭与观看的差不多有一万多人，可见场面浩大。曹操攻打陶谦时，笮融逃离徐州，南奔豫章，后为扬州刺史刘繇所破，"走入山中，为人所杀。"①

到了宋代，浴佛的场面更为奢华神奇。据《醉翁谈录》所载，东京汴梁大相国寺的浴佛场面最为独特也最具吸引力，甫见曙色，"合都士庶妇女"便骈集到这里，僧人"环列既定"，端出一个"广四尺余"的金盘，放在佛殿前面。同时支起一顶紫色的帐幔，帐幔十分华丽，用金线织出龙凤与花木形状。"良久，吹螺击鼓，灯烛相应，罗列香花"，迎请一尊金色的太子佛像，"高二尺许，置于金盘中"，"众僧举扬佛事，其声震地"，"士女瞻敬，以祈恩福。"这时叫人惊异的事情出现了，金色的佛太子突然活动起来，在金盘里"周行七步"，观者为之愕然。过了一会，僧人揭开紫色的帐幔，露出九条饰以金宝的龙，水从金龙的嘴里喷进金盘，"须臾，盘盈水止"。这时，有品德的高僧举起一只长柄勺子，从盘里舀水，给佛太子沐浴。"浴佛既毕"，瞻礼的人群纷纷向僧人请求浴佛之水，这样的水据说可以治疗眼疾与其他疾病。②而浴佛之水的确不是普通之水而是放进了各种香料，放进都梁香的为"青色水"，放进郁金香的为"赤色水"，放进邱隆香的为"白色水"，放进附子香的为"黄色水"，放进安息香的为"黑色水"，种种不一，各有做法而已。

这一天，还有行像与舍缘豆法事。行像，是把沐浴过的太子佛放在白象上，在街上巡游供信徒瞻仰。舍缘豆，是僧人把煮熟的豆子施舍众人，这个活动仅为北京的寺庙独有，相传始于京西的万寿寺。在浴佛日之前，僧人们开始拣豆子，每拣一粒豆，便宜一声佛号："南无阿弥陀佛"，在佛诞日这一天把豆子煮熟施与众人。被与者，每食一粒亦宣一声佛号，从而与佛结缘。在民间，一些信佛之人亦在四月初八，把煮好的豆子放在盆里，于门前巷口赠送行人，每人一二瓷勺。赠送之时必祝："结缘"，而受豆之人必答："有缘"。普通百姓是这样，王公贵族也是如此，金寄水在《王府生活实录》中谈到睿亲王府的情形是："在浴佛节的前夕，就要备齐青豆、黄豆、香椿、咸葫萝卜等原料，然后将豆子洗净，葫萝卜切成小丁，香椿切成细段，加花椒、盐渗和烧煮，至初八日清晨煮毕。趁缘豆尚有余温之际，先供佛"，这是结佛缘；之后把豆子放在一个大笸箩里，由两名太监抬出府外"施舍"，"舍毕归来，登堂回话，照例要说：'回太福晋话，万众结缘了'，才算交差。"[③]这时的结缘不是结佛缘，而是结人缘，与红尘之中的万众结缘，求得福分。

舍缘豆的做法，在《红楼梦》中演化为结寿缘。第七十一回，讲述贾母"八旬之庆"。因为是八十岁的寿庆，所以场面很大，从"七月二十八日起，至八月二十五日止，荣、宁两处，齐开宴筵。"宁国府招待男宾，荣国府招待女客，上至皇亲王公，下至长官诰命，林林总总，紧张忙乱不堪。但是忙中有闲，又请了两个姑子去贾母那里拣佛豆，这时凤姐来到贾母房中，因为与邢夫人怄气，凤姐的眼睛哭肿了。鸳鸯笑道："别是受了谁的气不成？"凤姐道："谁给我的气受了？便受了气，今天是老太太好日子，我也不敢哭的。"听了这话，贾母让她和尤氏在这里吃晚饭，又说："你两个在这里帮着两个师傅，替我拣佛豆儿，你们也积积寿。""前儿你姊妹们和宝玉都拣了，如今叫你们拣拣，别说我偏心。"说话时，"先摆上一桌素的来，两个姑子吃了；然后才摆上荤的，贾母吃毕，抬出外间。"尤氏、凤姐吃毕，"洗了手，点上香，捧过一升豆子来。

两个姑子先念了佛偈，然后一个一个拣在笸箩内，每拣一个念一声佛。"洗手、点香、念佛偈，之后才是拣豆，拣一粒豆，念一声佛，念什么呢？自然是"南无阿弥陀佛"了。这些豆子做什么用呢？"明日煮熟了，令人在十字街结寿缘。"如何结寿缘，《红楼梦》没有交代，根据上面的做法推演，应该与舍缘豆不会有大区别。当是贾府的仆人站在十字街，舍豆之时，大概会说，给老祖宗的八十寿庆："结缘"，受豆的人答曰："有缘"吧。舍完了缘豆，还要向贾母报告："回老祖宗的话，与万众结缘了"罢。中国人讲究缘分，与佛结缘叫佛缘，与人结缘叫人缘，自己做寿，通过舍缘豆的形式而求得别人的祝福，便是结寿缘了。然而，话虽如此，在贾府那样的地方，即使在贾母寿日，人与人之间"乌眼鸡似的"，也未必都有缘分，就是在这一天，因为凤姐昨晚捆了邢夫人陪房费婆子的亲家，邢夫人很是愤怒，当着众人说了这样的话：

我听见昨儿晚上二奶奶生气，打发周管家的娘子捆了两个老婆子，可也不知犯了什么罪。论理，我不该讨情，我想老太太的好日子，发狠的还舍钱舍米，周贫济老，咱家先倒折磨起老人家来了。不看我的脸，权且看老太太，竟放了她们罢。

邢夫人的话软中带硬，夹枪带棒，凤姐听了这话，当着许多人，又羞又气，"一时抓寻不着头脑，憋得脸紫胀"，她做这事原本是维护尤氏，因为这两个老婆子对尤氏不敬，不料尤氏并不领情反认为她"太多事"，而王夫人也认为邢夫人说的是，喝命放了这两个老婆子，理由是"老太太的千秋要紧"。在贾母的寿日，本当喜气洋洋，却发生了这样诡异的婆媳斗法，这就难免使人叹嗟，缘分这东西，何则可以通过一粒小小的豆子，在十字街与陌生人挽结，却难以在同一个屋檐之下相通相连而相煎何急，这是为什么呢？

注　释

①　《后汉书》，卷一百三，第 1448 页。汉语大词典出版社，2004 年 1 月。

②　《新编醉翁谈录》，卷四，第 14 页。〔宋〕金盈之撰　周小薇校点。辽宁教育出版社，1998 年 12 月。

③　《王府生活实录》，第 116 页。金寄水　周沙尘著。北京，中国青年出版社，1988 年 10 月。

贾母拜月

中秋是我国传统节日。贾府里面的人物如何欢度这个节日，或者说，在彩云初散、皓魄当空的时候，这些人物做了哪些事情，说了什么话，吃了哪些食品，是一个值得讨论的话题。

我们先从宁府谈起。第七十五回，贾珍准备过中秋，但又夹杂顾虑，原因是父亲贾敬新丧，不好过节，想了想让侍妾佩凤告诉妻子尤氏说："咱们是孝家，明儿十五过不得节，今儿晚上倒好，可以大家应个景儿，吃些瓜果酒饼。"提前一天在会芳园丛绿堂中摆下酒席，然而这一晚过得并不高兴，将近三更时分，正"添衣饮茶、换盏更酌之际，忽听得那边墙下有人长叹之声。"大家不禁"悚然疑畏"。贾珍厉声叱咤，喝问："谁在哪里？"连问数声，没有人回答。尤氏解释肯定是墙外奴仆家里有人叹气。贾珍哪里相信，斥责尤氏胡说，"这墙四面皆无下人的房子，况且那边又紧靠着祠堂，焉得有人！"一语未了，只听得一阵风声飘过墙外，恍惚之中"闻得祠堂内隔扇开阖之声"。贾珍等人只觉得"风气森森""毛发倒竖"。贾珍的酒惊醒了大半，虽然比别人"撑持得住些”，但心内也十分疑惧，勉强坐了一会，匆匆散了酒席，回房安歇去了。

第二天，贾珍起来，带领子侄打开祠堂“行朔望之礼”。朔，是初一；望，是十五，这两天都要举行祭祖的仪礼。贾府当然也是这样，而且中秋祭祖，当会更为隆重。祭祖的时候，贾珍仔细查看祠堂，并没有什么怪异之处，认为是酒后自怪，也就作罢了。晚饭后，贾珍夫妻来到荣府看望贾母，贾母感谢他派人送来的月饼和西瓜，称赞月饼好，西瓜看着好，"打开却也罢了"。贾珍笑道，月饼是新来厨子做的，这个厨子专做点心，试试果然做得好，才敢做了孝敬；西瓜呢，往年都还可以，不知今年怎么就不好了。贾政代其解释"大约今年雨水太勤之故"。听了他们的话，贾母笑道："此时月已上了，咱们且去上香。"说着便扶着宝玉带领众人来到大观园里的嘉荫堂。

北京旧俗，中秋要从十三过到十五。贾珍因为是孝家，不好在正日过而提前一天，是符合礼仪的。而在十五这一天，则有供月、拜月、赏月和吃月饼的习俗。清人富察敦崇的《燕京岁时记》述载："京师之曰八月节者，即中秋也。每届中秋，府第朱门皆以月饼果品相馈赠。"[1]贾珍派人把月饼和西瓜送给贾母便体现了这一风气。在这一晚间，人们要在庭院西侧，朝向东方置一矮桌——当然也可以是八仙桌，作为供桌，在供桌后面树立木架，悬挂月亮马儿，有的还把一只大月饼插在月牙形状的木托上作神主。在供品的外侧设有香炉、蜡扦和花瓶。香炉里焚香；蜡扦上插红烛，下压敬神的钱粮、黄纸、元宝、千张之类；花瓶一只插鸡冠花，象征广寒宫里的树景；一只则插带叶子的毛豆枝，作为献给玉兔的供品。供品之中，西瓜是绝对不能少的，而且要把西瓜参差切之，切成莲花瓣的形状。贾珍送贾母的礼品除了月饼之外，还有西瓜，就是这个道理。至于月饼，一般购自外面，贵族府第也往往如此，宁府自制则是十分奢华了。作为神主的月饼，分大小两种，大者直径一尺以上，厚二寸；小者直径五六寸，厚一寸。在月饼的正面用模子印上广寒宫、桂树和一只捣药的大兔子——号称长耳定光仙。而月光马儿——也叫月宫稿，是旧时供月的神像。有了这些元素，便可以供月了。晚明之际的北京已然如此，竟陵派的刘侗和于奕正在其合著的《帝京景物略》中，便这样记述：

　　八月十五日祭月，其祭果饼必圆，分瓜必牙错瓣刻之，如莲华。纸肆市月光纸，缋满月像，跌坐莲花者，月光遍照菩萨也。华下月轮桂殿，有兔杵而人立，捣药臼中。②

　　月光马儿有红、黄、白三种颜色，其中一种，即《帝京景物略》中所云跌坐莲花的月光遍照菩萨，这是佛教形式的，刻印在黄纸上；再一种作道教中太阴星君的形状，刻印在白纸上；还有一种，在红纸上刻印关帝与财神。这三种月光马儿虽然用途是一样的，但仍有细微之别。前两种用于住户，后一种用于商家，当然也有不挂月光马儿而望空对月设供的。贾府大概就是这样，只是"陈献着瓜饼及各色果品"而已。瓜是西瓜，饼是月饼，果品呢？没有交代，想来不外是北地所产的葡萄、苹果、枣儿、鸭儿梨、青柿、石榴、桃子之类。有无大月饼呢？也没有交代，应该会有吧。溥杰回忆醇王府当年过中秋，在月亮初升之际，于祖母的院子里"西方向东摆一架木屏风"，上面"挂有鸡冠花、毛豆枝、鲜藕之类，说是供月兔之用。屏风前摆一个八仙桌，桌上供有一个十几斤重的大月饼"，由"祖母起"，众人"依次向月饼烧香叩头"，不如贾府风雅远矣。在贾府，是在嘉荫堂前的月台上，"铺着拜毯锦褥"，"贾母盥手上香，拜毕，于是大家皆拜过。"在中国传统文化中，月亮属阴，因此谚云："男不拜月，女不祭灶"，但也不是绝对，即如贾府与醇王府的做法，由女性家长先拜，之后依次拜。拜过之后再由女性家长把大月饼切开，分给家人，一人一块，过一个团圆节。贾府是否也这样做呢？

之后就是赏月了。贾母说赏月山上最好，于是来到凸碧山庄，一边赏月，一边击鼓传花，"若花到谁手中，饮酒一杯，罚说笑话一个。"传到贾政，贾政说："一家子一个人，最怕老婆的。"大家因为"从不曾见贾政说过笑话"，听他这么一说不免都笑起来。贾政说这个人在朋友家喝醉了酒，次日回到家中，老婆正在洗脚，对他不依不饶，说："既是这样，你替我舔舔就饶你。"那男人只得给他舔，恶心要吐。他老婆恼了，说："你这样轻狂！"吓得那男人连忙跪下求饶："并不是奶奶的脚脏，只因昨晚吃多了黄酒，又吃了几块月饼馅子，所以今日有些作酸呢。"贾政是个不苟言笑的人，为了讨贾母的欢心而不得不讲了这么个酸腐故事。故事讲完了再次击鼓，传到贾赦手里，讲了一个偏心的故事。再传，传至宝玉与贾环手中，二人没有讲笑事而分别作了一首诗，贾政看了贾环的诗说他与宝玉可见是弟兄了，"发言吐气，总属邪派，将来都是不由规矩准绳，一起下流货。"贾赦却不这样看，而且对贾环的诗大加赞赏，说是不失侯门之风，"以后就这么作去，将来这世袭的前程，定跑不了你袭呢。"听了这话，贾政忙说："不过他胡诌如此，哪里就论到后事了。"贾环这个人物猥琐荒疏，一向为贾政所不喜，他作了什么诗，书中虽然一字未提，却折射出贾赦的态度。联想中秋前一天贾珍的表现与再早的行为——以较射为名而招人赌博，他与贾赦是《红楼梦》中多被讽喻的人物，再想到贾政讲述的故事，在原本以女性为主导的节日里，却反而描写了贾府三位男性，是十分怪谲婆娑的。

注　释

① 《燕京岁时记》，第 77 页。〔清〕富察敦崇著。北京，北京古籍出版社，1980 年 10 月。

② 《帝京景物略》，第 69 页。〔明〕刘侗　于奕正著。北京，北京古籍出版社，1981 年 8 月。

③ 《晚清宫廷生活见闻》，第 269 页，溥杰：《回忆醇亲王府的生活》。中国人民政治协商会议全国委员会文史资料研究委员会编。北京，文史资料出版社，1982 年 9 月。

谁是副小姐

黛玉从扬州来到京城，带了两个仆人。一个是王嬷嬷，一个是雪雁。王嬷嬷是黛玉的乳娘，雪雁是一个十岁的丫头。贾母看这两个仆人，雪雁甚小而王嬷嬷又极老，恐怕黛玉使用起来不方便，"便将自己身边的一个二等丫头，名唤鹦哥者与了黛玉"。这个丫头后来改名紫鹃，是一个我们熟悉的人物。"除自幼乳母外"，贾母还按照迎、探、惜三春的例子，安排了"四个教引嬷嬷"、"贴身掌管钗钏盥洗两个丫鬟"、"五六个洒扫房屋来往役使的小丫头"。当晚，"王嬷嬷与鹦哥陪侍黛玉在碧纱橱内。宝玉之乳母李嬷嬷，并大丫鬟名唤袭人者，陪侍在外面大床上。"分析起来，在贾府，丫鬟是有等级的，有大丫鬟，如宝玉身边的袭人。二等丫鬟，如贾母身边的鹦哥，分配给黛玉后是否升格为大丫鬟了呢？再次，就是小丫鬟了。根据上面引文，大丫鬟为主人的起居服务，如鹦哥陪侍黛玉在碧纱橱内，袭人陪侍宝玉在外面大床上；二等丫鬟负责钗钏盥洗，如果是男主人，则相对简单；三等丫鬟则承担主人房间的洒扫与来往役使。等级不同，身份也不同，虽然同为丫鬟，但地位是不一样

221

的。在黛玉身边，如此算来，就有乳母王嬷嬷、四个教引嬷嬷和七八个丫鬟了。七八个丫鬟中，是否包括雪雁与鹦哥呢？如果包括在内，围绕黛玉周围的则应有十四五人。

但是，在黛玉的舅妈王夫人看来，十几个嬷嬷与丫鬟，并不算多。第七十四回，王夫人与凤姐商议，如何处理绣有春意的荷包时，凤姐向王夫人建议，不如趁此机会裁撤一些年纪大和"咬牙难缠"的丫鬟，"拿个错儿撵出去，配了人。一则保得住没有别的事，二则也可省些用度。"王夫人认为凤姐说的不错，然而又叹口气，说道：

> 你说得何尝不是，但从公细想，你这几个姊妹，也甚可怜了。也不用远比，只说你如今林妹妹的母亲，未出阁时，是何等的娇生惯养，是何等的金尊玉贵，那才像个千金小姐的体统。如今这几个姊妹，不过比人家的丫头略强些罢了。通共每人只有两三个丫头还像个人样，余者纵有四五个小丫头，竟是庙里的小鬼，如今还要裁革了下去，不但我心不忍，只怕老太太未必就依。

按照王夫人的说法，黛玉的母亲未出阁时才像个千金小姐的体统。究竟是怎样的体统，王夫人没有说明。她要叹息的是，现在伺候几个姊妹的丫头，只有两三个还像个人样，剩下的即便有四五个，不过是庙里的小鬼而已。两三个像人样的丫头与四五个小鬼一样的小丫头，伺候贾府里的一个小姐，很是委屈了。

上面分析，在贾府，丫鬟分为三个等级。等级不同负责的事情也不一样，等级愈高，与主人的关系愈亲密，而低等级丫鬟是不可以做高等级丫鬟工作的。一天，宝玉从北静王府回来，恰好丫鬟们都外出了，而宝玉"偏生要吃茶"，一连叫了两三声，才有几个老嬷嬷进来。宝玉见了她们，连忙摇手，让她们退出去。宝玉见没有丫鬟，只好自己下手。这时丫头小红进来给他倒茶。宝玉从未见过她，便问道："你也是我这屋里的人吗？"宝玉为什么奇怪，因为在曹公笔端，小红是：容长脸，细巧身材，一头黑鬒鬒的好头发。这样美容颜的丫头自然不属于庙里的小鬼，不应该列为三等，而应该列入二等，怎么会没见过？对宝玉的疑惑，小红回答说，我从来不给你"倒茶递水，拿东拿西，眼见的事一点儿不做"，你怎么会认得？宝玉又问："你为什么不做那眼见的事？"小红道："这话我也难说。"这就不是难说的事了，因为这本不是她该做的事。而这时，秋纹与碧痕担水回来，看见小红给宝玉倒茶，心中很不自在。等小红回到自己的房间时，二人便进去质问她为什么给宝玉倒茶。小红解释说姐姐们不在，我才给宝玉倒茶的。秋纹听了，兜脸啐了一口，骂道："没脸的下流东西！正经叫你催水去，你说有事故，倒叫我们去，你可等着做这个巧宗儿。一里一里的，这不上来了。难道我们倒跟不上你了？你也拿镜子照照，配递茶递水不配！"碧痕也骂道："明儿我说给她们，凡要茶要水要送东西的事，咱们都别动。只叫她去便是了。"秋纹与碧痕是负责宝玉房间里面的丫头，身份高于小红，她们如此愤怒是因为小红僭越，做了属于她们的工作，或者说侵犯了她们的利益。在第七十四回中，晴雯在回答王夫人关于宝玉饮食起居时，说过这样一句话："上一层有老奶奶、老妈妈们，下一层又有袭人、麝月、秋纹几个人。"其实，在这些丫头中还应该包括晴雯在内，对小丫头，斥责、打骂而毫不手软。晴雯不是曾经拿起一丈青乱戳小丫头坠儿的手，把她戳得哭神喊鬼吗？

　　当然，同样是一等丫鬟也有大小之分。一等丫鬟的头儿，也就是大丫鬟。大丫鬟更有威风，在与外人吵架的时候，受气的小丫头往往是大丫鬟的帮手。一天，负责大观园厨事的柳家的正按房头分派菜馔，迎春房里的小丫头莲花儿走来，对柳家的说："司棋姐姐说了，要碗鸡蛋，炖得嫩嫩的。"柳家的表示如今鸡蛋难买，"你说给她，改日再吃吧。"莲花儿赌气告诉了司棋，司棋听了心头火起，伺候迎春吃过饭，便带着小丫头们走来，厨房里人正在吃饭，见她脸色难看，都忙起身赔笑让座。司棋喝命小丫头们动手："凡箱柜所有的菜蔬，只管丢出去喂狗，大家赚不成！"小丫头们七手八脚抢上来，一顿乱翻乱掷，慌得众人一面拉劝，一面央告司棋说："姑娘别误听了小孩子的话，柳嫂子有八个头，也不敢得罪姑娘。"司棋被众人一顿好言，才将气劝得渐渐平了。"小丫头子们也没得摔完东西，便拉开了。"司棋又连说带骂，方被众人劝回。"柳家的只好摔碗丢盘，自己咕嘟了一会，蒸了一碗鸡蛋，令人送去，司棋全泼在地上。那人回来，也不敢说，恐又生事。"

　　可惜好景不长，司棋因为与表弟潘又安私通而被逐出大观园，恰好被宝玉撞见，见到宝玉司棋哭了拉住他，恳求他和王夫人说，不要把她逐出去，周瑞家的哪里肯听这样的话，发躁地向司棋喝道：

　　你如今不是副小姐了，若不听话，我就打得你了。别想着往日有姑娘护着，任你们作耗。越说着，你还不好好的走！如今又和小爷们拉拉扯扯的，成什么体统！

在周瑞家的话里，司棋曾经是副小姐。这就令人十分奇怪，既是丫鬟，即便是大丫鬟，一等的丫鬟，也不过是丫鬟，怎么成了副小姐？副，这个词，有陪伴、辅助之意，把司棋称为副小姐便是从陪伴、辅助小姐的角度出发，通俗地说，是陪伴小姐的，这样的丫鬟，有小姐在背后支持，当然要受到其他仆人的尊重。然而，那是往昔，眼下是："若不听话，我就打得你"，原因之一是"深恨她们素日大样"，不把周瑞家的这些人放在眼里，现在失势落到她们手里，又怎么会有好脸色！

在贾府里，贾芹是个小人物，所以谓其小，一是他的辈分低，与贾蓉、贾芸、贾蔷和贾兰一样，属于草字辈，是玉字辈的子侄。二是身份卑微，虽然与贾珍同族，但是并无钱财而与贾芸类似，不仅年龄相当，家境也都贫寒，因此早早便出来混事，而且都投奔了凤姐，贾芹早而贾芸晚，故而混得要光鲜若许。这要得益于贾芹的母亲周氏。《红楼梦》第二十三回写道："且说那个玉皇庙与达摩庵两处，一班的十二个小沙弥并十二个小道士，如今挪出大观园来，贾政正想着要打发到各庙去分住。不想后街上住的贾芹之母周氏，正盘算着也要到贾政这边谋一个大小事务与儿子管管，也好弄些银钱使用，可巧听见这件事出来，便坐轿子来求凤姐。凤姐因见她素日不大拿班作势的，便依允了。"凤姐劝王夫人，这些小和尚与小道士不要打发到别处去，如果"一时娘娘出来就要承应。倘或散了，若再用时，可又费事"，不如将他们送到家庙铁槛寺，"月间不过派一个人拿几两银子去买柴米就完了"。王夫人认为有道理，乃商之于贾政，委派贾芹做这件事情，"银库上按数发出三个月的供给来，白花花二三百两。贾芹随手拈了一块，撂与掌秤的人，叫他们吃了茶罢。"又来到荣国府角门前，唤出二十四个人来，坐上车，一径往城外铁槛寺去了。

时间久了，难免生事。一年冬天，贾珍分出过年的份例，将族中的子侄唤来，贾芹也来领取，却被贾珍质问道："你作什么也来了？谁叫你来的？"又训斥道："你如今在那府里管事，家庙里管和尚、道士们，一月又有你的份例外，这些和尚的份例银子都从你手里过，你还来取这个，你也太贪了！"这还不是主要的，引发贾珍发怒的核心是：

> 你在家庙里干的事，打量我不知道呢！你到了那里，自然是爷了，没人敢违拗你。你手里又有了钱，离着我们又远，你就为王称霸起来，夜夜招聚匪类赌钱，养老婆小子。这会子花得这个形象，你还敢领东西来？

听了贾珍的责骂，贾芹红了脸不敢答言。然而，事情并没有结束，而是继续发酵。一日，贾政早起，看见门上那些人交头接耳，好像有事情要禀告，但又不好明回，只是站在那里唧唧咕咕说话。贾政问道："你们有什么事，这么鬼鬼祟祟的？"门上人回道："今儿起来开门出去，见门上贴着一张白纸，上写着许多不成事体的字。"贾政问写的是什么话，门上人说："是水月庵里的肮脏话。"说着呈上一张帖子，贾政接来看时，上面写着：

> 西贝草斤年纪轻，水月庵里管尼僧。

一个男人多少女，窝娼聚赌是陶情。

不肖子弟来办事，荣国府内出新闻。

西合贝是贾，草合斤是芹，揭发贾芹在水月庵里聚赌窝娼。贾政看了，叫门上人不许声张，悄悄叫人去荣、宁两府靠近夹道的墙壁上再去寻找，随即又叫人唤贾琏出来，问道："水月庵中寄居的那些女尼、女道，向来你也查考查考过没有？"贾琏回道："没有，一向都是芹儿在那里照管。"正说着贾蓉走来，拿着一封书，上面写着"二老爷密启"，打开看时，也是一张无头榜，与门上所贴的内容相同。贾政气得目晕头昏，连连叫道："快叫赖大带了三四辆车子到水月庵里去，把那些女尼、女道士一齐拉回来，只说里头传唤。"

上面谈到，十二个小道士与十二个小沙弥，被分到铁槛寺，委派贾芹管理，而在这里，在第九十三回中，却将铁槛寺改为水月庵，不知何故。简单的理解是续书者的张冠李戴。这个问题，另文阐述，这里还是说贾芹。按照续书的说法是，小女尼、小道士等初到庵中，"原系老尼收管，日间教她些经忏。以后元妃不用，也便习学得懒怠了。那些女孩子们年纪渐渐的大了，都也有个知觉了。更兼贾芹也是个风流人物，打量芳官等出家，只是小孩子性儿，便去招惹她们。哪知芳官竟是真心，不能上手，便把这心肠转移到女尼、女道士身上。"小沙弥中有个叫沁香的，女道士中有个叫鹤仙的，长得都甚妖娆，贾芹便和这两个勾搭上了，"闲时便学些丝弦，唱个曲儿。"

这一天，正当十月中旬，贾芹给庵中那些人发月例银子，说："我为你们领月钱，不能进城，又只得在这里歇着。怪冷的，怎么样？我今儿带些果子酒，大家吃着乐一夜，好不好？"贾芹喝了几杯，要行令，沁香道："我们都不会，倒不如搳拳罢。谁输了喝一杯，岂不爽快？"本庵的女尼道："今天刚过晌午，混嚷混喝的不像，且先喝几盅，爱散的先散去；谁爱陪芹大爷的，回来晚上尽子喝去"。正闹着，赖大走来，把小沙弥、小道士与贾芹一行人"押着赶进城"。

却说贾政忙着要替同事当班，便将此事留给贾琏。贾琏想到这事的起因是凤姐，不免埋怨，但是此时凤姐生病，只有隐忍，不好发作，便去王夫人那里讨主意——即便是处理得不合贾政心意，"也不至其担干系"。王夫人的处理是：那些东西一刻也留不得，你叫赖大"细细的问她的本家有人没有，将文书查出，花上几十两银子，雇只船，派个妥当人送到本地，一概连文书发还了，也落得无事。"王夫人所说文书是何等形式呢？她所说的文书就是卖身契，与原中国历史博物馆保存的一份卖身契应该不会有太大差距：

> 立杜卖亲生男人汪顺魁，今因急用，自情愿将亲生男一名，名唤连喜，年十二岁，凭媒出卖与汪名下为仆。当日受得身价九七色银三两整。其银比即收讫，其男连喜即听从更名使用。自卖之后，倘有逃走无踪、拐窃等事，尽是身承值，不干受主之事。倘有风烛不常，各安天命。今恐无凭，立此杜卖亲生男契存照。

> 乾隆四十六年九月

>   立杜卖亲生男人汪顺魁
>   凭媒 汪云章 时六嫂
>   代书人 叶于廷 ①

那些小尼姑、小道士的家人，她们的父母都会与贾府立下这样的契约吧。这样的卖身契是没有经过官府的白契。第八十回，薛姨妈与夏金桂内斗，说到香菱，赌气对薛蟠道："她即不好，你也不许打。我即刻叫人牙子来卖了她，你就心净了。"也是采取白契手段。在清代，奴婢买卖，雍正以后，大多是白契，通过这种方法被买的奴婢，只要还了身价银之后，便可以解脱奴主关系。卖身之家，怀抱赎身希望，当然不选择红契，而买奴之家，对于白契买来的奴婢如果感到不合心意，也可以随时令其还银赎身，不必经过官府而少受约束。雍正元年（1723），苏州织造李熙被抄家，雍正下旨把李熙家里的二百十七名奴仆全部在当地发卖，但是，因为是红契而无人愿买，最后只有押解回京赐给年羹尧完事。《红楼梦》中王夫人对那些小沙弥与小道士的处理，便是那个时代的产物，而对贾芹的处理："除了祭祀喜庆"，无事不要来了，大事化小，小事化了，不了了之，而至今通用。

注 释

① 转引自《清代奴婢制度》，第 42 页。韦庆远 吴奇衍 鲁素著。北京，中国人民大学出版社，1984 年 12 月。

雨村的官职

　　贾雨村是《红楼梦》里的关键人物。他既是小说的开场人物，也是小说的谢幕人物，而与《红楼梦》相始相终。但是，我们在这里不讨论这个问题，只将笔墨用于此人的官职，且从这个人物仕途的中段入手，或者可以避免一些啰唆文字。

　　第一〇四回，贾雨村正在家中休息，忽有家人传报说："内廷传旨，交看事件。""雨村疾忙上轿进内"，听见人说贾政在江西粮道被参回来，"在朝内谢恩"。见到贾政，雨村问他："谢罪的本子上去了没有？"贾政说已经上去了，"等膳后下来看旨意"。正说着上边传叫贾政。与贾政关系好的，包括雨村，都在外面等着。等了好一会，贾政满头大汗走出来。众人迎上去问贾政有什么旨意？贾政回答说承蒙各位大人关心，所幸没有什么大事。众人问到底有什么事，贾政于是详细告诉大家，"旨意问的"一件是"云南私带神枪一案"，"本上奏明是原任太师贾化的家人"，贾政解释"先祖的名字是代化"。听了贾政的解释，皇帝又问贾政"前放兵部，后降府尹的，不是也叫贾化么？"[①]听了这话，雨村吓了一跳。因为雨村的本名便是贾化，雨村只是其号而已。贾政转述的旨意，正是贾雨村不久前在官场上的挫折，这样的事情被皇帝问起，自然不是好事而叫人害怕。

这就牵涉雨村的两个官职。一是"前放兵部"，二是"后降府尹"。第一次发生在第五十三回，在年底的时候，贾府传来两个好消息，一个是王子腾，探春的舅舅"升了九省都检点"，再一个是贾雨村"补授了大司马，协理军机，参赞朝政"。关于九省都检点，我们将另文说明，这里只说大司马这个职务。大司马是封建时代高级的军事长官。《周礼·夏官》云："大司马之职，掌建邦国之九法，以佐王平邦国"，协助周天子平服诸侯国。明清两朝，大司马成为兵部尚书的别称。贾雨村"补授了大司马"，就是说做了兵部尚书。在级别上，明洪武十三年以前，兵部尚书是正三品。之后因为裁撤了中书省而升为正二品，僚属有侍郎、郎中、员外郎与主事等。清沿明制，但是官阶提高了，升为从一品。雨村的兵部尚书当然也是如此，而且"协理军机，参赞朝政"，可见权势之重。能够做到这样品秩的官当然十分难得，然而很不幸，雨村又被贬为府尹，所谓"后降府尹"。府尹有两类，一类是地方长官，是从四品的官员。一类是国家的首都，明清称顺天府，那里的府尹是秩三品。雍正以后，顺天府的最高长官从六部尚书里简选，是一个兼任官。按照这个原则，雨村的府尹自然不会是顺天府而只能是地方的府尹。然而，这是历史而不是小说，论及小说，则不能拘泥于此。

其实，在一百○四回之前，即一百○三回，关于雨村的官职已有这样一句话，"且说贾雨村升了京兆府尹，监管税务"，[②]京兆是我国历史上对首都的另一种称呼，雨村"升了京兆府尹"，便涉及顺天府的一个派出机构——崇文门分司，这是一个管理崇文门关税之库藏事务的机构。崇文门分司设有副使一人，正、副监督各一人，正、副监督由"各部院满员尚书、侍郎及各旗正、副都统充之"③，而崇文门副使的升迁要由崇文门监督出具考语，经送吏部办理而与顺天府尹无关。在历史的实境里，贾雨村做了顺天府尹，理论上虽然管理崇文门分司，其实是管不了的。而在《红楼梦》一百〇三回中，特意说明贾雨村"监管税务"，其用意何在？在雨村不能管的职权上特意增加一个职权，将历史文本转化为小说文本，这是为什么？在贾府被抄家以后，通过荣府家人对雨村的态度，我们便明白了，原来这里是故意埋下伏笔的。

这个家人就是包勇。一天包勇在街上闲逛，听见两个人说话。一个说，贾府怎么会败？与贾府来往的都是王公大人，"便是现在的府尹，前任的兵部，是他们的一家。"这些人难道"还庇护不来么？"听了这话，另外一个人说："你白住在这里！""前儿御史虽参了，主子还叫府尹查明实迹再办"，结果这个贾大人"本来沾过两府的好处，怕人说他回护一家"，非但不回护，反而"狠狠的踢了一脚，所以两府里才到底抄了。"听到这话，包勇心下暗想："天下竟有这样负恩的人"，恰好这时听到喝道之声，原来是贾雨村过来了。包勇便趁着酒兴大声说："没良心的男女！怎么忘了我们贾家的恩了。""雨村在轿内，听得一个'贾'字，便留神观看，见是一个醉汉，便不理会过去了。"

贾雨村如何将宁荣二府踢了一脚，书中没有详细讲述，但是推想到顺天府尹管理崇文门分司，雨村肯定还会再踢上一脚的。因为，按照清人制度，每逢抄没大臣或贵戚的家产时，最高的统治者往往挑选一部分自用，或者赏赐给受宠的大臣，剩余的物品与奴婢则交与崇文门监督处理变卖。雨村既是顺天府尹，又"监管税务"，贾府被抄没的剩余物品，必然要经过他，经过他的手去变卖。在这个环节上，雨村一定要狠狠地再踢上一脚，以示撇清与贾府的关系，非如此，又何以符合雨村的性格？

而这么一个人物，却是相貌堂堂，用书中的描述是："腰圆背厚，面阔口方；更兼剑眉星眼，直鼻权腮。"权腮是高颧骨，命相学以为贵。对雨村这样的外表，脂评是："莽、操遗容"，莽，是王莽；曹，是曹操。又说："最可笑世上之小说中，凡写奸人，则鼠耳、鹰腮等语。"不以人物外观刻画人物性格，相较于可笑的浅薄小说，当然要高出几分。但这还不是主要的，主要的在于人物说了什么，做了什么，从传统的道德而言，做人重要的是知恩图报，而雨村却恰恰相反，是恩将仇报，这就为世人所鄙，雨村之所以被读者视之为坏蛋的原因之一就在于此，而恰恰是这么一个坏蛋，却恰恰是《红楼梦》的开场与结束人物。他的命运与贾府始终不离不弃，这里面有什么道理呢？但是坏蛋固然是坏蛋，才学还是不错，比如他落魄时在甄士隐家里对月寓怀，所吟咏的那样一首诗："时逢三五便团圆，满把晴光护玉栏。天上一轮才捧出，人间万姓仰头看"，难道让我们仰看这样的坏蛋吗？而现实大抵是，小说也的确是这样描写的，从而具备了无奈的基于现实的真实性，而艺术的真实，红楼一书的价值或者就在于此，这当然是无奈而又无奈的吧！

注　释

① 第七十二回："贾琏走出来，刚至外书房，忽见林之孝走来。贾

琏因问何事。林之效说道：'方才打听得雨村降了，却不知因何事。只怕未必真。'贾琏道：'真不真，他那官儿也未必保得长。将来有事，只怕未必不连累咱们，宁可疏远着他好。'"这就对应着"前升兵部，后降府尹"的话。

雨村从出仕，到结束仕途，总结起来，大体是一次降职，两次罢官。降职是从兵部尚书降为府尹。两次罢官，第一次是从苏州知府，被上级参奏革职；第二次是从顺天府尹被削职为民，两次罢官均与婪索有关。用书中表述雨村这个人物是："虽才干优长，未免有些贪酷之弊；且又恃才侮上"。不上一年，被上司寻着一个空隙，参奏他是："生性狡猾，擅纂礼仪，且沽清正之名，而暗接虎狼之属。致使地方多事，民不堪命"。总之，是一个有能力而又贪酷的赃官。

② 第九十二回，贾政对冯紫英说雨村："几年间，门子也会钻了。由知府推升转了御史，不过几年，升了吏部郎中，署兵部尚书，为着一件事降了三级，如今又要升了。"对照其他在宦海中跌了狠跤的，贾政由是感叹："像雨村算便宜的了。"

③ 《道咸以来朝野杂记》，第 104 页，崇彝著。北京，北京古籍出版社，1982 年 1 月。

长史、家人、泥腿子

《红楼梦》中有两个王府中的长史与贾政发生过关系。

一个是忠顺王府的长史，代表忠顺亲王找到贾政，请他交出做小旦的琪官，也就是蒋玉菡，"原是奉旨从内园赐出"，而这个人却被宝玉藏匿起来，听了这话，贾政又惊又气，把宝玉叫出来，问明琪官的出处，而最终下狠手将宝玉用板子痛打了一顿。

再一个是北静王的长史，正是贾府被抄家之后，忽听外面传话，说是内廷有信，贾政急忙走出来，见是北静王府的长史。长史告诉他，北静王与西平郡王面奏皇帝，"将大人的惧怕的心，感激天恩之话都代奏了。主上甚是怜悯，并念及贵妃溘逝未久，不忍加罪"，着贾政仍在工部员外上行走，"所封家产，惟将贾赦的入官，余俱给还。"听了这话，贾政先是叩谢天恩，"又拜谢王爷恩典"，说："先请长史大人代为禀谢，明晨到阙谢恩，并到府里磕头。"

这两位长史，一位代表忠顺王到贾府讨要琪官，一位代表北静王传达旨意，竭尽维护贾府的利益。那么，什么是长史？长史在王府中处于什么位置？关于长史，溥杰在《回忆醇亲王府的生活》中说：长史是"由皇室内务府派来给王府当家的最高级的管家"，但说是最高级的，却没有任何实权，只是礼仪性地代表王爷处理府外面的事情，忠顺王府与北静王府的两位长史也应如此。在王府中真正掌握实权的是管事官，一般呼做"大管事的"和"二管事的"，除关防院（内院）归太监管辖外，王府中的一切事务均由管事官负责。在清代，比如溥杰父亲的摄政王府，除长史与管事官之外，还设有这样的办事机构与人员："庄园外（按：应为处）五至六名；回事处五至六名；随侍处最多时十余名，少时六七名；司房五至六名；祠堂三至四名；大、小厨房共约十余名；茶坊三至四名；花园（包括暖窖）最初有十余名，后减至六七名；大书房八至九名；小书房四至五名；更房十余名；马圈二处，共约十名左右；裁缝铺人数不详；轿夫约有二十名。"而属于关防院（内院）范围的有："首领太监一至二名，回事太监二至三名，小太监六至七名，散差太监十二三名，'妇差'（当时呼保姆为'妇差'或妈妈）约三十余名，'使女'（又唤丫鬟）约六至七名。"①贾府不是王府，只是一等公府，因此不会有内务府派来的长史，也不会有宫里分来的太监，但管家总是有的，类似于庄园处、回事处等管理机构与人员也少不了的，而且也是内外有别，男性的家人，比如周瑞、林之效，负责外院的事务；女性，比如周瑞家的、林之效家的，负责内院与大观园，而且会对他们分出等级管理吧。

《红楼梦》第五十八回，芳官跟她干娘洗头，干娘偏心先叫亲女儿洗了，芳官不高兴，说"我一个月的月钱都是你拿着，沾我的光不算"，"反倒给我剩东剩西的"！听了芳官的话，她干娘"羞愧变成恼"。之后又向芳官身上拍了两下，芳官便哭起来。宝玉很生气，而这时正是吃晚饭的时候，婆子们捧了食盒走过来，其中有一碗火腿鲜笋汤，宝玉喝了一口说："好烫！"袭人忙端起来，轻轻用口吹，看见芳官在一旁，便递给她，"口劲轻着些，别吹上吐沫星儿。"芳官的干娘生怕得罪了袭人，一心要买好，看见芳官吹汤，赶忙跑进来说："她不老成，仔细打了碗，让我吹吧。"一面说，一面就要把碗接过去。看到这个情景，晴雯忙喊道："快出去！你让她砸了碗，也轮不到你吹！"一面说一面把她推出去。屋外台阶下"几个等空盒家伙的婆子见她出来"，都笑道："嫂子也没用镜子照一照，就进去了。"羞得那婆子又恨又气。而在这前，说到这个婆子时有这样一句话："这干婆子原系荣府三等人物，不过令其与她们浆洗，皆不曾入内答应，故此不知内帏规矩。"这就是说，在贾府，家人，也就是奴仆们至少分为三等。哪三等呢？对照《回忆醇亲王府的生活》便明白了。溥杰说："我们小孩子每个人都有'精奇'、'水上'、'嬷嬷'各一名。'精奇'是满族语言，即看妈，地位最高，工资亦较高。'水上'又叫'水妈'，专门担任生火、烧水、洗衣、做饭等事，工资最少，地位最下而受累最多。"芳官的干娘便应该是这种角色，是一个负责清洗衣物的婆子，地位低微，不可以进入主人房间。而"嬷嬷"，即乳母，"在哺乳时期待遇较优，断乳后的地位，工资与'精奇'差不多。"②宝玉的乳母李嬷嬷便是这样，她可以责骂小丫头子们，也可以发脾气，把宝玉留给袭人的酥酪吃掉，因为用李嬷嬷的话是："我的血变的奶，吃得长这么大，如今我吃他一碗牛奶，他就生气了？我偏吃了，看他怎样！"这样，乳妈、看妈与水妈，虽然都是家人，但在家人的系列中却处于不同等级，芳官的干娘被称为三等人物，便是由此而来吧。

虽然在婆子里面，乳母排在一等的位置，但是如果触犯了家法，主子处理起来也毫不给情面。第七十三回，迎春的乳母因为聚赌，被告到贾母处，贾母十分愤怒：

> 命将骰子、牌一并烧毁，所有的钱入官，分散与众人；将为首者每人四十板子，撵出，总不许再入；从者每人二十板，革去三月月钱，拨入圊厕行内。

"圊厕"，即厕所。圊厕行是一种肮脏的行业而被视为贱业。还有一种，在贾府被视之为贱业的，即养马。马夫们是战争时期被俘虏的敌方士兵，而被强迫为奴，因此对他们，贾府的主子始终心存狐疑而不肯"大用"。如果家人犯了错误，处理的方法之一是，绑起来送到马圈，宁府的焦大便受过此等处罚，且被塞进满嘴马粪，以免说出让主人难堪的话。处理方法之二是，撵出贾府，但是奴仆的身份并不意味着解除，只是丢掉了在贾府谋生的机会。这些驱逐出去的家人便成了无业之人，比如何三。何三是周瑞的干儿子，因为与鲍二打架，被赶出贾府后无事可做，"终日在赌场过日。近知贾母死了，必有些事情领办，岂知探了几天的信，一些也没有想头"，便和赌场上朋友勾结起来，夜晚潜进贾府偷盗财务。案子很快侦破了，"衙门拿住了鲍二（应为何三——作者），身边搜出了失单上的东西"，并将周瑞供了出来，贾政听了，大怒道："家奴负恩，引贼盗窃家主，真是反了！"立刻叫人将周瑞捆了，送到衙门审问。周瑞是王夫人的陪房，刘姥姥初进荣国府便是其妻周瑞家的引荐，是王夫人的心腹之人，哪里会想到他的干儿子做出这种事！

那鲍二也不是省油的灯，早将贾赦与贾珍的许多丑事传播出来，而住在附近的醉金刚倪二，[3]也将这些丑闻散布出去，从而被御史们侦知上奏而引出抄家之祸，按照亲友们的说法是：

　　也不怪御史，我们听见说是府上的家人同几个泥腿子在外头哄嚷出来的。御史恐参奏不实，所以诓了这里的人去，才说出来的。我想府上待人最宽的，为什么还有这事？

　　亲友们的话不能说错，而《红楼梦》作为中国封建社会的伟大教科书，其原因便在这里。长史、家人、泥腿子，谁的作用更大些呢？

注　释

　　① 《晚清宫廷生活见闻》，第 224—225 页。中国人民政治协商会议全国委员会文史资料研究委员会编。北京，文史资料出版社，1982 年 9 月。

　　② 同上，第 240 页。

　　③ 根据《红楼梦》第 24 回，贾琏向宝玉介绍贾芸是"后廊上住的五嫂的儿子"，而倪二又是贾芸的"紧邻"，可知倪二住在贾府附近。

「奴才还有奴才呢！」

　　鲍二是荣府里的小人物。所以谓其以小，其一，这是个底层人物；其二，这个人物无任何故事可言，所以说到他，在于他的前后两任老婆，因为她们都与贾琏有染，从而进入了红楼幻境的叙事齿轮，在齿轮的啮合与滚动之中，留下印痕。

　　鲍二第一次出场，是在第四十四回，凤姐过生日的时候。那一天，要百戏的即将表演，凤姐觉得有些酒沉，对尤氏说："预备赏钱，我要洗洗脸去。"尤氏点点头，凤姐便离席而出，平儿也跟着出来。刚刚来到穿廊之下，便看到她房里的一个小丫头，见到她们就向后跑，凤姐把她叫住，那小丫头先还嘴硬，"后来听见凤姐儿要烧红了烙铁来烙嘴"，方哭道是贾琏让她站在这里望风，"若见奶奶散了，先叫我送信儿去的"，没有想到凤姐这么早就出来了。原来贾琏与鲍二家的，也就是鲍二的老婆在房间里偷情。"凤姐听了，气得浑身发软，忙立起身来，一径来家。"走至窗前，只听见里头说笑。那妇人——也就是鲍二的媳妇说："多早晚你那阎王老婆死了即好了。"贾琏道："如今连平儿她也不让我沾了。平儿也是一肚子委屈不敢说。我命里怎么就该犯了'夜叉星'！"凤姐听了气得浑身乱战，"一脚踢开门进去，也不容分说，抓着鲍二家的厮打一顿。"又把平儿打了几下，平儿有冤无处诉，也和鲍二家的厮打起来。次日，在贾母调停下，贾琏向凤姐作揖，请求谅解，而这时，有家人回报："鲍二媳妇吊死了。"管家林之孝的媳妇说："她娘家的亲戚要告呢！"贾琏不得不走出来，与林之孝商议给鲍二媳妇的娘家"二百两银子发送"，又派人"和王子腾说了，将番役仵作人等叫了几名来，帮着办丧事。那些人见了如此，纵要复辩，亦不敢辩，只得忍气吞声罢了。"而对鲍二，贾琏私下又给了些银两，安慰他说："日后再挑个好媳妇给你。"那鲍二"又有体面，又有银子，有何不依，便依然奉承贾琏"。

　　而贾琏果真给鲍二找了个"好媳妇"——多混虫的老婆。这个多混虫早于鲍二，在第二十一回已然出场。关于多混虫，书中这样介绍，说他是"荣国府内有一个极不成器破烂酒头厨子，名唤多官，人见他懦弱无能，都唤他作'多浑虫'。"而他媳妇，"今年方二十来往年纪，生得有几分人才，见者无不羡慕。她生性轻浮，最喜拈花惹草，多浑虫又不理论，只是有酒有肉有钱，便诸事不管了，所以荣、宁二府之人都得入手，因这个媳妇美貌异常，轻浮无比，众人都呼他作'多姑娘儿'。"这一晚，为了巧姐出痘，贾琏斋戒住在外书房，而"多浑虫醉昏在炕，贾琏便溜了来相会。进门一见其态，早已魄飞魂散，也不用情谈款叙，便宽衣动作起来。"多混虫后来得酒痨死了，而"多姑娘见鲍二手里从容了，便嫁了鲍二。"①

　　鲍二再次出场，是在第六十五回。而在前一回，贾琏偷娶了尤二姐，住在小花枝巷内，想到鲍二夫妻，便让他们过来服侍二姐。一晚，贾珍来了，丫头们在席面上服侍。"跟的两个小厮都在厨下与鲍二饮酒，鲍二女人上灶。忽见两个丫头也走了来，嘲笑要吃酒"，鲍二指责她们"不在上头服侍"，一时叫起来没人，"又是事"。鲍二的媳妇却指着他骂道："胡涂浑呛了的忘八！你撞丧那黄汤罢。撞丧醉了，夹着你那膦子挺你的尸去！叫不叫，与你屁相干！一应有我承当，风雨横竖洒不着你头上来。"对于这样的辱骂，鲍二一声不吭，原因是，"这鲍二原是因妻子发迹的，近日越发亏她。自己除赚钱吃酒之外，一概不管，贾琏等也不肯责备他，故他视妻如母，百依百随，且吃够了，便去睡觉。"也是一个多混虫式的人物。

而多浑虫，据第七十七回介绍，是晴雯的姑舅哥哥，也就是堂哥。而晴雯，当日"系赖大家用银子买的"，那时，晴雯才十岁，尚未留头。因常跟赖嬷嬷进来，"贾母见她生得伶俐标致，十分喜爱。故此赖嬷嬷就孝敬了贾母使唤"，后来到了宝玉房里。晴雯进来时，也不记得家乡父母，"只知有个姑舅哥哥，专能庖宰，也沦落在外，故又求了赖家的收买进来吃工食。赖家的见晴雯虽到贾母跟前，千伶百俐，嘴尖性大，却倒还不忘旧，故又将他姑舅哥哥收买进来"，这就是多浑虫的来历。因为表妹晴雯进入荣府，而晴雯之所以进入荣府则是由于赖大，先是做赖家的丫鬟，之后被"孝敬"给贾母，成为荣府的丫鬟。赖大既是荣府的总管，也是荣府的奴仆，晴雯在未进荣府之前，是赖家的奴婢，即：奴仆之下的奴婢。这一现象在清代十分普遍，《红楼梦》中的赖大不过是艺术化的典型而已。那些赖大式的奴仆，一方面是主子的奴才，另一方面又拥有家丁、丫鬟、仆妇之类的奴婢，"是奴婢中被收买和分化出来的上层分子，他们与主人的关系密切，被赋予一定的权势，多是属于'管事'之类专门帮凶助恶的人物。"②这些人，依仗主子的权势，招摇生事，娄索敛财，时人称为悍仆、豪奴，而将其列入四害之一。对于主子，他们是奴才，但是对其占有的奴婢，他们又是主子，而那些被他们占有的奴婢则成了"奴中奴"，有些甚至处于编制之外，比如这里所述的鲍二。

《红楼梦》第一百零六回，讲述贾府被皇帝抄家之后，贾政先是看视贾母，见贾母好些，便出来传叫赖大，命他"将合府里管事家人的花名册子拿来"，进行清点，"除去贾赦入官的人，当有三十余家，共男女二百十二名。"③清点到鲍二，贾政问道："我看这人口册上并没有什么鲍二，这是怎么说？"众人回道：

> 这鲍二是不在册档上的。先前在宁府册上，为二爷见他老实，把他们两口子叫过来了。及至他女人死了，他又回宁府去。后来老爷衙门有事，老太太、太太们和爷们往陵上去了，珍大爷暂理家事，带过来的，以后也就去了。老爷数年不管家事，哪里知道这些事来？老爷打量册上没有名字的就只有这一个人？不知一个人手下亲戚们也有好几个，奴才还有奴才呢！④

根据赖大等人的解释，鲍二并不是荣府的奴才，而是二爷，也就是贾琏从宁府借过来的，并没有上荣府家人的花名册。相对赖大这些荣府的奴才，鲍二只是一个编制之外的奴才，因此花名册上没有鲍二是对的。贾政为人迂腐且多年疏离府中之事，怎么可能知道这样复杂的人事关系？怎么会知道"奴才还有奴才"这样的社会现象！对此，他的反应是，喊道："这还了得！"然而，喊了又能怎样？"想去一时不能清理，只得喝退众人"，暗自生气罢了。

注　释

①　第六十四回多混虫故后，多姑娘嫁给了鲍二，但是到了第七十七回，多混虫依然活着，可见关于多混虫的生死，在《红楼梦》里出现了错讹。这里只以第六十四回所述为据。

②　《清代奴婢制度》，第 86 页。韦庆远　吴奇衍　鲁素著。北京，中国人民大学出版社，1984 年 12 月。

③④　清代的奴仆制度以家庭为单位进行管理，因此贾府被抄家以后，在计算奴仆的时候，要以家庭为单位，"除去贾赦入官的人，当有三十余家，共男女二百十二名"，就是这个意思。而一些没有生计的亲戚难免依靠有些权势的奴仆，也就是奴仆的奴仆，用书中的表述是："奴才还有奴才呢！"而这些人当然是不在花名册上的。

后 记

　　自去年年初，我开始撰写这本小书，截止到今年七月，在一年半的时间里，断断续续写了四十六篇，加上过去撰写的四篇，合计五十篇，总题曰:《无边的风月》。虽然还有些题目可作，但关于红楼细部的文化——我所知道的已然大体说清，何妨以不了了之呢?

　　书中的文章大部分在《文艺报》，小部分在《光明日报》上曾以专栏形式刊载，在此向徐忠志、刘秀娟、明江、王杨和殷燕召等诸位朋友表示感谢。由于刘雁女士与刘嘉程先生的努力与支持，此书才得以和读者见面，这就不仅要谢，而且应该深谢的。

　　友人曾经问我，这本小书为什么要以《无边的风月》为名，我回答说，《红楼梦》在第一回中，介绍此书传播时曾经多次易名，其中之一是《风月宝鉴》，也就是说，《红楼梦》还有一个与"风月"相关的名字，《红楼梦》是说不尽的，故此便衍生出这个书名。而说到《风月宝鉴》自然会令人想到瑞大叔——贾瑞，那样一个不可挽救的蠢物，也有一面镜子，镜把上錾着"风月宝鉴"四字，跛道人说这是"警幻仙子所制"，专治"邪思妄动之症，有济世保生之功"。虽然有"济世保生之功"，却哪里想到反把瑞大叔害死了? 这真是难以说清。中国当下小说鲜见经典，原因也是复杂得难以说清，原因之一，或者就在这里。顾太清有诗：

扶头雾雨催春尽，十日旧游花尚嫩。东风一夜损芳菲，满地落红深几寸？

花朵是娇嫩、短暂的，春夜的东风便可以将它们吹落。花朵的生长、陨灭与文学近似，而研究者的工作便是对这一过程进行分析，至少将散落于泥土的花朵集纳起来，看看这花朵的色泽，数数这花瓣的数量，所谓细数落花，花蕊是浅金还是蔚蓝，等等，这样的事情做多了难免自己也感到琐细，然而既然厕身于此，总要做好，我是不愿意只说些思潮性笼而统之话的。

是为记。

王彬

2013.8.20